他人史

大解 著

作家出版社

大解

本名解文阁，一九五七年生，河北青龙县人，现居石家庄。主要作品诗歌、小说、寓言等多部。作品曾获鲁迅文学奖等多种奖项。

自　序

　　1957 年夏天，我出生于燕山东麓一个偏僻的小山村，在我五六岁的时候，村里的茅草房占一半以上，只有少部分瓦房，冬天下了大雪以后，屋顶上积了厚厚的雪，整个村庄就像是童话世界。村里的人们祖祖辈辈居住在山村里，很少有人走到远方。在山村的外围，远近都是山，山的外面是群山。

　　在我的印象中，那时村里的人们并未感觉到偏僻，落后，贫穷，因为人们根本不知道外面的世界是什么样的，仿佛生活原本就是如此，就该如此，因此人们安心地在有限的区域里耕作和生死，世代绵延不绝。

　　越是封闭的地方，人们的想象力越丰富。在我的故乡，似乎人人都会讲故事，许多故事在流传中变成了传说，过于久远的传说就渐渐变成了神话。不是人们善于虚构，而是谁也说不清楚的事情，会越传越离谱，最后借助神话的翅膀飞起来，构成一种集体的幻觉，甚至成为精神存在。

　　远景一旦超越了现实，就会成为人的精神向往和归宿。因此，在一个小山村里，幻想成了人们生活的一部分，似乎只要有粮食和传说，人们就能活下去。

我就是在这样的山村里度过了幼年和童年，直到二十几岁才走出去，进入了城里。可以说，我的人生入口非常小，小到方圆十里以内，在那小小的山村里，不存在整个世界，因为它自身就是一个完整的世界。

我写了四十多年诗，如果追查其精神来源，就会露出故乡的炊烟和土地。故乡是我肉体和精神的双重源头。那里的一切都适合我开挖和抓取，也容易散开，弥漫在语言的世界里。在相当长的时间里，我浪费甚至忽略了属于我的独特资源，把童年给予我的神话种子放在一边，而去试图寻找生活中的非理性。为此我写了四百多篇寓言。但我总感觉不过瘾。我总觉得还有什么东西隐藏在我的生命里，没有显露出来。直到 2019 年初，当我忽然写起短篇小说的时候，我意识到自己找到了精神的出口。

在小说中，我愿意用语言复述我的故乡，深入到农耕记忆中，把深远的历史重建一遍，展现出那些被人忽略的、消逝的，甚至是不存在和不可能存在的东西，用文字创造出一种语言的现实，以此构成历史的多重性和丰富性。在语言世界里，没有什么是不能存在的，语言不仅是抽象的符号，也是高于生存的实体，它在超越现实时所释放的能量和展现出的精神景观，让我惊讶地发现，世界不仅是这样的，也可以是那样的。我喜欢作品中的虚构和飞翔感。

因此，在人们向往和寻找诗和远方的时候，我愿意沉浸在我的故乡这个小地方里，甚至，沉浸在语言的世界里。我甚至认为，语言才是文学的故乡，有着无限的空间和可能性。

而在文体上，我认为小说没有边界。在我看来，小说、散文、诗歌、寓言、童话、文论，甚至消息，都可以成为一体。我唯一的标准是：好看。

在我的故乡燕山地区，人们所说的生活，不仅仅是指发生在地表上的事情，也包括天上的事物和地下永居的先人们，人们认为天地人是一体的，万物共生共存，共同构成一个完整的世界。因此，生活是漫长的，也是无边界的，一个人从生到死只是个短暂的过程，更多的时间是在死后，住在地下，放心地沉睡，或者转世为人，也许成为别的动物或植物，继续生活。

无穷无尽的生活，实际上是把时间看成了永恒，不再有尽头。在这无限膨胀的时间里，人的生命形态也是动态的，处在不断地变化中，每个人都不只有一生，每个人都有无数个生命。在这样的世界观里，一个人没有真正意义上的死亡，生命在运转和更替中实现了永生。

反映这样一种生命状态，小说给了我一个很好的表现方式。我不想也不愿意用心去描述世间的表象和矛盾，而是乐于试图通过普通人的点滴生活，深入到万物交互的复杂时空中，或者说弥漫在时间和空间里，去感受那种混沌胶着的生死不明的状态。我的故乡，我的童年记忆，给了我丰富的创作资源。人们与天空和土地的关系，个人与死亡的关系，个人与自我的关系，等等，丝丝缕缕，纠缠在一起，说不清道不明，每一条线索都十分悠远，每个人都面目模糊，却无不散发着不可名状的神秘气息。

记忆再遥远，也有回溯之路；同样，肉体也并非完全封闭，总有一些秘径可以通往人类的梦境。在万物联通的时空里，任何事物都不可能独立存在，事物之间以及事物本身的裂隙，恰好是文学的入口。由于我出生于燕山深处，一个古老的村庄向我敞开，它所保存的局部秘密似乎隐含着整个人类的幻觉。我努力用文字去接近这种幻觉，追溯那些渐渐散开的记忆。

呈现生活中散失的东西，使莫须有的事物得以回归，还原生活的复杂原貌，应该是文学探索的价值和意义，至少对我而言是一种乐趣。我乐于向神话索要配方，顺道去抢劫诗歌和寓言，然后不假思索来个一锅炖，熬出来什么就算什么。因此，我在写作时，记忆中的许多东西都在涌现，好像不是我去主动选取，而是有一些东西不请自来，尤其是那些异想天开的地方让我开心。我不满足于现实给予的一切，我要的是现实的成因以及现实外面的东西，那些虚无之处才是展开翅膀的空间。我对那些飞起来的事物，不只是神往，而是想去亲自试一试。我未必没有翅膀。如果我在语言中真的飞了起来，也不是我的身体和精神变轻了，而是天空辽阔无边，没有一个展翅飞翔的人，岂不是浪费了空间，也误解了神的原意。

大解

2020.6.24 于石家庄

目　录

秘密 / 1

马 / 5

北极星 / 13

腿 / 16

补天记 / 19

孤树 / 24

河流轶事 / 30

宝刀 / 34

金鸡 / 39

出窑记 / 43

马灯 / 47

蚕神 / 50

绳子 / 54

仙女 / 58

隐士 / 62

二丫 / 66

小女孩 / 69

茅屋和云影 / 73

大光记 / 77

白羊 / 83

人的叫声 / 87

害羞的母鸡 / 92

胡编的故事 / 96

恨铁铺 / 102

陶人 / 107

弯曲的小路 / 112

雪乡 / 115

好兄弟 / 119

一根针 / 124

崩溃 / 129

七妹 / 135

老四 / 137

影子 / 141

铁蛋 / 144

天狗 / 147

晒月光 / 151

梦游者 / 154

水神 / 158

鲜血 / 161

心病 / 166

干草垛 / 170

黄昏 / 173

流星 / 176

土豆 / 181

风 / 185

旋风 / 188

祈福 / 192

狼哭 / 195

夏夜 / 198

暴雨 / 201

老头的一生 / 205

红狐 / 210

浮云 / 214

咬住身影不放 / 217

狼群 / 220

长歌 / 224

秘　密

河湾村的外面有一条河，名叫青龙河。自从青龙河的水面上出现了一行神秘的脚印，并且无论水流平稳或急促，这一行脚印都不褪去，让人感到好奇。

实际上青龙河的水面上经常出现脚印，只是没有引起人们的注意。有一个人说，是我的脚印，我前几天蹚水过河，踩在河底的脚印漂起来了，浮在了水面上，这没什么奇怪的。他说完后诡秘地眨了眨眼睛，好像真有其事似的。他说了人们也不信，因为他平时也是嬉皮笑脸的，说话没个正经。

也有人趁机编造故事，说，他看见一个会轻功的武侠从水面上蜻蜓点水一般飞过去，留下了这行脚印，但是随即被人否定了。既然是蜻蜓点水一般，一定是脚尖轻轻着地，而水面上的脚印是完整的，看上去每一步都是踏踏实实的，根本不像他说的那么轻浮。

这行脚印，引来了许多猜测，一时间出现了多种演绎版本。最不靠谱的说法是，天上有一行脚印，时间久了，飘落在了青龙河上。这怎么可能呢？天上确实有一行脚印，那是去年，七妹去云彩上采摘雨滴时留下的，这个大家都知道，而且不止一天了。

人们早已熟悉了天上的这行脚印，并且把这行脚印当作走向正北方向的一个标记。这行脚印现在还在天上，其尺寸也与水面的脚印完全不符。这个说法不攻自破，当即被人们嘲笑了，有一个老人不小心当场笑掉了一颗大牙。好在他意识到自己的牙掉了，急忙从地上捡起来，在裤子上擦了擦，装在了衣兜里，说是下辈子还能用。

人们站在河边，议论纷纷。

青龙河的水流不急不缓，清澈见底，日夜不停地流着，偶尔有白云沉入水底，仿佛给水底的沙子和小鱼盖上一层棉被。小鱼也都非常悠闲，几乎看不见它们吃东西，好像它们的一生只是游荡和玩耍，没有一样要紧的事情可做。有些鱼一生不吃任何东西，只喝水，这种鱼最大可以长到手指长，是完全透明的，即使在水里不停地游动，你也无法看见。你以为那是一汪清水，实际上那里面有一条或几条鱼。

在这样清澈的河流里，水面上出现一行脚印，确实有些异样，像是一种抹不掉的记忆，让人不安，不免心生疑虑。

我给七妹捎去口信，请她来辨认脚印。七妹没来，据说她正在家里饲养月亮，顾不上这些闲事。七妹住在青龙河的对岸，她家的屋顶上有一片薄云，永远在那里飘着，既不飘走，也不疏散，每到早晨，这片云彩就形成朝霞，到了晚上，就透出晚霞的色彩。我去找七妹，从来不用问路，看见那片云彩，就知道七妹家在哪里了。

有一年天气干旱，青龙河的水量明显减少。慢慢地，肥胖的青龙河渐渐变成了贴在地上的一张薄纸，仿佛一张印刷品。那年，七妹家屋顶上方的云彩也变薄了，看上去若有若无，原来的棉絮状变成了丝绒，轻薄而飘逸。那时七妹还小，经常挎着篮子去云彩上采摘小雨滴，采摘回来后，把雨滴放进水池里，她不是在养雨滴，她是用采自云彩上的雨滴养月亮。她家的水池里，经

2

常出现月亮，当月亮从一个弯曲的月牙，胖成一个圆球，我就会准时出现在她家门口的老槐树下面。她认为，月亮是一个信物，必须用干净的水滴来喂养。

七妹不来，判断脚印的任务就落在了我的身上。我真的不知道这是谁的脚印。我记得一个卖油郎从青龙河上经过，还有一个铁匠和船工经过。对了，何不去问问船工？

我对自己能够想起船工感到很佩服。离脚印不远处，大约不到三里，就是船工摆渡的地方。他经年累月在河上摆渡，对青龙河了如指掌，他一定知道其中的秘密。

一个一尺多高的娃娃，自视腿脚快，抢先跑去找船工，人们也不好阻拦。大约一个时辰，娃娃带着船工来了，大家围拢过去，等待船工的判断。船工站在河边，蹲下来，瞄了一眼水面，然后站起身，对着一位老人的耳朵，悄声地说了几句话，声音非常小，除了这位老人，我们谁也没有听见。船工没有再说别的，转身就走了。

人们围拢在老人身边，等待他说出秘密。

现在我不得不介绍一下这位苍老的老人。他是一位长老，不高，齐胸的白胡子，看上去很健康。从我记事的时候起，他就是这样，我父亲小的时候，据说他就是这样。谁也不知道他的年龄，他自己也说不清楚。有一年，他背着布袋去远方，一年以后回来了，带回了许多故事。他怕这些故事丢失了，都装在肚子里，这样谁也偷不走。回来后，他经常坐在石头上给人们讲故事。人们都尊重他，也羡慕他，村里的一些女人，经常埋怨自己的男人不中用，说，你看人家白胡子老翁，嘴不光吃饭，嘴里还有许多故事，随便说一个都是新鲜的。

老翁的嘴里确实有故事，我也听过。

我们都在等待着，老人转向我，拉住我的手，对着我的耳朵

3

说：月圆的晚上，河对岸，老槐树下见。

我当即就明白了，这件事情可能与七妹有关。

我说，好。

其他人面面相觑，知道这其中一定有秘密，但也不去深究，过一会儿就散了。

说时迟那时快，在我的盼望中，月亮气吹一般，很快就圆了。晚上，我来到对岸的老槐树下，白胡子老人没有来，七妹在。七妹的美丽，不同于常人。她只在月圆的时候，在老槐树下与我相见。月落之前，我必须回去，否则青龙河会飘起来，让我无法渡过。

七妹对我说，你快娶我吧。我说，好。

她说，你知道为什么吗？

我说，因为我喜欢你，你也喜欢我。

她说，河面上出现的脚印，是水神的脚印。他来过了，托人向我提亲，我没同意。除了你，我谁也不嫁。

她继续说，下个月圆之前，你要来接我。否则，我怕水神不死心，还会来。我不想成为水神的媳妇。

我说，不用下个月圆，我现在就把你抱走。说完，我就把她抱起来，扛在肩上就往回走。七妹也不挣扎，软绵绵地垂挂在我的肩上，像是一朵云彩。

我扛着七妹，经过青龙河的时候，看了一眼水面，虽然是夜晚，借着月光依然能够清晰地看见那行脚印。

我边走边想，幸好我来得及时，否则后果不堪设想。我必须把七妹抱回家。她不能嫁给水神。按照古老的习俗，她若嫁给水神，就必须死。

2019.2.18

马

北方有一个小山村，由于地处河流的转弯处，就随便取了个名字，叫河湾村。河湾村里有几十户人家，祖祖辈辈都住在山湾里，种庄稼，娶媳妇，生孩子，死，此外别无他事。曾经有一个老人，种了一辈子庄稼，老了，实在干不动了，就跟家人商量，说，你看，我都这么大岁数了，除了吃，也没什么用处了，要是没什么要紧的事情，我就先死了。这个老人的心思，主要是想睡觉，他觉得死后睡得更踏实。他的这个请求，显然不合情理，家人没同意，他就没死成。后来他活到一百多岁，也有说是两百多岁，他是村里最老的人，人们都尊他为长老。村里有什么重要的事情，人们都去问长老，他是村里的精神领袖。

河湾村是一个稳定的小世界，安静而神秘。由于山高水深，交通不便，村里的人们安于耕种，很少外出，因此，对外面的世界一无所知。村里最大型的交通工具是一辆木轮的马车，但是拉车的却是牛或者驴，人们从来没有见过马。马车也从来没有走出过村子，只是用于在山湾里拉土或石头之类。村里的路，崎岖颠簸，马车只是个摆设，平时不常用。

马，在人们的想象里，是一个传说。

村里有几个年轻人，对马的兴趣越来越浓。一天，他们去找长老，是请求，也像是告知，说，我们要去远方，去看看马。

看马？

是的。我们想去看看马，到底长什么样。

死前能回来就行。

长老显然是答应了。长老答应的事，其他人就不好阻拦了。几个年轻人得到了允许，开始打点行装，约好了日期准备出发。准确地说，是四个年轻人，两个二十岁出头，两个不足二十岁。

长老说，年轻人想出去走走，就让他们去吧。

这是村里最大的事情，从古至今，这个安静的村庄里，只有长老年轻的时候出去过一次，但是他走得不够远，也没有见到马。因此，当几个年轻人提出去看马，他就欣然同意了。他觉得这几个年轻人敢于去远方，有出息。

出发那天，全村的人都出来相送。长老坐在村头的大石头上，白胡子梳理得干净整洁，好像是从体内抽出的丝。长老说，你们到了远方，要给我们报个信。四个年轻人都说，一定的。说完这句话，他们感觉自己作出了重大的决定，脸上露出了自信而坚定的笑容。

在送行的人群中，有一个害羞的小姑娘躲在大人背后，像是在笑，脸上却偷偷地流出两行清澈的眼泪。

*　　　　*　　　　*

四个年轻人都有自己的名字，辈分也不同，为了方便称呼，他们约好了，按年龄划分，最大的叫老大，依次为老二、老三、老四。老四不足十七岁，个头却是最高；老大个头也不矮，有些偏瘦，看上去却也结实。

在乡亲们的目送下，他们上路了，为了轻装简行，每人身上除了一个布袋行囊，别无他物。路上所需吃用，随遇而安，听天由命。当他们绕过山湾，向北行去，渐渐消失在人们的视野中，村里人还在议论着，久久不肯散去。

四个年轻人上路比较轻快，第一天翻山越岭，走了几十里，路上遇到山里人家，天晚暂且住下。人们听说他们要去远方看马，都很佩服，愿意管他们吃住，尽量提供方便。四个年轻人也都懂得礼数，付给主人吃住费用，都被婉言谢绝。无奈之下，他们只好感恩称谢，领了主人的情意。

到了第十天，四个年轻人已经走了很远，路上经历了许多事情，但还是没有见到马。有人说，往北走，然后向西，大约几个月时间，就可以看见云彩升起的地方，云彩的下面，有马。他们说得很模糊，也都是传说，他们也没有人亲眼见过马。

有一个人读过书，会写"馬"字，就用一根木棍在地上写了一个"馬"字，他写得有些象形，下面的四个点像是四条腿，但是怎么看都像是一头驴。老大说，这不是一头驴吗？那个读书人说，是马，据说马和驴长得相似，只是比驴大很多，并且背上有两个翅膀。老大信了，点头称是，老二老三老四也都点头称是。

这时，他们突然想起临走时长老嘱咐的话。长老说，你们到了远方，要给我们报个信。四个年轻人面面相觑，老大说，我们已经走了十天了，虽然还没有见到马，论路程来说，也算是到了远方了，我们应该给长老报个信。我们答应的事情必须做到。可是谁能给我们捎信呢？这么远的路程，如果不是专程去送信，是无法传送信息的。

他们找了许多人，这些人也都没有去过远方，送信真的成了一个问题。可是，信是必须要送的，答应的事情，必须做到。他们发愁了。无奈之下，老四说，我回去送信。老大老二老三说，你回去送信，然后再回来追赶我们，怕是路途遥远追不上。老四说，你们不要耽搁时间等我，你们继续走，你们能够见到马，我也就安心了。我回去送完信，然后重新出发，我年龄最小，有足够的时间追赶你们。

事情定下来以后，老四就回乡报信去了。他走的时候，老大老二老三在路口相送，依依惜别。

老大老二老三继续赶路，一路风尘仆仆，劳累不堪，却始终信心满怀。大约又走了十多天，又遇到了必须兑现报信这个诺言，老三承担了此任，回乡报信。老大老二在路口相送。老三说，我回到村里，报完信后，重新启程，回来追赶你们。说完各奔前程，开始了方向不同的奔波。

如此又走了十多天，到了更远的远方，据说离马已经不远了，老二承担了回去报信的任务，临别时，老大拱手相送。老二说，你继续往前走，不要等我。我回到村里后，重新出发，回来追赶你。两人相别以后，各奔前程。

剩下老大一人，不停地走，远方似乎一直在前面。他走了很多天，终于在草原上见到了人们称之为马的动物。

在辽阔的草原上，一群类似驴但是比驴高大英俊的动物，在悠然地吃草，有时在草原上奔跑，动作优雅飞快。

老大走近放牧者，说，我从很远的地方来，专程来看马。

牧人指着马群说，这就是马。

老大愣愣地看着，怎么也不敢相信，这就是传说中的马。在他心里，这些被称作马的动物，除了高大英俊，似乎没有什么特别之处。路上遇到的那个读书人说过，马的背上有一双翅膀，而眼前这些动物，都没有翅膀。没有翅膀，还能算是马吗？

他还是觉得读书人说得对，真正的马应该有翅膀。

牧人不再解释，继续放牧。

老大陷入了沉思，也陷入了苦闷。难道马就是这样的？他想，我从老远的地方赶来看马，我必须要找到真正的马，否则我对不起自己的苦心，也对不起四个人的奔波，回去也无法向长老和乡亲们交代，毕竟人们对我们寻找马，充满了期待。

我要继续走下去，我要找到背上有翅膀的马。他自语着，给自己信心和勇气。

他继续走，经过了无数个日月，经年累月，他不再年轻，甚至明显老了，直到有一天，他步履蹒跚，脚步沉重，感觉到疲劳。他望着远方，依然认为，只要走下去，就一定能够看见有翅膀的马。

他在走。最早回乡报信的老四，回到村里向长老和乡亲们报送了消息，又重新出发，去追赶老大老二老三。当老四匆匆赶路时，途中遇到了回乡报信的老三。又过了很多天，老四又在途中遇到了回乡报信的老二，老二说，老大正在向北方行走，据说离云彩升起的地方不远了。二人相别以后，老二继续赶路回乡报信，老四去追赶老大，行程艰难，但心怀希望，也不觉得劳累。

*　　　*　　　*

老大继续往前走。他心里的马，渐渐成为一个固定的形象，在他看来，除了他心里的马，其他的都不是真正的马。他坚信这样的马是存在的，只是人们没有找到而已。

又经过了不知多少岁月，他终于倒下了。

那是阳光明媚的一天，他走在辽阔的草原上，地上的野花静静地开放，天上飘着淡淡的白云。他走着走着突然看见远方的白云里有一匹白马在奔驰，准确地说是在飞翔，那白马的背上分明长着一双翅膀。他看见了真正的马。他望着那片白云，慢慢地幻

9

化着，弥漫着，又把白马掩藏起来。看着眼前发生的这一幕，他站在地上不敢动了，心都不敢跳了，生怕这一切瞬间消失。他想起了这么多年的寻找，虽然历尽艰辛，都是值得的。他还想看个仔细，看清楚了，才能辨别马的真伪，才能准确地回乡告诉长老和乡亲们。老二老三老四都回去报信了，唯独他还没有回去过，他要在看见了真正的马之后，回去报个准信，用嘴说，用手比划，让人们知道马的形状和奔跑的速度，不，是在天上飞翔的姿态。他开始反思，难怪人们没有看见过马，难怪人们把类似驴的动物称作为马，因为人们没有见过真正的马，今天，他见过了，他真的感觉自己死而无憾了。就在他感觉自己死而无憾这一刻，他的两腿有些发软，眼前忽然一黑，扑通一声倒在了地上。

老大看见了马之后，身体突然垮掉，再也撑不住。就在他倒下的一刻，他的身影从地上忽地站起来，离开了他的身体，独自向前走去，向那片白云的方向走去。

多年以后，老二老三老四都到了云彩升起的地方，沿着老大走过的路，走到了老大倒下的草原，但是没有看见老大，不知他去了哪里。他们猜测，老大一定是去了更远的远方。尽管他们也都老了，还是要走下去，老大都走了，我们不能不走。

他们商量后决定，老二和老三继续往前走，去远方，但是远方在哪个方向，他们也无法确定，只有走卜去才能知道。老四回去报信，把这里发生的一切告诉长老和村里人，因为村里人还在挂念着他们。其中有一个流泪的小姑娘，自从第一次送别后，就不再生长发育了，至今还是那么小，她不想长大，她暗恋着老大，她怕自己长大了，老大回来后就不认识她了，所以就停留在十二岁，看上去还是个小丫头。而长老不怕老，他越老越精神，越老胡子越长，如今已经拖到地上，走起路来飘飘忽忽，像是从脸上垂下的一道瀑布。

又过了很多年，老四回乡报信，告诉人们远方发生的一切，然后重新启程，继续赶路去追赶老二和老三。由于越走越远，回乡报信所需的路程越来越漫长，老四走到半路就倒下了，他始终没有看见过真正的马，但是为了寻找马，他无悔无悔地奔波了一生。他倒下的地方比较偏僻，无人知晓，多年后他融化在土壤里，地面上开出了一片小白花。

在寻找老大的过程中，老二和老三也分开了，老三回去报信，老二继续走，去找老大。年深日久，他们走了不知多少路，始终没有见到老大，这时寻找老大已经成为他们唯一的目的，慢慢地把看马这件事忘记了，最后一点也想不起来了。

又不知过了多少年，老二和老三也分别倒在了路上，无人再回去报信。河湾村发生了许多变化，原来年轻的人们都已老去，有的已经过世，村里新生了许多孩子，这些孩子也都慢慢长大，变老。人们已经忘记了早年的事情，偶尔有人提起往事，会说起很久以前，有四个人去远方看马的事，都觉得是个神话。有人去问长老，长老肯定地回答，是有这件事，不信你们可以去问问那个永远也长不大的小女孩。人们去问小女孩，小女孩也证实了确有其事，当她说起老大时，脸上微微泛起了红晕。

尽管长老和小女孩都说确有其事，人们还是半信半疑，不敢相信这是真的。有一天，河湾村的几个老人坐在村口的石头上聊天，谁也没有注意，从北方飘过来一片白云。第一个发现这片云彩的是那个永不衰老的小女孩，因为自从送别四个年轻人后，她就经常望着北方，期盼他们回来。准确地说，是期望她所暗恋的老大回来。

与往常一样，她在村口望着北方，发现了天上有一片白云，不同寻常。她看见这片白云里有一个比驴高大英俊的长有翅膀的白色动物，向河湾村的方向飘来。她虽然不能确定这一切是不是真的，但是她本能地喊了一句：马！

　　随着她的喊声，人们顺着她手指的方向看去，一匹白马扇动着雪白的翅膀，从白云里飞奔而出，姿态优美飘逸，马背上还骑着一个透明的驭手。当它飞过河湾村上空时，人们惊讶地发现，那个透明的驭手正是传说中去远方寻找马的老大。真的是他回来了，他骑在飞翔的马背上，已经没有身体，他只剩下一个灵魂。

2019.2.20

北极星

河湾村离小镇有八里路，中间隔着一条河。河湾村与北极星之间，中间隔着无数个星星，具体有多远，谁也说不清楚，但却有着密切的关联。河湾村的人都知道，晚上睡觉要把门关严，不然北极星的光会钻过木门的缝隙或窗户的破洞来看你。小镇也经常发生这样的事情，人们对此习以为常，但也有些担心。

每天早晨起来，人们在胡同里见面打招呼时，都要问一下：夜里北极星来过吗？

来过。我没理它，后来它就走了。

我也是。

人们相互问候一下，也就是图个心安，并不能阻止北极星继续来探望。如果哪一天北极星真的不来了，村里人反倒有些不安。夜里，总会有人起来，扒着门缝或窗洞往外看，心想，北极星没来，不会有什么事情吧？

人们担心的不是自己，而是天上发生了什么事情。

每当这时，整个河湾村的人都睡不踏实，男人们都要起来观望几次，心里惶惶不安，甚至有人去小镇报信，或者接到小镇来人的报信，相互提醒一下。毕竟两地相距不远，有很多熟人或亲戚。

人们在夜晚见面，并不需要确认对方是谁，见面后窃窃私语，然后转身就走，不能回头。据说回头会看见不祥的东西，因为人们真的不回头，所以也就没有人真正见过那不祥的东西到底长什么样，只是传说而已。

一天夜里，两个相互报信的人在路上相遇了。两人并不熟悉，也不问对方是谁，见面就小声说话。一个说，北极星没来。另一个说，来了一会儿，又走了。两人不再多说，然后各自转身，头也不回地走回自己的村庄。

报信人回到村里后，人们就可以安心睡觉了。人们之所以相互报信，不是为了自己，而是担心别的村庄。

如果赶上阴天，北极星隐藏在云层后面，整个夜晚都不出来，会有无数个村庄沉浸在惶惶之中，每个村庄都有人在出走，在相互报信，一时间，整个北方的村庄之间都有人在相互报信，并互问平安。

有一年夏天，天空阴云密布了七七四十九天，北极星一次也没有出来，有人传言，说北极星死了。这个消息一传出，整个河湾村的人都哭了，人们一打听，说小镇的人们也在哭，整个北方的人们都在哭。没有北极星，人们的生活也能继续，可是人们就是忍不住，觉得那么好的一颗星星，说没就没了，不哭出来心里憋屈。

这时，人们觉得北极星真是一颗好星星，除了发光，从来没有给人们添过什么麻烦。人们开始怀念北极星扒着门缝前来看望时那细微的光芒。有人甚至把盼望北极星的心情编成了小曲，低声哼唱，歌声悠远而悲凉，仿佛不是人唱出来的，而是从遥远的北方飘过来的。听着这歌曲，人们遥望着北方，泪眼迷离，轻轻摇晃。

阴郁的日子，总会有结束的时候，不知从什么时候起，天上的云彩慢慢变薄了，先是出现一两颗星星，后来出现一片，再后来，天空豁然开朗，满天都是星斗，而且又大又亮，有的星星甚至大于鸡蛋。

北极星出现了，仍然在最北方。它没有死。人们看到北极星，就像见到了久久思念的亲人，心想，你可来了。你再不来，人们都生活无望了。

人们奔走相告，说，北极星来了，北极星来了，北极星真的又来了。人们相互转告时，脸上带着欣喜和幸福的表情。人们都走出了家门，站在方便的地方，向北方眺望，目视着北极星，甚至不愿眨眼，生怕它再一次从天空里消失。

一连数日，河湾村的人们晚上不睡觉，看着北极星，也不觉得累。人们认为，这是生命中最幸福的事情。

小镇也是如此，据说他们还因为眺望北极星，专门搭建了一个台子，请百岁以上的老人坐在台子上观望。他们还在地上竖起一根木杆，上面固定住一个木牌，专门指向北极星的方向。后来，人们就把北极星所在的位置，尊为正北方。

北极星出来以后，人们开始注重夜晚的生活，白天似乎成了可有可无的时光。因为白天的星星太少，只有一个，由于光芒太强烈，没有人敢凝视。而夜晚是丰富的，高大的天穹上，镶嵌了数不清的星星，每一颗星星都对应着一个人，虽然人们并不知道哪一颗星星是属于自己的，但是敏感的人们可以隐隐地感知到，天空中有一个与自己命运相关的事物。

有了北极星，有了满天星斗，人们心里就有了底，知道自己并不是孤立的一个人。人们有家人，有朋友，有亲戚，有附近村庄的人，有相互之间的关联，即使不常往来，心里也有挂念。

2019.2.21

腿

　　河湾村是个山村，早年没有交通工具，人们出行，都是靠腿。人们身高不一，腿的长短决定一个人的行走速度，有时也决定方向。本来应该去南边，结果腿不听话，直接往北走，甚至走到了不可知处，让人很是不放心。

　　为了达到目的，不至于走弯路，人们在出行之前，反复告诫大腿，今天要去南边，千万不要走错了，记住了吗？腿听到了也不吭声。腿上没有嘴，听懂了也不会说。腿不说，你就不知道它是怎么想的，也不知道它将走向哪里。你若是说多了，把它说烦了，说不定它真的给你找别扭，走到你根本不想去的地方。

　　村里曾有一个人，直接走到山顶，仍不停下，从山顶继续往上走，到了天上。人们眼睁睁看着他越走越远，消失在天空里。等他回来的时候，已经是多年以后，许多人都老了。他说，我到了天上后，发现走错了，立即跟腿商量说，不对，走错了，咱们回去吧，于是我就回来了。我在天上也就耽搁了一小会儿，回来后发现许多同龄人都老了，真是奇怪。

　　他感到很纳闷，但是人们都很理解，因为村里经常发生这样的事情，都习惯了，偶尔有人走到天上去，也不觉得稀奇。

还有一个人，沿着弯曲的小路走了很久，说是去找一个人，他走到了小路的尽头，竟然在那里发现了他自己。回到村里后，他见人就说这件事。

村里出现的许多奇怪的事情，都跟腿有关。腿决定了你走多少路，去向哪里。为了适应腿，人类进化出了协调的身体构造。比如人的脸，为了适应腿行走的方向，就长在了前面。试想，如果一个人的脚尖向前，而人的脸却长在了后脑勺那个地方，行走起来肯定会别扭。再比如，腿已经迈出去了，走了，其他的身体部位不跟着去都不行，腿走向哪里，整个身体也就到了哪里。所以说，人的一生能走多远，是由腿决定的。一旦腿瘫软在地上，不走了，你就是有再好的想法也没用。

人有两条腿，腿多了就会变成别的动物。比如婴儿时期，人与其他动物的区别就不大，都是用四条腿学习爬行，等到长大一点，站起来了，学会走路了，两条前腿就成了悬空之物，慢慢变成手臂。

村里曾经有过一个一条腿的人，由于走路不便，经常在一个地方一站就是一天，一步也不移动，时间久了，他的脚指头慢慢变长，经常深陷在泥土里。有一次他在一个地方站了几天几夜，等到人们找到他的时候，他的脚指头已经深入地下，变成了根须，他的胳膊上居然长出了几片嫩绿的树叶。

那个时候，河湾村的人们都居住在茅草屋里。我记得我五六岁的时候，村里只有少数几家是瓦房，多数都是草房。每隔几年，人们就要把雨水浇烂的茅草扒掉，换上新的茅草。茅草屋比较抗寒，冬天也不是太冷。茅草屋的最大隐忧就是怕火，村里每隔几年就会发生一次火灾。失火啦！失火啦！每当最先发现房屋着火的人发出吓人的喊声，全村的人们都会跑出来救火。那时我还小，还不足成人的大腿高，看见地上全是腿。奔跑的腿，站立的腿，行走的腿，我吓得抱住成人的大腿，两腿直打哆嗦，几乎站不住了。

从那个时候起，我就意识到腿的重要性。由于我的身体协调性比较好，很少走到邪路上去，就是有人动了歪心眼，引诱我，我也坚持走正路，不走邪路。但是走夜路是免不了的，就是天上没有一颗星星，有要紧的事情，你也必须走。乡村的夜晚不比城里，那种黑，是彻骨的黑，比黑社会黑，比黑手党黑。地上坑坑洼洼，走着走着，小路突然就断了，但是你必须走。腿在走，你不能不跟着一起去。

我曾多次走夜路，从来不敢回头，因为鬼就在身后，你不回头，他就追不上你，你若回头，就会吓破胆，两腿一软，瘫在地上。一个男人，如果真的瘫在地上，就会被人瞧不起，哪怕对方是个盲人。

有一次，我走夜路，扑倒在地上，眼前突然出现了许多星星，这些星星上下飞舞，移动，不断生成和熄灭。我还以为夜空发生了什么事情，结果发现是我自己的眼睛里冒出了火星。起来后，我发现我的腿和膝盖都摔坏了，腿疼了好多天。因为我的腿坏了，那年天气大旱，村里人集体去天上求雨，我就没有参加。那是一次惊天动地的祭天行动，我没有参加，后悔至今。

后来，我的腿好了，还是经常走夜路，夜还是那样的夜，黑还是那样的黑，但是灯出现了。自从村里出现了可以提在手中的灯，不管多么黑的夜晚，腿都可以大胆地往前走，而且越走越快，甚至飞起来，哪怕身后有一群鬼在奔跑，也追不上。

2019.2.23

补天记

夏天的一个夜晚，河湾村的人们正在酣睡，忽然听到天上传来沉闷而巨大的坍塌声，仿佛有什么东西从天上掉落下来，砸在了地上，人们感到惶恐，纷纷出门察看。结果惊呆地发现，西北部天空塌了，辽阔而黑暗的夜空缺损了一角，从这缺损的地方透出天光，比白昼还要明亮。

漆黑的夜晚突然明亮，人们感到惊诧，不敢相信这是真的，但确实是真的，而且这光亮从塌陷的天空一角泄漏下来，一直这么亮着，山村的夜晚变成了白昼。人们以为，这光亮不会长久，也许后半夜就消失了。人们纷纷回去睡觉，因为干了一天活儿，也都累了，到了该睡觉的时候必须睡觉。

村里有几个年轻人，觉得问题非常严重，天塌了，难道不该去看看，到底是怎么回事？于是这几个人不约而同地向西北方走去，要去探个究竟。河湾村的西北部有一座高峰，登上山顶，离天也就很近了。由于有天光泄漏，黑夜明晃晃的，几个年轻人走了大约两个时辰，就到了山顶。

几个人聚齐后，一个高个子伸手一摸，就够到了天顶。这时他们才发现，天空并不是人们想象的那样深邃而辽远，而是非常薄的一层纸，也就是人们常说的幕布，铺在上面，非常脆弱，甚至一捅就破。星星也都是贴在幕布上的，并不牢固，很容易掉落，难怪人们经常看见流星滑落，原来是贴得不结实所致。

这次天空塌陷，也不是一朝一夕所致，从塌陷的边缘可以看出，有些裂痕已经非常陈旧，也许是年深日久破损了，也许是闪电雷击所致。总之，天空并不像人们想象的那样坚固。

几个年轻人在山顶上用身体搭起一个人梯，高个子站在人梯上，脑袋钻到了天空漏洞的上面，看见了天空背后的景象。他发现了天空背后的秘密以后立刻就失语了，从人梯上下来后就说不出话来，只能用手比划。但是人们不懂他比划的意思，都感到莫名其妙。其他人还想搭人梯继续探个究竟，被高个子制止了，他摆手不让人们再看，人们只好作罢，下山回村。

村里人并未真正睡去，得知几个年轻人去了山顶，人们纷纷起来，聚集在村口，等待他们回来。毕竟是天塌了，人们还没有经历过这样的事情，不知道如何面对，尽管议论纷纷，却一时间拿不出什么好主意。

这时人们想起了一个人，一个已经过世多年的老人，他曾经去过天上，给一个看不见的人送过信，说不定他会有办法。可是他已经死去多年，正在坟墓里呼呼大睡，肯定不愿意起来，如果不是万不得已，人们也不愿意打扰一个逝者的安宁。

人们想起这个逝者曾经留下一个木匣子，里面有一张字条，说不定会有什么用处。腿快的人很快就找到这个木匣子，确实有一张字条，但是上面的字迹已经模糊，几乎消失了，仅有的一点隐隐约约的痕迹，也是无人可以辨认了。人们感到很失望。

这时几个年轻人也回到了村子，向人们述说着天空漏洞的情况，并对高个子的失语感到不安。一个矮个子年轻人说：我们几个人搭起一个人梯，让高个子踩着我们的肩膀，把脖子伸到天空的上面察看，不知什么原因，他看到以后就说不出话了。

高个子年轻人很着急，嘴一直在说，但是却发不出声音。他不住地用手比划着，但是没有人知道他的动作到底是什么意思，只是隐约意识到事情的严重性。不知道接下来还会发生什么事情，心里都感到焦急而惶恐，却束手无策。

看到高个子年轻人失语后，怕再出现意外，人们就不敢再去察看天空。

有一个王姓老人说，还是我去吧。说完他就离开了人群，人们以为他去西北方，去天空塌陷的地方，没想到他向南走，人们莫名其妙地跟着他，怕出什么意外，也想看个究竟。

王姓老人来到村庄南部的一片坟地，在一个很大的坟堆前停住。他看见人们跟在身后，就让人们回去，别添乱，人们只好散去，不敢再节外生枝。

说是散去了，还是有人没有走开，躲在一处隐蔽的地方，看他到底要干什么。

躲在暗处的人们目不转睛地看着他，见他在坟堆前坐下，在独自言语，也不知到底说了些什么。

大约过了一袋烟的工夫，人们看见两个人走出了坟地，王姓老人身边多出了一个老人，这个多出的老人是谁？是什么时候出现的？人们不得而知。只见两个老人边走边聊，向西北方向走去。

自从人们看见两个老人离开坟地以后，就没见他们回来。人们知道他们一定是在做重要的事情，并且与天空的塌陷有关，但也不好过问。

大约过了七天，天空的漏洞一直存在，却在明显缩小。

又过了七天，天空的漏洞又缩小了一些。

时间过去了七七四十九天，天空塌陷的地方完全消失，与从前一样了，夜晚恢复了黑暗，原来塌陷的地方，甚至还多出几颗星星。

起初，人们还以为是天空自己生长，破损的地方自动弥合了。后来人们发现，事情还真不是那么简单。因为那个王姓老人一直没有回来，与他一起走的那个老人，也没有回来。

一天，村里的牧羊人路过坟地，发现了秘密。他神秘地说：以前，我每次路过坟地，总能听见里面的呼噜声，今天，少了一个人的声音，我就找原因，结果发现一个坟墓出现了漏洞，我仔细察看，里面睡觉的人不见了。人们听说后去坟地察看，发现那个漏洞的坟墓，正是曾经给天空送信的那个老人的坟墓。

这时，人们又想起了那个木匣子，找到那张字迹消失的纸条，发现字迹又恢复了，上面清晰地写着：某年某月某日，西北部天空将会塌陷，不要恐慌，可前去坟墓里找我，不要客气。

至于说天空是如何修补的，也许永远无人知晓。那个高个子年轻人只是窥见了一眼天空上面的景象，就永远失语了，他一直在用手比划，却没有人理解他的肢体语言。也许天机不可泄露，老天从此封闭了他的语言。

这件事情以后，河湾村的人们对天空充满了敬畏，不敢亵渎，也不敢轻易冒犯。人们爱护天空，一旦发现太高的炊烟，立刻把它秋倒，生怕它长得过高，会把天空顶破。从此，去天上送信的人，也是轻手轻脚，绝不会把天空踩坏。

大约过了一百多年，从远方来了两个老人，村里没有人认识他们是谁。

人们传说，在很久以前，西北部的天空塌了，据说有两个老人去天上修补漏洞，一直没有回来。传说他们把天空补好后，忘了给自己留下回来的出口，永远留在天上了。

两个老人相视一笑，说："没有出口，我们是怎么回来的？"

说完，他们相互又是一笑，比当年的笑容老了许多。

他们回来那天，河湾村阳光明媚，和风融融，人们在田间耕作，如同万古，没有人发现，西北部天空出现了轻微的波浪，像一张透明的塑料布，发出清脆的抖动声。

2019.3.2

孤　树

　　一个陌生人向孤树的方向走去，立刻引起人们的警觉，消息传开后，人们议论纷纷，不知如何应对。

　　孤树是荒野上的一棵孤独的树，因为谁也不知道它是什么树，人们就根据这棵树的地理环境，叫它孤树。这棵树，树干不算挺拔，外表是光滑的白皮，树枝向上斜出，叶子很小，枝叶并不茂密。早年曾经有人试图把它砍倒，但是这棵树流出来鲜红的血液，把人吓坏了，再也没人敢动。

　　这棵树下，有一个茅草屋，由于无人居住，早已坍塌腐烂，成为一片废墟。人们很少经过那里，即使有人经过，也很少关注这棵树。

　　实际上，这棵树也并不是一直这样孤独，因为树下的茅屋里，曾经居住过一个孤独的老人。实际上这个老人也并不十分孤独，他每天在树下练习刀法，几十年如一日，风雨不停，他的功夫到了什么程度，他自己也不知道，因为找不到对手。河湾村的人们祖祖辈辈都是耕种的农民，虽然有人练习过一些简单的招式，但还够不成武艺，无人与他对等。没有对手，倒是让他觉得孤独。

一天，他写了一张字条，贴在孤树上，希望遇到一个快刀手，与他比武。他最大的愿望不是战胜对手，而是死在他所佩服的刀客手下。

一年又一年过去，他不知贴过多少张字条，也没有等来刀客。

他继续在孤树下练习刀法。

又过去了许多年，他的刀法已经达到炉火纯青的程度。这个程度是人们猜测的，因为他没有遇到过对手，也就无法准确判断他的功夫到了什么地步。只有孤树知道，但是孤树不会说话，只是默默地站着，希望刀客早些到来。

时间长了，村里人渐渐忽略了他的名字，都称他为刀客。

刀客的刀法在提升，这是肯定的，什么事情也经不住几十年时间里从不间断的苦练，但是，他也在慢慢老去，这也让他有些焦灼。难道此生就遇不到一个刀客了吗？没有另外的刀客，如何验证自己的刀法？如果就这么老下去，老死，我的刀法岂不是白练了？

一天，人们从孤树下经过，看见树干上留下一张字条，得知刀客走了，他去远方寻找对手。他走后，孤树真的成了一棵孤独的树，没有人在树下居住，也很少有人从树下经过，孤树就那么孤独地站着，也有些老了。

不知过去了多少年，人们早已忘记了刀客这个人，按年龄他应该是百岁以上了，估计他是不会回来了。

河湾村是个安静的村庄，刀客走后，人们连议论的话题都没有了，相互见面，只是问候一句：吃了吗？对方回答一句：吃了。然后就再也无话可说了。你想想看，人们千百年居住在一个地方，整天见面，该说的话都说了，该做的事情，周而复始，春种秋收，永远也做不完。在耕种之外，一个练习刀法的老人，倒是一个例外。他走后，例外就没有了，只剩下了耕种和继续耕种，生生死死，无穷尽也。

就在人们逐渐淡忘刀客的时候，一天，从远方来了一个陌生人，看上去很老，但是看不出具体年纪，他的身上挎着一把刀。

这个人从远方来，见人也不过问，直接走向了孤树。

人们这才想起来，这个陌生人是不是来会刀客的？人们想起刀客，恍如隔世。可惜住在孤树下的老刀客已经出走了多年，如果他还在，两个刀客相遇，会有一场怎样精彩的比武交流，或是分出胜负，或者死于对手，或者成为朋友，都是一场可观的好戏。

人们感到，这个走向孤树的人不同寻常，因为许多年里，没有人专门去过孤树那里，仿佛那里是个遗迹。出于好奇，有腿快的年轻人渐渐跟了上去，随后传来消息，说这个从远方来的陌生人，自称是当年离家出走的刀客。

人们纷纷来到孤树下，前来看个究竟。年轻人只是听说过关于刀客的传说，但是都没有见过真人，无法判断他是不是真正的刀客。村里仅存的几个老人，见面后反复盘问，问他许多发生在早年间的事情，他都能回答。老人们最后终于确认，这个陌生人确实是当年出走的刀客。由于他出走的年月太久了，村里的老人们也都忘记了他的名字，恍惚记得他姓王，其他都想不起来了。老刀客自己也忘记了自己的名字，他觉得练习刀法才是重要的事情，名字并不重要，也没有必要记忆。

刀客回乡了，消息传开，一时间引来了人们的多种猜测，有人说他在远方遇到了真正的高手，战败了，差点儿死在外乡；也有人说他打遍天下无敌手，告老还乡了；还有人说他离开了孤树，没有气场了，功夫尽失，在外流浪了多年，再不回乡，就会死在他乡，变成孤魂野鬼。村里人说什么的都有，但是没有一句话是老刀客自己说的。老刀客回乡后，什么也没说，只是把刀挂在了树杈上，用手拍了拍孤树，好像是见面的问候。

老刀客在村里人的帮助下，在茅屋的原址上，用木头和茅草重新搭起了一座简陋的茅屋，暂时住下来。像多年前一样，他仍然每天坚持练习刀法，从不间断。此外，他还在孤树下挖了一个墓穴形状的土坑，人们不解，不知他挖坑有什么用。

一天，一个孩子从孤树下经过，窥见了一场精彩的绝世表演。

这是秋天的一个傍晚，天上出现了三层晚霞，河湾村升起了炊烟，下地干活儿的人们陆续往回走，黄昏还没有降临，整个村庄笼罩在温馨的气氛中。孤树下的老刀客，像往常一样，又开始了练习。他穿戴得非常整洁干净，在树下、茅屋旁，一片空地上，刀光闪闪。不知道的人还以为他是在独自练习，而实际上他是在比武。出走这些年，他走遍了整个北方，遇见了无数个刀客，都不是他的对手。他有一个最后的心愿，就是此生一定要死于一个刀客之手，如果是死于疾病，那将是他最大的遗憾。

为了实现这个最后的心愿，老刀客已经做好了充分的准备。万事俱备，只剩最后一场对决了。在晚霞的辉映下，老刀客在孤树下开始了一场绝世的比拼。他一生好武，以德为尚，从未伤过人。今天，他要展示一下自己的刀法，他不需要观众，也不必得到人们的理解和承认。

刀法到了极致，刀光也消失了，声音也消失了，甚至刀客自己都仿佛是一个多余的存在。今天，他出手非常重，非常狠，刀刀逼命，毫不留情。他认为手软了，就是对对手的蔑视和不尊重。他练了一生，终于要与高手论高低了，他要找到那个能够战胜自己的人。他已经知道，这个人不是别人，正是他自己。

这是一次针对自己的决斗，胜负已经不再重要，重要的是这种方式，体现出无与伦比的高妙和精彩。现在，他比的不是术，而是心。他已经达到人刀合一的境界，最后拼的不是力，而是气。一种看不见的气，循环往复，围绕着他的心，在身体里运行。这种气，运行到圆融的程度，寻找的不是伤口，而是精神的出口。

今天，他把一生所练的绝招，都使了出来，又一一化解掉。而这些外在的招数，都已无法战胜自己。他寄望于刀，他的刀，就是他延伸的手臂，是杀器，也是气的运行终端，刀法的一招一式，体现的都是一个人的境界。

从傍晚到深夜，到月光暗淡，到黎明，他与自己的比拼，不分胜负。

他并不知道，他的这场厮杀引来了许多人，人们在暗中观看，不敢惊扰他，他也进入忘我的境地，甚至不知世上还有他人。

人们目不转睛地看着他。大约在日出之前，他使出了最后的一招。人们屏住呼吸，只见他运足了气，把刀抛出百米之外，这把旋转的刀在空中，以他为核心绕了三圈，并不落下，最后直奔他而来，他来不及躲闪，一下子削在他的脖颈上，他的头颅嗖的一下从躯体上脱离开来，飞出老远，直接落进了他事先挖好的墓穴里，他的脸部朝上，嘴里大喊了一声：好刀法！

随后，他的躯干并未倒下，也不见流血，而是迅速出手，接住了这把刀，刀柄握在手里。他的躯体提着这把削掉了自己颈上头颅的刀，向墓穴走去。他虽然失去了头，但是躯体却走得非常稳健，他迈着大步，一手握刀，于高高举起，为自己的刀法赞叹，伸出了大拇指。他走近墓穴边缘，一个纵身跳进坑穴里，然后调整好姿势，稳稳地躺在里面，与自己掉落的头颅吻合到一起，并把那锋利的宝刀平放在自己的身边，安静而满意地闭上了眼睛。

他闭上了眼睛，然后又慢慢睁开，看了看天空。他听到天空的朝霞后面，有人在呼喊他，他本能地答应了一声。

这时，在暗中围观的人们渐渐围拢过来，向孤树走近。人们小心翼翼地靠近他的墓穴，看见他仰面躺在里面，身上和头部没有一滴血迹，只见他的脖子上有一道伤口，已经愈合，只留下一道疤痕。

他的墓穴就在树下，紧挨着他的茅屋。

埋葬这位老刀客的时候，全村人都来了，人们忙前忙后，谁也没有注意，那棵几百岁的孤树，围绕树干突然裂出一道环形的伤口，鲜血从树干里面喷涌而出，溅了一地。

2019.3.4

河流轶事

河湾村的南面被一条河流环绕，这条河流名叫青龙河。有一年春天，河水断流了。

就在河水断流的日子里，住在孤树下的刀客从此路过，当他走到干枯的河床中心时，河床里突然出现了一股涓涓细流。刀客看见青龙河水如此之小，不禁哈哈大笑。正在他狂笑之时，这条细弱的河水从河底上忽然飘起来，像一条水做的丝带缠住了他的身体，尽管他学过缩身之术，还是无法逃脱。幸好船工及时发现了他，走过来劝说青龙河松开，刀客这才躲过一劫。

刀客被青龙河水缠绕，事出有因。传说他曾经在河水上试刀，一刀劈断了青龙河。当时有人看见他手起刀落，砍在河水上，青龙河疼得直哆嗦，身体扭曲和抽搐，都变形了。当时河水裂开了一个大口子，久久不肯弥合。以这个刀口为界，刀口以下的流水迅速逃跑，流向了下游；刀口上游的流水不敢往下流，停在了那里。青龙河水就这样断流了。人们感到非常惶恐，以为青龙河被刀客所杀，一刀砍死了。不料第二天，人们发现青龙河不治自愈，又开始了流动，河水上面只留下一道深深的伤疤。

这个刀客，并不是故意刀劈青龙河，他只是想试一下刀法，没想到河水太柔软，经不住这一刀，造成了严重的伤害，直至当场断流。

关于那次断流，还有另外一种说法。说是一个巫师乘船过河，不小心把钥匙掉进了河里，为了找到钥匙，他把河水掀开了，他在河底找到了钥匙，但是河水却因此而受风，从此一病不起，日渐消瘦，最后成为一条水线，被路过的几头牛给喝干了。

青龙河断流以后，过去需要摆渡才能通过的地方，人们可以直接走过去，木船停在干涸的河床边，成了一个摆设。即使无需摆渡，出于习惯，老船工也要守护在船边，没事的时候就躺在木船里面，大草帽往脸上一扣，呼呼睡大觉。

说是老船工，实际上他并不老，也就四十多岁，上身不穿衣服，脚不穿鞋，皮肤黝黑，身体干瘦。由于他摆渡的时间太长了，人们就称呼他为老船工。老船工永远戴一个大草帽，他的大草帽不是一般的大，而是非常大，他躺在木船里，草帽可以盖住整个上半身。

船工和刀客从小一起长大，见面也不客气。每次在船上相遇，刀客都带着刀，而船工戴着那顶标志性的大草帽。

刀客砍伤河流那天，船工也在场，并且劝阻过刀客，但是刀客出手太快了，劝阻的声音还没传到他的耳朵里，刀已经落在了水面上。

刀客和船工是表兄弟，小时候，刀客一心练习刀法，而船工只想摆渡，两人各自练习，都有长进。

起初，刀客的刀法非常稚嫩，连一个小旋风都无法劈开，更不用说砍伤一条河流。后来他拜过一个师傅，教他影子刀法。说白了就是拿自己的身影开刀，练习刀法。练到成熟，一刀就能劈掉自己的身影。身影掉了，还会再长出一个，似乎无穷无尽。而实际上并非如此，有一次他的身影被惊吓，缩回了体内，从此再也不敢出来了，他成了一个没有身影的人。人们见面跟他开玩笑，专门问他的短处，说，你的身影呢？他说，我的身影去小镇上的铁匠铺了，我在那里定制了一个刀环。人们知道他在瞎编，也不当真。

后来，他又拜了一个师傅，以水为泥，练习刀劈，这才引出了伤害青龙河的事故。

刀客的功夫，一时间成为人们的笑柄。

刀客住在一棵孤树下，一直到老，勤学苦练，最后成为一个没有对手的绝世高手。

且说他过河时被青龙河水缠住，并没有呼救，而是想法自救。他练习过缩身术，自认为能够逃脱。当船工发现河床里有人被困时，他已经与河水纠缠了很久。这次纠缠不仅让他知道河流不能伤害，而且还会报复。此后，他再也没有做过损害河流的事情。

刀客被河流纠缠以后，反倒给了他一个启示，使他的缩身术又有了新的长进。他后来练到极致，很窄的门缝，只要刀能插进去，他的身体就能侧身而过。他到底是怎么过去的，连他自己也说不清楚。据说他学习了水的柔韧性和伸缩性，化骨为水，无孔不入，任何绳索都无法捆住他。

刀客练成自救的绝世功夫那　天，船工正在青龙河上摆渡，与洪流搏斗，冒死拼命，救下了一船人。

那是夏天的一个上午，青龙河里洪水暴涨，河水浑浊，洪流中到处都是凶险的漩涡。木船上乘坐十余人，老船工在船尾摆渡，船头摆渡者是一个小船工，也就十六七岁的样子。船至中游，小船工的竹竿够不到河底，水太深了，也就是三四竿的工夫，船头被洪流裹挟而下，一下子失去了控制，向岸边的一个石笼直冲过去。危险就在眼前，木船一旦撞上石笼，必将船毁人亡。就在这生死刹那，只听老船工大吼了一声：别慌！我来！

说时迟那时快，老船工几个箭步就冲到了船头，与小船工调换了位置。老船工使出了拼命的力气，猛力插竿，只是三五下就稳住了船头，木船被控制住，在离石笼不到一尺的地方，船划过去了。

一船人得救了，而老船工却口吐鲜血，蹲在了船上。

多年以后，老船工的儿子接替了他的摆渡，也戴一顶巨大的草帽，也是那么瘦，也是不穿上衣，也是肤色黝黑，仿佛一尊青铜雕塑。

多年以后，刀客去了远方，临走时路过青龙河，他在岸边给青龙河郑重地下了一跪，一是拜别，一是道歉，一是感恩。他下跪的时候，船工正在摆渡，当时的天空阴云密布，天色暗沉，人们却看见青龙河在发光，从内部透出明亮的光泽，仿佛河底有一轮正在升起的太阳。

2019.3.5

宝 刀

铁匠打出了一把刀，透明如月亮。一般的刀，都是灰黑色，磨光以后，顶多是刀锋闪烁，有耀眼的白光；而这把刀，整体是透明的，看上去就像是用月亮的材质做成的。

这把刀一出现，就在河湾村炸窝了，全村人都出来观看，都惊讶不已。因为人们从来没有见过透明的刀，也不知道铁匠是怎么打制的。铁匠用他那漆黑的大手，摸了一下脸上的胡子，嘿嘿地笑着，并不说出秘密。

他不说，并不一定等于人们不知道，因为铁匠铺是经常去人的地方，有时人们路过，没有任何事情，也要扒着木门跟他聊几句，然后走开，干自己的活儿去。有一天一个孩子从门缝里看见铁匠正在用拳头打铁，感到非常惊奇，回家后就跟大人们说，我看见铁匠用拳头打铁，大人们听了也不相信，认为那是不可能的事情。

孩子老是说，铁匠用拳头打铁，终于引起了一个老人的注意。这个老人是河湾村最老的人，估计也有两百岁左右吧，没有人知道他确切的年龄，他自己也不知道，早就忘记了。人们问他，您老多大年纪了？他从来不正面回答，而是笑笑说，老不死

34

了。后来人们就叫他老不死，他对自己的这个外号也感到非常受用，愿意人们这样称呼他。

老不死决定去看看铁匠。

村东头，靠近河边的水车旁，有两间简陋的石头房子，是铁匠铺。铁匠的老婆生孩子时大出血死了，撇下一个儿子，已经五岁，除了玩耍，就是看他父亲打铁。有时也捣乱，因为除了捣乱，他也干不了别的。

铁匠原来的住处离铁匠铺比较远，老婆死后，为了方便打铁，春夏秋三季他就带着孩子搬到铁匠铺里。别看铺子小，里面杂乱不堪，铁匠的手艺却不凡，他打的刀，远近闻名，不崩口，不卷刃，锋利无比。

村里孤树下住着一位老人，是个有名的刀客，在他这里定制了一把刀。铁匠知道老刀客比较挑剔，决定给他打制一把特别的刀。

那天，铁匠正在专心打铁，孩子在外面玩耍。这个孩子，自从没妈以后，跟野孩子差不多，无论怎么折腾也死不了，因此铁匠对他也不再多操心。

老不死悄悄地来到铁匠铺，看见铁匠正在专心打铁，不知道有人在门外偷看。铁匠炉生火的时候，铺子的门都是敞开着，以免炭火熏人。老不死站在门外，惊讶地看见，铁匠确实是用拳头在打铁。铁匠用钳子从炉火中夹出已经烧红的铁条，放在砧子上，然后用拳头猛砸那个铁条。他下砸的速度非常快而有力，也特别专注，以至于老不死在门外偷看了很久，他都没有发现。最后，老不死故意咳嗽了一声，他才看见。

铁匠看见老不死来了，就停下手中的活计，请老不死进到铺子里。老不死问铁匠，你这么打铁，不烫手？铁匠说，只要下手快，就烫不着。老不死又问，你为什么不用锤子打铁？铁匠说，平时都用锤子，而这把刀比较特殊，只能用拳头打制，慢工出细活儿，反正老刀客也不急。老不死看了看铁匠的拳头，粗大而坚硬，已经发黑，看上去真像一个铁拳。

铁匠说，我不想让人知道我在用拳头打铁。

老不死说，我给你保密。

铁匠知道老不死是个守信用的人，他说为他保密，就是死了也不会说出去。

老不死走后，铁匠继续打铁。他用了一年多时间，打制这把刀，没用一下锤子，完全是用拳头砸出来的。

铁匠也是第一次用拳头打铁。他发现，这把刀经过无数次冶炼和锻打，已经不再改变颜色了。也就是说，从炉火中夹出来的铁条是通红透明的，经过打制，冷却后仍然保持通透，而且随着打制的时间变长，这把刀越来越透明，最后，看上去像是用月亮做的。夜晚，这把刀能够自己发出类似月亮的光，非常柔和，而实际上，它的锋芒已经达到了吹毛即断，削铁如泥的程度。

为了不让人们提前知道这把透明的刀，铁匠还特制了一个木质刀鞘，把刀藏在刀鞘里。但是，秘密总有揭开的一天，当铁匠把宝刀交付给老刀客那一天，老不死作为证人，参加了交接仪式，见证了宝刀的奇迹。老刀客接过刀，从刀鞘里抽出刀来，在空中划出一条弧线，只见刀影过处，明光闪现。这时，老刀客看到这不同寻常的刀光，心里一惊，本能地后退了一步，惊叫道：宝刀！

铁匠的儿子在一旁玩耍，看见老刀客，顽皮地学了一句舌：宝刀！

老不死是从内心里佩服铁匠，说，真是一把宝刀啊。

消息传开后，人们议论纷纷，认为铁匠创造了一个奇迹，纷纷前去定制宝刀，即使不是刀客，谁不想拥有一把宝刀？

可是，人们去晚了。铁匠走了。

铁匠打制完宝刀，连夜就带着孩子走了。铁匠的爷爷和父亲都是铁匠，祖祖辈辈在村里打铁，如今铁匠打出了宝刀，为什么要离家出走呢？人们感到不解。

许多年后，村里一个去远方寻找马的年轻人，偶然在遥远的外地遇见了铁匠。铁匠依然在打铁。年轻人问他：你当年为什么要出走？

铁匠说：我对不起乡亲们，我隐瞒了打制宝刀的实情。

年轻人：你不是用拳头打铁吗？

铁匠：我是用拳头打铁，这没错。但是我打制宝刀的材料，不是普通的铁，而是月亮的碎片。

年轻人：你从哪里得到的月亮碎片？

铁匠：一天夜里，我看见天上的月亮碎了，掉下一个边角，正好落在河边，我就把它捡来，用于打制那把宝刀。起初，我也不相信那个月亮的碎片能够打制刀，经过反复煅烧和捶打，我真的做成了。不是我的打铁技术好，而是月亮本来就是透明的。

年轻人：这么说，当时你撒谎了？

铁匠：不光是撒谎了，我还有罪。

年轻人：什么罪？

铁匠：我应该把月亮的碎片还给月亮，却私下打成了一把刀。我愧对月亮。

年轻人：你还不知道吧？老刀客用你打制的那把宝刀，练成了绝世武功。一天，他夜晚在河边练习飞刀，没想到宝刀飞出去没有回来，而是掉进了河里。当时正好赶上月亮在河水里洗澡，宝刀掉到河里后，正好落在了月亮上，之后与月亮合在一起了。

听到年轻人说到这里，铁匠长舒了一口气，说，这下我就放心了。

说完，铁匠就闭上了眼睛，从此再也没有睁开。

多年以后，铁匠的儿子也成了一个著名的铁匠，他带着父亲传给他的锤子返回故乡时，老不死在村头迎接了他。老不死还是当年那样，而月亮却已经老去。

2019.3.8

金　鸡

　　河湾村是个奇怪的村庄，每到夜晚睡觉之前，人们都不约而同地打哈欠，然后睡觉，在梦里做白天没有做完的事情，好像夜晚是白天的延续，或者白天是夜晚的延续，总之具有连续性。到了凌晨，村里的公鸡也是不约而同地鸣叫，好像谁打鸣晚了，就是个懒公鸡，不配做一个河湾村的公鸡，白天出窝后都低头走路，没脸在母鸡面前昂首阔步。

　　河湾村有几十户人家，每家都有一群鸡，每个鸡群里都有一只公鸡，是母鸡的首领，也是母鸡的大丈夫。到了夜晚，公鸡的责任重大，要报晓三次，鸡鸣丑时是第一次，第二遍鸡叫是寅时，第三遍鸡叫是辰时，此时天已大亮，叫与不叫已经无所谓，因为人们大多已经起来了，叫了也听不见，或者忽略掉，不像子夜鸡鸣那样突兀、悠长，让人在似梦非梦中，翻身，倾听，然后再次蒙眬入梦。

　　夜晚的鸡叫也不是一齐鸣叫，总有一只鸡最先叫一声，声音传遍了整个村庄，随后其他的公鸡应声而起，此起彼伏，鸡鸣一片。就在这和谐的鸡鸣声中，一只母鸡打鸣了。母鸡打鸣就像公鸡下蛋一样，让人觉得不安。母鸡打鸣的声音非常短促，声音细小而又怪异，听上去很不舒服。村里人认为，母鸡打鸣是不祥之兆。

果不其然，母鸡打鸣这家人，出了奇怪的事情。这家的老人听到母鸡的叫声，就从梦里起身，穿好衣服，迷迷糊糊地走出家门，不知所以地在外面绕了一圈，又迷迷糊糊地回到家里，躺下继续睡觉。夜里发生的事情，早晨一点儿也不记得。由于他睡觉的节奏被打乱了，每到夜晚，人们都打哈欠的时候，他不打哈欠，他与常人不一样，他打不出来哈欠。

这个不打哈欠的老人姓王，人称老王。人们见面后问他，你家母鸡打鸣了？他既不回答，也不否定，而是扯别的，总之就是不提母鸡打鸣这件事。人们见他有意回避，也就不再问了。

自从母鸡打鸣以后，老王每天夜里都梦游，他自己却不知道。他梦游的路线非常清晰，永远走的都是一条路，而且越走越远，最后走到了山上。起初，山上本没有路，他走的次数多了，就隐约出现了一条小路。这条由梦游者踩出来的小路，非常弯曲，沿着山坡盘绕而上，把一个山头盘绕了三圈，老王自己也不知道，他为什么要这样做。

老王梦游走出来的小路，谁也没有发现。

老王家的母鸡自从打鸣以后，并没有遭到责备，反而还受到公鸡的宠爱，有时公鸡发现地上的虫子，自己舍不得吃，专门招呼这只打鸣的母鸡来吃。打鸣的母鸡受宠后，把打鸣作为自己的专利和本事，坚持打下去，渐渐成了习惯。

老王的梦游也成了习惯。由于他晚上梦游，要到山上去，沿着小路走很远的路，得不到充足的休息，白天就变得迷迷糊糊，经常做梦，白天也梦游。人们发现他的异常，就劝他的家人，说老王近期有些不正常，还是把你家那只打鸣的母鸡宰了吧。母鸡听到有人要宰了它，当天就消失了。

谁也不知道老王家那只打鸣的母鸡去了哪里。自从这只鸡消失后，老王减少了夜里梦游的次数，隔三岔五梦游一次，到山上转一圈，路上也不耽搁，很快就回来。又过了一段时间，他就不再梦游了，夜里彻夜睡觉，做梦。尤其是到了晚上，人们都打哈欠的时候，老王也跟着打哈欠，他与人们的生活保持一致了。恢复了打哈欠以后，老王才感觉自己是个正常人，这时，他才如梦初醒一般，想起了那只打鸣的母鸡和自己梦游的过程。

老王梦游期间，除了山上多出一条小路，河湾村没有发生什么异常的现象，人们照常打哈欠，做梦，在梦里做白天没有完成的事情。偶尔有人睡醒翻身，起来扒着窗洞或者门缝看看北极星，然后继续睡去。

打鸣的母鸡消失以后，人们忽然觉得夜里少了什么声音，尽管这声音不正常，但是已经成为河湾村夜晚的一部分。没有了这不好听的母鸡的鸣叫声，人们反倒心里有些隐隐的不安，甚至有人开始睡不着觉了，夜里反复地想：这只母鸡不同寻常，它一定是发现了什么秘密，它觉得自己有责任叫醒人们，尽管它的叫声非常难听，它也一定要叫出来，喊出来，发出自己的声音。这么说来，这是一只负责任的母鸡，它除了正常下蛋以外，还担当了某些公鸡的职责。它不应该受到人们的指责，反而应该得到赞许。而这样一只有责任心的母鸡，却面临被宰杀的命运，被迫逃亡在外，过着离群索居的生活。难道人们不该把它找回来吗？不，应该是把它请回来。

老王也越想越感到不对。我为什么要在夜里上山？我为什么要在山上绕三圈然后返回？我为什么听到母鸡的叫声就要起身？他想起来了，是母鸡的叫声提醒了他，让他去寻找，具体要找什么，他却没有弄清楚。

关于这只逃亡的母鸡，人们的认识逐渐趋同，认为它没有什么错，是人们误会了它，应该把它找回来。

老王开始了寻找母鸡的历程，他不想按照正常的路子去找，他回想起从前，子夜过后，每次都是听到母鸡的叫声以后，从梦里起身出走，去梦游。他沿着原来的路线，离开家门，走到一座山前，然后上山，在山头上盘绕三圈，然后下山往回走。这些路程看似复杂，绕来绕去的，但是线条却非常简单，抻直了，也就是一条线。

另外沿着自己曾经梦游的路线，重复了多次，也没有任何发现。他没有找到那只逃亡的母鸡。河湾村的人们也都没有找到。有人猜测，它或许已经死了，或者被什么动物吃掉了，说法很多，没有一个是眼见为实的。

多年以后，从远方来了几个探矿的人，在老王当年梦游时盘绕的山头上发现了金矿，还在一个山洞里捡到了一个天然的金块，是一只母鸡的形状。这只天然的金鸡，上缴给官府了。

联想到从前母鸡打鸣和逃走，联想到老王梦游时在山头上绕圈，联想到这一连串的神奇故事，河湾村的人们这才恍然大悟，原来是金鸡！那只打鸣的母鸡是一只金鸡！天啊，当时我们只顾打哈欠和做梦了，谁也没有想到那是一只金鸡在反复地提示我们，山上有金矿。真是的，谁也没想到。

金矿开采那天，老王成了人们议论的传奇人物。人们传说，老王感觉到山上可能有金矿，他一直在秘密探矿，但是他不敢公开进行，就假装夜里梦游，到后山上去，独自探察。老王听到人们在编造他的传奇经历，嘿嘿地笑着，既不肯定，也不否定。他只是说：我就感觉那不是一只普通的母鸡，原来它是一只金鸡。我家的金鸡啊，它曾经是我家的鸡。我曾经抱过这只鸡，当时只是觉得它非常沉，不是一般的沉，比铁还要沉。但是我无论如何也没有想到，它是一只金鸡。

2019.3.9

出窑记

四岁那年，我在土窑的外面玩耍，看见窑口里突然走出一个人，怀里抱着一抱青瓦，气喘吁吁，脸色肮脏，仿佛是从地狱里逃出来的人，吓了我一跳。

五十八年后我才想起，那时我经历的一切已经超出了一个四岁孩子的认知，在我心里埋下了迷幻的种子。随着岁月的流逝，这种迷幻越来越深，让我时常沉入记忆中，重温那些众神出没的岁月。

那时，河湾村大多是茅草屋，瓦房是一种新出现的事物，许多人都认为，瓦房是富裕和堂皇的标志，谁家的房子换掉了茅草，变成瓦房，谁家就受人羡慕。

青瓦是一种土窑烧制成的瓦，坚固耐用。黄土、水、木头、火，有了这四种材料，就可以烧制青瓦。一时间，河湾村出现了好几个土窑。做瓦并不复杂，需要一个转动的陶轮，上面固定住一个可以拆卸的木制的梯形圆筒，上小下大，先把摔打好的泥条贴在圆筒的外围，转动轮子，用小木板反复拍打泥条，薄厚均匀结实后，再把圆筒外多余的泥条刮掉，然后用特制的工具把泥巴划成均匀的四等分，最后抽出圆筒，把看似连在一起但已经被分割的四块泥坯，置于避雨通风的棚子下面，风干后就可以入窑烧制了。入窑后封闭窑口，只留下一个添加木柴的小口，一连烧制几天。一般来说，出窑带有一些悬念，如果火候不到，或者别的原因，青瓦烧制不好，就不能用于盖房子。

烧窑有许多忌讳，入窑和出窑时，不能有女人在场。据说曾有一窑青瓦，由于入窑时有一个身子不净的女人从窑前经过，看了一眼土窑，结果这窑青瓦就没烧好，废品很多。

在此之前，我从未见过出窑，但我听说过出墓。那是一个逝去多年的老人，从坟墓里爬出来，帮助人们去完成一项艰巨的工作。那一年，河湾村的天空塌陷了，人们恐慌而无助，不知如何是好，这才想起一个老人临终前曾经在木匣子里留下过一张字条，上面写着：某年某月某日，西北部天空将会塌陷，不要恐慌，可前去坟墓里找我，不要客气。可是，遇到困难，求助于一个死者，实在是不好意思，人们出于无奈，只好去墓地里找他。当时他在坟墓里已经沉睡了很多年，非常不情愿醒来，但出于诺言，他还是从里面爬出来，帮助了人们。

我想，出窑与出墓，肯定不一样。

出窑那天，人们各忙各的，没有人围观，也没有任何仪式。我正在土窑的外面玩耍，当我无意间抬头，看见从土窑里走出来一个脸色肮脏的汉子，怀里抱着一抱青瓦，两眼直直地看着我，突然开口放声唱了一句：大华耶，共计耶，哥哥叫喂。这是什么歌？什么意思？我第一次听到这么野蛮的歌，声音粗重，太狠，把我吓坏了。当时我不知所措，撒腿就跑，此后再也没有去过那个土窑。

后来发生了许多让人难以理解的事情。船工家的茅草屋，几天不见，就变成了崭新的瓦房，让人怀疑，是不是走错了地方，或者记忆出了问题。还有，村里一个女人，竟然从自己身体里挤出一个孩子，一个人变成了两个人。在随后的日子里，村里几个年轻的后生去远方看马（因为河湾村的人们从未见过马），其中一个回来报信的年轻人，身后悄悄地跟来了一条小路，他竟然毫不知晓。后来，人们请孤树下的老刀客用透明的刀，把那条跟踪而来的小路给斩断了。说是斩断了，后来人们发现，小路被砍断以后，只是疼得弯曲抽搐，缩回去了，并没有真正消失，上面有一行脚印，已经踩进了石头里，并且通向了遥远的北方草原。

人们往往是这样，越是不愿接受的，越是在心里重复，直到产生深刻的记忆。我总也忘不掉出窑的那个汉子，他唱的每个字，每个音调，都牢牢地印在了我的心里。有时我也学着他的样子，在心里唱：大华耶，共计耶，哥哥叫喂。但是这句歌词到底是什么意思，我一直没有弄明白。

河湾村在不知不觉中发生了许多变化，瓦房越来越多，茅草屋逐渐在减少。山湾或是河边，凡是黄土厚的地方，都有土窑。烧窑的日子里，会有青烟从窑里冒出。在山村，有烟升起，才有人气，哪个村庄里烟雾缭绕，说明那里人丁兴旺。

但是，大华耶，共计耶，哥哥叫喂。到底是什么意思？是不是与出窑有关？为什么那个窑工从窑里出来，眼睛直直地看着我，粗重地吼了这么一句？如今我已六十多岁了，许多事情都已忘记，成了过眼云烟，唯独这句难以理解的歌，成了我的一个心结，一直无法排解。为此，我曾请教过许多人，都无法解释。我听说有人在网上贴出过一句费解的歌词："和尚只在我梦里，如果你摸脸又亲亲"，求问网友是什么意思，结果有网友回答说："河山只在我梦里，祖国已多年未亲近。"于是，我也把"大华耶，共计耶，哥哥叫喂"这句话贴到网上，并没有得到有效的答案。

我必须要弄明白这句歌词的含义。不能再这样耽搁下去了，我决定回乡一次，看看那个窑工是否还在，如果他还在，他一定知道这句歌词的真正含义。

经过下决心，做日程安排，终于成行了。我坐火车，倒汽车，再走小路，终于回到了故土。故乡变化很大，新增了许多房子，但是山河依在，几乎没有什么变化。当年的那些土窑都已拆除，没有一点踪影了，好像从未出现过一样。如今人们建房，都是购买机制砖瓦，没有人再烧土窑了。窑工，早已成了一种记忆。

让我没想到的是，当年那个窑工还活着，已经九十多岁了，身体依然健康。拜访他时，我提起了当年他冲着我吼唱这件事，他说想不起来了，不记得有这件事。我问他，有一句歌词唱的是，大华耶，共计耶，哥哥叫喂，您还记得是什么意思吗？

听我提到这句歌词，他又来了兴致，当场就吼唱了起来，声音还是那样粗重、狠，由于他已老迈，声音有些沙哑，更显得沧桑，甚至荒凉。

老窑工唱完这一句，跟我解释说，这是一首歌中的一句，我只会唱这一句。

老窑工似乎因为只会唱这一句而感到羞愧，不好意思地说，我唱得不好，发音也不准，其实，准确的发音应该是：大花公鸡咯咯叫。

大花公鸡咯咯叫？我蒙了，原来这句歌词是：大花公鸡咯咯叫？

老窑工点点头，说，就这么一句，只是句子中间加了几个没用的杂碎。

听到他的解释，我终于释然了，但却有些失望。原来在我心里埋藏了半个多世纪的一句令人费解的歌词，竟然是这么一句毫无意义的话，与神秘的土窑没有半点关系。

2019.3.11

马　灯

　　河湾村的夜晚，灯火就是核心。哪怕火苗渺小而又暗淡，经不住风吹，但只要有灯火在，人们就不怕黑暗。

　　灯火熄灭了，只要天上的星星还在，人们根据星星的方位，就可以大致判断时间和方向。月亮就更不用说了，即使是天狗吃剩下的月亮，也足以照亮整个夜空。村里的铁匠就曾用月亮的碎片打制出一把透明的宝刀，锋利无比，不费吹灰之力就砍断了一条小路。我至今认为，那条小路并无过错，不该被处斩。即使是细如麻绳的小路也能通向灯火，即使是豆粒大小的灯火，也不拒绝千里迢迢走向它的人。

　　那一年，去远方看马的年轻人回乡报信，就是穿过无数个村庄，找到了属于自己的那一粒灯火。铁匠和船工也说过，灯火是神，不可亵渎。窑工更是敬畏灯火，他说灯火虽小，也不能吃掉。他说这句话很奇怪，灯火怎么跟吃连在一起了？要说火苗跟烧窑有直接关系，我信，要说吃掉灯火，就难以理解了。自从他说了这句话，我就发现他的眼神不对，眼里有微小的光，在摇晃和跳动。

　　果然，没过多久，窑工烧窑的时候，就出了一件莫名其妙的事情。那是一个漆黑的夜晚，窑工摸黑在烧窑，他发现添加木柴

47

的窑口，蹦出来一颗通红的木炭，他也没多想，就把它捡起来，攥在手里，大约过了一袋烟的工夫，他感觉有些烫手，松手一看，木炭已经死了，变得跟夜晚一个颜色。

从此，窑工总以为自己欠下了什么，他觉得自己可能不再适合烧窑了。他认为，一个通红的木炭，竟然死在自己的手里，肯定与烧窑的运气有关系。说来也怪，此后他烧了几窑青瓦，都不好，废品很多。

为此，他去问铁匠，说，你打铁时，烧红的铁块掉在地上，怎么办？

铁匠也不知道窑工问他这些是什么意思，不假思索地回答，用手捡起来呗。

不烫手？

不烫。

铁匠能够用拳头打铁，早已练就了一双铁拳，从地上捡起一块烧红的铁块，对于他来说，是轻而易举的事情。

窑工佩服地点点头走了。他觉得，这不是功夫的问题，一定与命运有关。

窑工又去找船工，问，你夜里摆渡，遇到鬼火怎么办？

船工不知道窑工问他这些是什么意思，不假思索地回答，抓住，吃掉。

你吃过鬼火？

吃过。

多大的鬼火？

也就黄豆粒那么大吧。

跟灯火差不多？

差不多。

吃下去是什么味道？

有点甜。

没烫嘴?

没有。

窑工从船工那里回来,心想,难怪船工夜晚摆渡不怕黑,敢情他吃过鬼火,心里是亮堂的。他能吃,我也能吃。窑工回到土窑,把油灯点亮,尝试着吃下一粒灯火。看着那跳动的小火苗,他犹豫了,人们都说,灯火是神,我若是把灯火吃下去,怕是不好。最好还是不要吃灯火。

窑工在心里反复强化一个概念:灯火不能吃。于是,人们终于知道了灯火不能吃这句话,是他内心里的根据。

有一天,从远方来了一个和尚,手里提着一盏灯。人们感到好奇,全村的人都出来围观,觉得这盏不怕风吹的灯,实在是厉害。有了这样一盏可以提在手中的灯,谁还怕走夜路?那时,人们第一次知道灯罩是玻璃做的,在此之前,人们从未听说过玻璃这个词。有人不断地重复着,玻璃,玻璃,生怕自己记不住。

和尚走后,把这盏灯留给了河湾村。我记得当年长老提着这盏灯,从街上走过,那火苗比星星还小,却让人觉得心里踏实。

后来,长老把这盏灯送给了去远方寻找马的年轻人,这个年轻人回乡报信后,继续去追赶另外几个年轻人,由于他提着这盏灯去找马,人们就把它叫作马灯。多年过去,几个找马的年轻人都没有回来,马灯也没有回来。后来窑工也走了,据说他去远方寻找那盏马灯去了,一直没有回来。

船工说,他夜晚摆渡时,看见有人从天上经过,手里提着一盏灯,但他不敢确定是不是那盏马灯。他只是说,看那豆粒大小的光亮,有点像是马灯,但也不排除鬼火或者流星的可能性。

2019.3.12

蚕　神

　　河湾村北部的山坡上有很多桑树和花椒树，桑树上直接结蚕茧的历史已经过去，自从一棵歪倒的桑树上吊死过一个人以后，桑树上就不再直接结蚕茧了，即使偶尔结几个蚕茧，也不是像往年那样黏在树叶上，而是悬挂在枝头上，只有一根丝线连着，像个吊死鬼，人们嫌晦气，没人愿意采摘。

　　养蚕和采桑的多数是女性，她们心细，了解蚕宝宝的习性和成长过程，适合养蚕。自从一个老太太临死前吃了很多桑叶，然后吐丝把自己织在一个硕大的蚕茧里，人们就拜她为蚕神。那个老太太没有死，她的家人发现后把她织的蚕茧剥开，从里面出来一个新鲜白净的新人。这件事对河湾村的妇女和姑娘们影响不小，好像养蚕能够成神，可以通过吐丝织茧获得重生。即使修炼不到，至少有蚕神保佑，养殖的蚕宝宝也很少意外死掉，河湾村因此获得了很多收益。

　　采桑叶虽然不算很辛苦，但也并不像人们想象的那样富有诗意，妇女或姑娘们背着花篓上山去采桑，一般都是结伴而行，几个人在一面坡上，各忙各的，偶尔搭句话，聊些家常，也不多说。传说中的唱山歌，我一次也没有听见过。河湾村的女人似乎不会唱歌，哭或者骂人倒是有过。女人不敢多哭，眼泪是珍贵的东西，流出去多了，人会变得干瘪。曾经有一个胖女人因为儿子从树上掉下来摔死，她哭了一年多，把体内的水分哭干了，整个人渐渐瘦下去，像是一个松垮的布袋。骂人也不好，据说有一个女人因为骂街而当即变丑，后来道歉，几年时间才慢慢恢复过来。

养蚕的女人必须保持身体干净，夏天溪水长流，女人们要经常在河水里洗浴，如果有月亮，她们的身体就微微透明，如果天上只有星星，她们就小声说话，尽量掩藏身体的秘密。如果溪流里突然传出笑声，隔着夜色人们也能知道，那一定是姑嫂之间在嬉闹。身体干净的女人养的蚕也干净，看上去光鲜，当蚕宝宝逐渐长大，变得微微透明，离吐丝织茧就不远了。因此，洗浴也是女人们的必修课，把自己洗干净了，说话的声音似乎也变得水灵，笑声也好听了许多。

我认识那个作茧自缚的蚕神，她叫张刘氏，她家的染房远近闻名，她以染白花为荣。谁也没有料到，染了一辈子布的一个老太太，最后竟然吃桑叶，吐真丝，把自己织在了一个硕大的蚕茧里。有人说，她有两个儿子，没有女儿，她就认养了北山上的一棵桑树为女儿。她经常上山给她的女儿浇水，她与桑树的感情不亚于亲生母女，所以她吃下桑叶，吐丝结茧，也在情理之中。

蚕神的老头名叫张福满，是个泥做的老头。他的体重超过常人几倍，体内有许多根须，而体表却非常粗糙。由于他的身体不能沾水，皮肤显得干燥，上面有许多裂缝，好在他每过一段时间就用泥巴填堵一次裂缝，身体并无大碍。张福满只能干一些粗活儿，无论多忙，他都不能参与染布，一旦遇水，他的身体就会融化。他也不能参与采桑，桑叶上有露水。他这个人也并不是只有缺点，他也有许多优点，比如他力大过人，憨厚泥实，体内有说话的回声，等等，都是常人所不具备的。

人们上山采桑之前，都要在心里默默地拜一下蚕神，顺路的，要往张刘氏的家里望一眼，有机会与张刘氏说话的，都要搭句话，以求她的保佑。张刘氏也不觉得自己有多么神奇，她说，我就是馋了，想吃点桑叶，我就吃了，然后我就睡着了。我是在不知不觉中吐丝织茧的，我并不知道自己做了什么。她说这些经历时非常轻松，仿佛在讲述一件最平常的事情，而在别人听来，却觉得很神奇，甚至希望自己也织一个茧。

　　张刘氏说，也许是我的女儿让我吃桑叶织茧的，我在梦里见过她。

　　她所说的女儿，就是那棵桑树。

　　她的经历让许多女人羡慕，有条件的妇女也都认了桑树为女儿。不是所有的女人都适合认领桑树为女儿，比如，子女多的女人不能认，没结婚的姑娘也不能认，因为人的子女是有定数的，结婚以前，提前认桑树为女儿，会影响子女的数量。因此，有的姑娘盼着自己早点结婚生子，有了孩子，就可以认养桑树为女儿了。可是有一点我至今没有弄明白，为什么要把桑树认作女儿，而不是儿子？关于这些，张刘氏也说不出道理，她说，我没有生育女儿，我想有个女儿，就认了桑树为女儿，没想那么多。

　　张刘氏真的没想那么多，但是别人却是有意为之。自从张刘氏成为蚕神以后，北山上的桑树都被人们认领为女儿了，也就是说，每棵桑树都有自己的母亲，有的桑树由于长得好看，甚至有两个母亲。

　　在母亲们的照料下，北山上的桑树长势很好，叶子尽量长得又大又嫩，等待人们的采摘。而那棵吊死过人的歪桑树，尽管是无辜的，却一直无人认养。由于无亲无故，或者是负罪感，这棵桑树慢慢干枯死掉了。后来，许多母亲都为此而愧疚，说，不是它的错，我要是认养它为女儿，它也许就不会死了。也有人说，死了也好，再投生吧，几年之后还是一棵桑树。想到这里，人们也就释然了，慢慢地，不再为此而自责。

有了这些幸福的桑树，河湾村的蚕宝宝们也吃得饱，长得胖，结出了大蚕茧。女人们由于有了桑树女儿，也增加了幸福感，并多了一些牵挂。尤其是孩子们，听说母亲认养了桑树为女儿，自己多了一个妹妹，或者几个妹妹，心里也都觉得幸福。有一次我看见从来不会唱歌的张福满从北山上下来，哼着谁也听不懂的小曲，我就感到好笑，但又不敢笑，毕竟他的老婆是蚕神，人们从心底里对她充满敬意。

2019.3.24

绳　子

扳倒一口井算不上什么本事，抓住自己的头发把自己拔起来，离地三尺，也并非难事，但是要把一个哭泣的人劝住，仅凭力气是不行的，需要慈悲，需要善解人意，需要说到心里去，把疙瘩解开，一个哭泣的人才能停止抽泣，把脸从膝盖上抬起来，屁股从石头上站起来，慢慢走开，让原野恢复原来的空旷。

这个哭泣的小男孩，仅仅是因为丢了一根绳子。本来是上山割柴，把绳子拴在了腰上，不知怎么没拴住，路上丢了，他就坐在石头上哭了起来。起初，伙伴们劝他，慈悲、善良、善解人意，都用上了，就是不管用，没想到他越劝越哭，反而来劲了，最后放声大哭。后来伙伴们不劝了，等他哭够了，慢慢就停住了。这就是智慧。对于一个想哭的人，不能强劝，要让他释放，哭够了，哭累了，他必停住。看他抽泣得差不多了，这时，伙伴们抓住他的胳膊，把他从石头上拽起来，他也半推半就地站起来，擦干眼泪，继续走。

这个小男孩，顶多也就六七岁。

河湾村的孩子们，都是早早就替父母分忧，自觉担起一些家庭负担，都非常要强，不甘落后。丢了一根绳子，就是丢了拾柴的重要工具，没有绳子，就只能用荆条等拧成绳，既耽误时间，又不好用，捆不结实，半路还会散开。

小男孩有他自己的名字，但是为了说明他的年龄和叙述方便，我愿意直接称呼他为小男孩。

小男孩有三个伙伴，两个六七岁，最大的一个也不过七八岁。在荒野上，他们的小，使四周显得空旷，除了空气，就是天空，而天空不是谁都可以上去的。凡是上过天的孩子回来后，都受到了父母的责备，因为太让人担心了，一脚踩空就可能掉下来，后果不堪设想。因此，即使是非常淘气的孩子，也很少去云彩上面玩耍，因为有可能下不来，而人们看着干着急，却无法救助。

这个弄丢绳子的小男孩，有一个哥哥，就是因为太淘气，走到山顶以后继续往上走，结果越走越高，越走越远，最后消失在了天空里，至今没有回来。有人说，当时若是有一根绳子，或者是一根丝线，拴在腰上，也不至于走丢。可是，事后说这些还有什么用。

在河湾村，绳子是用来捆柴火的，不是用来捆人的。注意，这里所说的捆柴火，主要是捆柴，而不是捆火。虽然绳子也可以把火捆住，但是捆不多久，绳子就会弯曲和抽搐，甚至融化。小男孩弄丢的绳子，是麻绳，没有捆过火焰，但是曾经捆住过一个灵魂，也算是非常神奇和珍贵了。

那是一年秋天，一个走夜路的人，看见天空中的月亮突然掉下去，吓了一跳，他的灵魂从身体里慌忙逃出，跑到了远处不敢回来，从此这个失魂落魄的人，整日蔫蔫的，打不起精神来。后来小男孩的父亲拾柴时经过旷野，不经意间看见了一个灵魂，就用绳子捆住，带了回来，经过人们确认，正是那个人丢失的灵魂，就还给了他。那人灵魂归体后，立刻就有了精神。

小男孩觉得，这样一根神奇的绳子，被自己弄丢了，无论如何都是罪过，甚至不可原谅。为了给父母一个交代，他想出了许多理由，甚至在内心里编造了谎言。他又想，我是个诚实的孩子，不能撒谎。村里曾有一个人因为撒谎，舌头当场裂成两瓣，说话时嘴里会发出两种声音，一个是原音，一个是辩解，他的一生都在挣扎中。所以，撒谎的代价太大了，而且舌头一旦裂开，就不可恢复，很容易暴露自己的谎言。

丢了绳子的小男孩，在纠结和自责中度过了半日。他尽力多割柴，弥补自己的过失。其他几个孩子除了安慰他，还帮助他割柴，以免他想起自己的过错后再次哭泣。

小男孩因为丢了绳子，哭过之后，忽然变得坚强了，好像在瞬间成长了许多。他背负着比平日沉重很多的柴火，也没觉得累。他想，不能再哭了，一个男子汉哭泣是丢人的事情，尽管自己才六七岁，还不是一个男子汉。

接下来发生的事情符合人们的期待。小男孩在回家的途中，又在路边捡到了自己丢失的绳子。这失而复得的绳子让他喜出望外，其他几个小伙伴也都跟着高兴，毕竟找到了绳子，回家后不用解释了，因为任何缘由都不如手里攥着一根传家的绳子最有说服力。

回到家后，小男孩为了证实自己没有弄丢绳子，就把绳子拴在腰上，故意在父母的面前走来走去，而他的父母没有理解他的意图，也不知道绳子曾经丢过，所以对他异常的行为没有在意，甚至连余光都没有看他。小男孩的良苦用心和动作设计，本来是一次宣告，却成了一场没有观众的表演。

尽管没有人注意他的行为举动，但是小男孩的心理还是得到了满足。他认为，绳子没有丢失，今后还可以用这根绳子捆柴，如果用得着，也可以再次捆束灵魂，他不必因为找不到绳子而受到责备，与他一起割柴的小伙伴们，也不必因为他丢失了绳子而为他遮掩和编造理由。有绳子在，什么理由都不用了，绳子就是最好的证据。

在后来的岁月里，小男孩怕绳子再次丢失，就捆在了自己的腰上。后来，他干脆就用这根绳子当作裤带，使用了很多年。在他用绳子当裤带这些年里，他即使被吓死，也不会丢魂。可见这根绳子真的有捆住灵魂的作用。后来，人们劝他不要长期使用，怕时间长了，影响他的人格。也就是说，灵魂丢了并不可怕，还会找回来，可是身体被捆时间太久了，会习惯性受限，做事情放不开，灵魂也有可能出现勒痕。

从后来的事实可以得知，小男孩长大后并没有留下绳子捆束的后遗症，做事情也不拘谨，只是他的腰却比一般人都要细。这里所说的细，只是比较细，绝不是像马蜂的腰那样细。在河湾村，只有一个叫二丫的女孩子，腰是马蜂那样细，人们传说，二丫在结婚之前就夭折了，与腰细有直接关系。这里不提二丫的事，以后有时间了再细说。

这里只说绳子。在后来的岁月里，这根绳子不再用于捆柴，而是专门用于捕捉灵魂。小男孩长大后，故意把绳子丢失了，或者说是假装抛弃在荒野里，做成了一个圈套。一旦谁的灵魂不慎出走，误入这个圈套，就会被套住，越收越紧。河湾村的人们也用这种方法捕获野兔，只是兔子落入圈套时拼命挣扎，而灵魂误入圈套后，会发出传遍旷野的空虚的喊声。

2019.3.26

仙 女

河湾村的女人们非常奇怪，要么都不洗衣服，要么一齐洗衣服，在河边排成一列，洗衣服成了河边的一道风景。

可能是与天气有关，天朗气清，女人们觉得这样的天气不洗衣服，就是辜负了老天爷的恩赐。起初，是有一个人抱着铜盆，里面装着要洗的衣服，走向河边，其他女人看见了，也都觉得今天应该洗衣服，于是收拾好衣服，也到河边凑热闹，渐渐地，洗衣服的女人就排成了一排。孩子们则是零散地各自玩耍，有的在河边，有的在河里，河水很浅，大多在膝盖以下，水流清澈，能看见河里游动的小鱼。

人们洗着洗着，不知不觉间多出一个人，人家也不大惊小怪，因为有一个叫七妹的仙女，经常参与其中。人们洗衣服，她在河水里洗头发。人们不知道七妹住在哪里，也不想知道，也不议论，大家都不约而同地保守这个秘密，仿佛七妹是她们的亲妹妹。

七妹长得非常出众，明眸翘嘴，细腰长腿，皮肤白皙娇嫩，说话甜美好听。七妹有六个姐姐，各有所长，都是纺线织布的能手，唯独七妹经常参与到洗衣服的行列中。她的六个姐姐从来不出现，人们只是传说，从未见过她们的真容。

你的姐姐们不来洗衣服吗？或者洗头发？有人好奇地发问，七妹也不正面回答，只是说：她们都忙，也许在别处洗。

人们对别处一无所知。人们知道除了河湾村，还有别处，但是她们对别处没有兴趣，只关心身边的人和事，比如，今天晚上吃什么呀？一个问，一个回答，吃粥。说完继续洗衣服。她们坐在河边的石头上，把脚浸在水里，在相对平整的石头上搓衣服，反复搓，好多衣服不是穿坏的，是女人们洗坏的。

七妹在河边洗好了头发，总是在谁也不知道的时候走开，就像她的到来。大家都在洗，忽然发现七妹不见了，这才知道她走了。她走的时候一般都有云彩经过，有人猜测她是被云彩接走的，有人说她可能隐藏在风里。但是人们只是猜测，从未见过七妹是怎么走的。

女人们洗好了衣服，站起来，使劲拧衣服，如果是被罩，需要两个人各攥住一头，一齐拧，然后再抖开，就近晾晒在河边的大石头上，用干净的小石头压住四边，免得被风掀起。有一次，晾干的衣服来不及收走，被风刮到了河里，漂走了，为了寻找这件衣服，女人顺河而下，追了几里路也没有找到。后来女人做梦，梦见河神穿着这件衣服，她就心安了。她说，亏不得我找不到那件漂走的衣服，原来是河神穿走了。她说这话的时候，别人都信了。后来，谁的衣服漂走了，也都不再找，知道河神会把衣服收好，甚至穿用。她们认为，衣服就是用来穿的，别管是谁，有人穿了，就不算糟蹋。

有一天，小河的上游漂下来一件非常薄透的轻纱，人们一看就知道是七妹常穿的衣服，于是赶紧跑到河里把它捞出来。结果让人诧异，出水后发现，这件漂在水中的轻纱，根本不是衣服，而是一片云丝，出水后就蒸发掉了。通过这件事，证实了人们的猜测，七妹每次离开河边，都可能是被云彩接走的。这片云丝，就是证据。

果然，七妹再次来到河边时，穿了别的衣服，而没有穿那件轻纱。有人故意问，你以前穿的那件轻纱呢？那件轻纱真好看，我也想做一件。七妹一边在河水里洗头发，一边回答说，那是一件云丝做的衣服，我洗后晾晒在河边的石头上，不小心被风刮到河里去了。

她说的都是真的，她从来不说谎，河湾村的女人们都视她为妹妹，也信她的话。

河湾村洗衣服的景观不知持续了多少年。后来，村里的解氏家族中有一个叫解文阁的人，由于读书比较多，好写作，成了一个诗人，取笔名大解，他曾经写过一首名叫《衣服》的诗，是专门记录洗衣服的场景的，他这样写道：

　　　　三个胖女人在河边洗衣服
　　　　其中两个把脚浸在水里，另一个站起来
　　　　抖开衣服晾在石头上

　　　　水是清水，河是小河
　　　　洗衣服的是些年轻人

　　　　几十年前在这里洗衣服的人
　　　　已经老了，那时的水
　　　　如今不知流到了何处

　　　　离河边不远，几个孩子向她们跑去
　　　　唉，这些孩子
　　　　几年前还待在肚子里

把母亲穿在身上，又厚又温暖

像穿着一件会走路的衣服

　　这首诗发表在杂志上。那年，大解回乡，在河边又见到了七妹，她依然年轻貌美，依然在河水里洗头发，只是在河边洗衣服的人，已经更换了一代又一代。据大解回忆，那些消失的人并没有走远，都在村庄附近潜伏着，他们躺在地下假装在做梦，实际上时刻准备着苏醒。大解说，他不担心那些隐藏在地下的人，他们早晚会回来，重新参与生活。他也不担心七妹，他最关心的是七妹的六个姐姐。种种迹象表明，那些在河边洗衣服的女人，其中就有她的姐姐，而且不止一个，但她们从来不说，即使长得美如天仙，她们也绝不承认自己是仙女，她们生怕人们因此而产生隔阂，疏远了人间的亲情。

2019.4.1

隐　士

　　一个人隐藏在黄昏里，还算不上隐士，隐藏在地下，哪怕是与泥土融为一体，变成泥土本身，也算不上真正的隐士，因为他毕竟留下了曾经生活的痕迹，产生了属于他自己的历史，以及与这个世界的关联。尚未出生的人才是真正的隐士，这个世界一直在等待着他，有他的名额和位置，但是他慢条斯理，迟迟不到位，只要他缺席，这个世界就不够完整。可见他是多么重要。

　　河湾村就有一个名叫王土的人，一直没有出生，到现在也没有出生，有人说他要等到一万年后才可能出生。那是多么遥远的年代啊，太久了，但是他愿意等，他一点儿也不着急。他不是慢性子，而是对当下的生活不感兴趣，他要等到一个有意思的年代才肯出生。最近又有人说，王土可能永远也不出生了，他不想出生了，他也许会等到最后，也就是说，他是这个世界上最后一个出生的人，他将目睹人类的灭绝。他将是一个空前绝后的人，在他之前，人类的所有文明都是遗迹；在他之后，是人类的断崖，一个物种在他身后彻底消失。

　　现在，王土虽然没有到场，但是他这个人却广为人知，茶余饭后，人们都在议论他。一天，木匠正在打造棺材，问旁边的人：你说王土会什么时候来？旁边的人也无法准确回答，只好敷衍说：谁知道呢，有人说他不来了，不来了也好，省得活一辈子，到头来还得死。

木匠一边打造棺材，一边没话找话，议论起王土。好像王土是村里的一员，说不定就是谁的亲戚，只是他还没有出生。人们觉得，一个很久以后才会出生或者永远也不出生的人，才值得议论，才有想象力。可是他为什么叫王土呢？这个还真不知道，这个名字是从老辈子人那里传下来的。据说，几百年前，河湾村的人们就开始议论王土了，话题若有若无，断断续续，老的话题消失了，新的话题随之而来，随着生活的变化，总有新的内容被人提起，议论纷纷。木匠也不是一个爱说话的人，他在说话之前，总爱用斧头在木板上敲一下，制造一点声响，一是告诉人们，我要说话了，二是说明他说话是坚定的，掷地有声。

木匠是个粗人，干不了什么细活儿，只会打造棺材。他给人打造的这口棺材，也不是为了当即埋人。这家里有一个老人，活得好好的，家里人请来木匠给他提前打造一口棺材，是为了冲病。这是河湾村的一种风俗，意思是，提前备好棺材的老人，即使有病了也能够不治自愈，健康长寿。因此，提前备好棺材的老人非常多，活得也很结实。

木匠一直有一个心愿，他想给王土打造一口棺材。他嘴上不说，心里盘算的事情超出了常人。他想，给人类的最后一个到来者打造棺材，是多么意义深远的事情。木匠之所以迟迟不动，就是在考虑，王土到底什么时候出生，是今年？明年？十年以后？十万年以后？如果时间太久了，他打造的棺材一直闲置着，而王土却不来，棺材肯定会腐朽的，到时候王土会嫌弃甚至拒绝使用，岂不是白费了工夫？木匠的想法是有道理的，确实要考虑周全，否则做好了棺材也没用，因为谁也不知道王土到底什么时候出生。

如果他真的太任性，拒绝出生了，那么一口棺材做好了，却永远也等不到它的主人，将是一件非常不吉利的事情，让人忌讳。

一口棺材必须对应一个人，正如一颗星星，必须找到它的受命人。

河湾村的人们做事有规矩，善良而有度，从不做越界的事情。

木匠又在木板上敲了一下，说：我想王土一定会来。旁边的人接了他的话，说：应该能来，细想想，这个世界也是挺有意思的，反正闲着也是闲着，没事到世上逛游一趟也挺好，不来岂不是亏了。

木匠又在木板上敲了一下，坚定地说：他能来。

就在他们说话之间，天色渐渐暗下来。以前，黄昏都是不知不觉地翻过远处的山脊，带来迷蒙的暮色，而今天，黄昏仿佛从地下泛起，像是从大地上冒出许多暗色的颗粒，一点点升上了天空，越来越密集，逐渐弥漫，笼罩了整个山村。这时，耕种的人们或走在小路上，或是疲惫地回到家里，只有孩子们这时最活跃，在胡同里玩耍，时不时发出尖声的叫喊，把木匠敲打木板的声音，淹没在喧嚣中。

木匠，姓李，从小过户给李家，李家是他的姨家。木匠本姓是王，他从来不知道，他的亲生父亲曾经给他取名叫王土，只是一秒钟，还未叫出口，他的父亲就想起了传说中的王土，于是立即改变了主意，给他取了另外一个名字。过户给李家后，又变成了李姓的名字，叫到如今。但是，就是他父亲短短不到一秒钟的想法，就宣告了王土的到来，而王土本人却浑然不知，只知道自己是木匠。

可见，王土并不是人们传说的那样矜持和慢条斯理，他也不是什么了不起的人物，他就是一个平凡的木匠，而且已经到来。在河湾村，木匠属于人人都用得着的手艺人，有人建造房子的时候，他就去制作木架和门窗之类；有人需要住进棺材里的时候，他就打造棺材。棺材是一个人居住的最后的也是最小的房屋，被埋葬在土地里。当你看到村庄附近荒野里那些隆起的小土堆，不要轻易冒犯，那可不是普通的土堆，那里每个土堆下面都埋着两口棺材，棺材里居住着长眠不醒的人，他们生前是夫妻，死后合葬在一个土堆下面，成为永久的伙伴。当然，如果一个人一生未娶或一生未嫁，死后就没有伙伴，只能一个人居住在土堆里，孤寂到永远。

木匠对自己小时候的历史一无所知。他凭直觉和本能做事，在浑然不知的情况下，坚定地，鬼使神差地，给王土打造了一口棺材。做好了棺材那天，他用斧头敲打了一下棺材盖子，说：王土，我信你已经来了，你就在这个世上。

说这话的时候，他的影子仿佛受到了惊吓，忽地从地上站了起来，离他而去，大步走向了远方。人们这才恍然意识到，真正的隐士，并不一定是那些迟迟不到位或者拒绝出生的人，真正的隐士，很可能一直住在人们的体内，他不一定是人类的种子，不一定是一直住在身体内部的死神，也不一定是跟随人一生的影子，而是人的灵魂。

2019.4.2

二 丫

二丫本来是上山采蘑菇，赶上山上起雾，她在雾中发现了小雨滴，就采了一篮子雨滴回来。回到村里后，人们感到好奇，许多人前来围观。有人说，二丫采的雨滴太小，不容易存放，如果能采到大一些的雨滴，可以用作药引子。二丫说，她看见了稍大一些的雨滴，但是雨滴里面藏着小闪电，一闪一闪，亮晶晶的，没敢采。二丫说这话的时候，眼睛里一闪一闪地在发光，好像闪电就住在她的眼睛里。

二丫是养蚕能手，采蘑菇只是偶尔为之。采来的蘑菇要经过晾晒，最好是在太阳下晒一两天，有些鲜蘑菇采来后就吃，容易拉稀。村里人都知道这些道理，因此也就很少有人因为吃了鲜蘑菇而拉稀的。

二丫把采来的小雨滴，倒在簸箕里，雨滴散落开来，一颗一颗亮晶晶的，像是饱满的小水晶球。她倒在簸箕里是想从中挑选一些颗粒大些的，送给三婶。自从三婶的小儿子从树上掉下来摔死后，三婶就像倒出粮食的布袋，松垮下来，身体都瘪了，近期一直在吃药。二丫挑选出一碗大粒的雨滴，给三婶送去，当作药引子，三婶感谢二丫的一番好意，也不推辞，就收下了。自从三婶用雨滴做药引子以后，病情有了明显好转，体内的水分有所恢复，看上去皮肤上的皱褶少了许多。

这件事在河湾村成了传奇，人们都说，二丫送给三婶的雨滴，有神奇的作用。消息传开以后，人们都在大雾天气里上山采摘雨滴，用作药引子。可是，村里没有几个病人，用不上，有些人就盼着自己生病，说：我要是也能生一场大病该多好，有病就必须吃药，吃药就可以用雨滴做药引子了。说尽管说，但是一个人是很难生病的，真正生病的人，也很难在短期内治好。人们上山采来的雨滴大多没有什么用处，回家后一直就盛放在荆条编织的篮子里，时间长了，饱满的雨滴渐渐干瘪，里面的水分逐渐蒸发，干瘪的雨滴只剩下一层皮，非常难看，最后都扔掉了。人们认为，还是采蘑菇好，采来的蘑菇晒干后可以吃，一点儿都不浪费，不像雨滴，大小不均，挑选起来也费工夫，用处也不大。慢慢地，就没有人采摘雨滴了。

家在河对岸的七妹也采摘雨滴，七妹从来不去山上采，她直接去云彩里面采摘，回家后倒在水池里，用于养月亮。七妹和二丫虽然只有一河之隔，也互有耳闻，但是从来没有往来，两人也不相识。

二丫坚持采摘雨滴，除了送给三婶做药引子，剩余的雨滴，她拿到小镇的集市上去卖。大颗粒的雨滴卖掉后，剩下的小雨滴也不浪费，用线绳穿起来，做成门帘。一时间，河湾村和小镇时兴雨滴门帘，都是二丫的发明。雨滴门帘有很多好处，既好看，又透风，还富有诗意。

二丫并没有因为采摘雨滴和制作雨滴门帘而耽误养蚕，反而她养的蚕都很水灵，透彻，结茧也大。有人怀疑她采摘了云雾中的小闪电，二丫既没有承认，也没有否定。她确实在采摘雨滴的时候，随身携带了一个小布袋。回来的时候，有人发现她的布袋里有东西在闪光，感到莫名其妙，但也不好过问，问了二丫也不会说。人们猜测，莫非她用采集来的小闪电给蚕照明？不会吧？难道说她养的蚕得到了意外的光，才变得透明？关于这件事，直到二丫死，人们也只是停留在猜测，没有定论，更没有真凭实据，最终成了一个悬疑的秘密。

二丫在结婚前，死于痨病。也有人说，二丫死于惊吓。传说二丫在山上采摘雨滴时，发现了一颗西瓜大小的雨滴，她感到新奇，就想把它采摘下来，没想到里面藏着一个大闪电，把整个雨滴照得通明。没等二丫采摘，这颗大雨滴从山顶上滚落下来，落进了山谷里。二丫到山谷里探察，想看个究竟，结果发现这个雨滴在地上翻滚，里面闪闪发光。二丫想靠近看看，不料这个雨滴突然爆炸，发出了振聋发聩的巨响，把二丫吓了一跳。自此以后，二丫就不敢上山采摘雨滴了。也有人说，二丫不是被雨滴爆炸吓了一跳，而是吓掉了魂。你想想，灵魂吓跑了，时间长了，人能不死吗？

关于二丫的死因众说纷纭，没有一个是靠谱的。倒是七妹的说法，还有一定道理。七妹说，有一天她正在天上的云彩中采摘雨滴，看见一个女神从她身边经过，女神领着一个陌生的姑娘，这个姑娘的胳膊上挎着一个篮子，两人嬉笑着说话，一同到天上去了。

根据七妹的描述，那个挎着篮子的姑娘，有可能就是二丫。也就是说，二丫的灵魂被女神接走了，回到了天上。二丫的灵魂走后，人们看到的二丫只是一个皮囊。难怪二丫临死前所做的许多事情都异于常人，让人费解，原来她根本不是普通人，而是天上的仙女。

河湾村的人们理解了二丫，但从此再也没有见过二丫。二丫只在传说中。

2019.4.3

小女孩

对于一个小女孩来说，拥有一个彩色的身影并不是什么过分的要求，因为许多人都曾经拥有过，后来由于褪色而变成了灰黑色。她曾经看到过鲜花的影子是红色的，叶子的影子是绿色的，她就想，我的花衣服也应该是花色的影子。

在河湾村，一个永远也长不大的小女孩，有理由得到一个彩色的身影。大概是十一岁的时候，她就停止了生长，等到老了，她还是十一岁的样子，几十年没有丝毫变化，人们依然叫她小女孩。这样一个特殊的女孩，就是拥有两个身影，也不算过分。河对岸的小镇上，那个某某某，不就是有两个身影吗？他仗着后背上长有两个身影，经常像鸟一样在空中飞来飞去，如果把他的身影减掉，看他还能不能飞？答案是否定的，不用说减掉两个身影，就是减掉其中的一个，他就无法飞起来，即使勉强飞起来，也会因为偏沉而从天空掉下来。

小镇上的这个人，因为有两个身影，人们都叫他双影人。在小镇和河湾村人看来，这种会飞的人也算不上什么大本事，只有活到几百岁的人，才会让人羡慕。

小女孩的爷爷就是河湾村里德高望重的老人，属于那种几百岁也不死的老人，他靠一生的积累，拥有丰富的生活经验。他劝小女孩说：彩色的身影好是好，就是容易弄脏，还不如灰黑色的，不容易脏，还厚实。有一年冬天，我赶路去山口迎接一个灵魂，那天非常冷，幸亏我把身影披在身上挡风，否则非冻死不可。

小女孩问，是谁的灵魂？接到了吗？

老人说，接到了，那时你还小，不记事，是三婶家小儿子的灵魂，接来后也没用，他从树上掉下来摔死了，灵魂回来后看了看，身体摔坏了，实在不能用了，灵魂待了一会儿就走了，后来一直没有回来。

小女孩感到非常惋惜，心想，三婶的小儿子若有两个身影，从树上掉下来也不至于摔死，他在下落的过程中，完全可以扇动两个身影飞起来。这个想法，更坚定了她想要彩色身影的决心，她甚至想，要，而且要有两个身影，必须的，万一哪天我也从树上掉下来，或者从云彩上掉下来，我就可以张开背后的两个身影开始飞翔，像一只鹰在天空盘旋。

想到这里，小女孩不再纠缠她的爷爷，而是趁人不备溜走，去小镇找那个双影人去了。小镇离河湾村只隔一条河，船工永远都在船上，渡了河就是。双影人在小镇上算不上什么名人，只能说是比较特殊的一个人吧。小女孩找到了双影人，但也没从他那里得到什么有效的秘方，因为双影人根本没有秘方。他是生来就有双影，不是靠自己的本事修炼得来的，而是父母遗传给他的，因此人们对他的特殊性并不怎么佩服。他的父母都不是双影人，不知怎么到了他身上就出现了特异性。据说，自从他出生后，他的父母就失去了身影，有人说是他的父母把自己的身影给他了。这话虽然不足为据，但事实摆在那里，人们也不得不承认，可能有这种事吧。时间长了，人们也就没有兴趣议论他，渐渐地，拥有双影，似乎成了非常普通的事情。

小女孩去找双影人，无功而返，回来的途中遇到三婶，三婶也是去小镇上办事，走到半路两人相遇了。早年，三婶因为哭出的眼泪太多，把身体里的水分哭干了，身体瘦下去像是一个倒空粮食的布袋，幸亏二丫用采自云雾中的水滴给她做药引子，三婶身体中的水分才逐渐得到了一些补充，看上去气色好多了。

　　三婶见到小女孩，问，去哪儿了？

　　小女孩说，我去小镇刚回来，三婶这是去哪儿啊？

　　三婶说，我也去小镇，听说那里有一片云彩飞走了，影子落在地上却不走，我想把云彩的影子扫下来，放在我家的院子里。

　　小女孩听说三婶是去小镇打扫一片云彩的影子，感到非常好奇。说，我刚从小镇回来，怎么没有听说这件事？

　　三婶说，是我的小儿子托梦告诉我的，不然我也不知道。

　　提到她的小儿子，三婶的脸上微微泛起了一种骄傲的神情，仿佛她的小儿子没有死，而是在天上给人当差，至少是了解云彩的一些行踪。她说，我的小儿子在天上做官了，不然他不会把有关云彩的事情告诉我。

　　小女孩对三婶有了一些佩服，觉得她的小儿子真是有出息，死后还这样照顾家人，有什么好事及时通知母亲。

　　小女孩和三婶在路上相遇，寒暄几句之后相背而行，各自赶路。到了下午，三婶挎着一篮子云影回来了，村里好多人出来围观，有羡慕的，也有不以为意的。其中一个女人说，我家院子里的阴影够多了，不用增加了。也有的说，三婶就是勤快，跑那么远的路去打扫云影，多么好看的云影啊，看上去像是棉花的影子。

　　三婶挎着一篮子云影，被人围观，多少有几分成就感。但是她一句没提她的小儿子给她托梦的事。

　　在围观的人群中，唯独没有小女孩。三婶还特意用眼睛的余光扫了一下周围的人，也没有发现小女孩。就在她纳闷的时候，人们抬头，发出了惊呼。人们看见，小女孩扇动着两个身影，正在天上飞，比小镇上的那个双影人飞得还要高，而且非常轻盈。人们不知道她是怎样获得两个身影的，但是她确实在飞，她的理想真的实现了。

人们仰头观望小女孩在天上飞翔，最高兴的是小女孩的爷爷，他从人群中走出来，他并不担心小女孩会从天上掉下来，但是本能还是驱使他产生了前去护卫的想法。他不自觉地向前走着，有些着急，加快了脚步，尽管他已经走得很快了，但是他的灵魂还是嫌他走得太慢，情急之下，他的灵魂一下子冲出了他的身体，向天上奔去。当人们看见这个老人的灵魂在天上护卫着飞翔的小女孩时，说，到底还是爷爷啊，放心不下，去天上保护她去了。

说这话的时候，有一个女人从三婶的篮子里抓起一把云影，凑到鼻子前闻了闻，她感觉到一股香气进入了体内，随后就醉了。等到小女孩和她的爷爷从天上回来时，这个女人还没有苏醒。

2019.4.5

茅屋和云影

河湾村人建造的房子，只有四种材料：石头、木头、黄泥、茅草，如果说还有什么重要的东西的话，那就是人的力气了。有了这些东西，建造一座茅屋就足够了。

建造茅屋的石头来自于河滩，用于垒墙；木头来自于山林，用于做木架和门窗；黄土加水搅拌，就是黄泥，用于垒墙时固定住石头，也用于涂抹墙缝；茅草出自山坡，用于铺在屋顶，遮风挡雨。建造房子所需的人，都是本村人。谁家盖房子，全村人都出手帮忙，无偿劳动，不取任何报酬。

自从有人烧窑，制作出了砖瓦，村里逐渐有了瓦房，但毕竟瓦房还是少数，人们认为，还是茅草屋暖和，每过几年，茅草腐烂了，主人就换上新的茅草，看上去就像新建的房子一样。

三婶家的房子就是茅草屋。二丫家也是茅草屋。船工家也是茅草屋。铁匠家也是茅草屋。木匠家也是茅草屋。刀客家也是茅草屋。窑工家是瓦房。七妹家也是茅草屋，在河对岸。蚕神（张刘氏）家也是茅草屋，后来变成了瓦房。小女孩家也是茅草屋。长老家也是茅草屋。死者家也是茅草屋，自从他住进了墓穴里，就变成了土屋。此后很少出来，只有西北部天空塌陷那一次，他从墓穴里出来帮助人们补天，他是河湾村的功臣。回去后依然住在地下，屋顶是个土堆。河湾村的人们死后都住在地下的坟墓里，地上只露出一个土堆。住在地下是最安稳的，可以无限期睡觉，没有什么特别重要的事情，一般不会有人叫醒。

三婶家要扒掉屋顶上腐烂的茅草，换上新的茅草，人们都来帮忙。毕竟她的小儿子从树上掉下来摔死了，家里少了一个劳力，人们出于怜悯之心，更是多出工，多出力。再说，三婶的人缘很好，她的老头也是一个厚道人，人们帮助三婶家，出力越多心里越舒服，都觉得自己在做善事。

在帮忙盖房子的人中，多出了几个女人。起初人们各忙各的，也没有注意，后来发现她们长得过于美丽，人们这才发现，是几个陌生人。人们以为是三婶家的亲戚，也就没有多想，顶多是村里的女人们瞟了一眼，心里嘀咕，长得都这么好看，还不娇气，三婶家的亲戚真是能干。等到晚上快收工的时候，几个漂亮的女人不见了，有人问三婶，你家那几个亲戚走了？这时三婶才醒悟过来，说，我家亲戚没来啊，我也看见了那几个女人了，长得那么好看，我还以为是别人的亲戚来帮忙呢。

几个漂亮的女人，不是三婶的亲戚，那是谁家的亲戚呢？人们这才想起来，好像在哪儿见过，但是谁也记不清了，没有人能够准确说出她们的来路，也许是仙女吧。

有人说，船工应该知道，他见过的人多，记性也好，只要他的大草帽不把脸完全遮住，只要他看见了，就不会忘记。

人们只是这么说，但是没有人真的去找船工问这件事，因为大家都在忙。盖房子是个累活儿，没有一个闲人，人们一边擦汗一边说笑，三婶的笑容最多。三婶是用脸上的皱纹在笑。

第二天，来的人更多了。一个女人开玩笑说，三婶，把你从小镇扫来的云彩影子分给我们一些呗？

74

三婶说，上次那些影子早就融化了，以后再去扫的时候叫上你，咱们一起去。

女人说，再有那样的好事，别忘了我啊。

三婶说，下次去的时候，你背一个大花篓，我不跟你抢。

说完，她们哈哈大笑。其他人听见了，也都跟着笑。有的人没有注意听，但是看见人们都在笑，不知是怎么回事，也都跟着笑起来。一个男人脸上沾着泥巴，还在用手抹汗，结果越抹越脏，成了花脸。人们看见了花脸，笑得更厉害了。

在人们的笑声中，只有二丫心里有数。她想，昨天来的那几个漂亮女人，绝不是一般人，从她们的体貌和穿戴就可以看出，她们有可能是传说中的仙女。她恍惚记得，在河边洗衣服的时候，似乎出现过这几个女人。但是一想到这些，就什么都记不清了，仿佛在时间的后面蒙上了几层纱布，看似有这回事，细想却非常模糊，无法准确地描述自己的记忆。

经过两天的忙活，三婶家的房子换上了新的茅草，看上去就像新房子一样。事情很快就过去了，趁着春天，人们还有许多设想要去实现，盖房子的，纺线织布的，张罗娶媳妇的，开染房的，烧窑的，人们各有各的计划，好像家家都在忙，不是忙自家的活计，就是帮助别人，总之都在忙。但是有一件事情，却没有因为忙而被人忘记，那就是，给三婶家帮忙的那几个漂亮女人，留在了河湾村女人的心里。女人们想，那几个女人真好看，我也要长成这样的女人。男人们嘴上不说，心里却在想，哪儿来的几个女人，长得那么好看，若是娶上这样一个女人做媳妇，该是几辈子修来的福啊。

二丫经过考证，得知三婶没有说实话，她认为，三婶知道这几个女人的来路，而且关系不一般。

事实是最好的证明。有一次，三婶挎着篮子，又要去小镇上扫云影，二丫得知后就偷偷跟在后面，在暗中观察。她发现，三婶清扫的不只是云影，其中还有散落的花瓣。难怪那天有人从三婶的篮子里抓起一把云影，用鼻子闻了一下就醉了，原来是云影里面掺杂了奇异的花香。而这些散落的花瓣根本不是来自于地上，而是从天上落下来的。二丫亲眼看见云彩上面有几个仙女正在往下抛撒花瓣，当她们转过脸来时，二丫恍然记起，她们正是在三婶家帮忙的那几个漂亮的女人。

三婶确实没有说实话。她说扫来的云影铺在院子里，用于加厚阴影，而实际上她是把云影装在自己的枕头里，由于里面有醉人的香气，能够帮助人睡眠。

起初，三婶扫的云影确实是铺在了院子里，这些人们都看见了，可是后来，她看见天上飘下一些花瓣，落在云影里，散发着醉人的芳香，回来后，她就舍不得把这些云影铺在院子里了，她尝试着把这些带有花香的云影装在枕头里，结果晚上睡觉特别香，从此，她就不再失眠了。自从小儿子死后，她一直睡不好觉，没想到几个花瓣就治好了她的失眠症。她也在想，这是什么花，这么神奇呢？

三婶至今也不知道这是怎么回事，她真的不知道是仙女在暗中帮助了她，赐给她神奇的花瓣，让她有一个安稳香甜的睡眠。仙女们认为，她失去了小儿子，不能再失去梦境。

二丫后来还发现，这些仙女并非住在天上，而是住在离河湾村不远的另一个山湾里，她们的家也是茅草屋，屋前有溪水，水里有月亮和云影。而这些，只有二丫窥见了天机，可是二丫到死也没有说出这个秘密。

2019.4.6

大光记

铁匠夜里出来撒尿，看见月亮离西山还有两竿子高，心想，今天的月亮真大，该有西瓜大小了。就在他两眼盯着月亮时，这个明晃晃的大月亮，突然掉了下去，落在了西山的后面。按理说，这么大的一个东西突然掉下去，应该有巨大的响声，但是铁匠什么声音也没有听到，着实让他吓了一跳。铁匠想，天上不会出了什么事情吧？

铁匠觉得这件事情有些蹊跷，就摸黑找到了木匠，木匠也觉得奇怪，就和铁匠一起找到了长老。长老这时正在睡觉，他做了一个奇怪的梦，说是月亮从天上掉下去了，忽然从梦中醒来。长老想，这是怎么回事？难道天上出事了？

长老正在回想这个梦的时候，外面响起了敲门声，他的心里一惊，什么人大半夜的来敲门？他起身披上衣服，然后点燃油灯，用手护着油灯前去开门，发现敲门的是铁匠和木匠两人。隔着门槛，长老见铁匠和木匠有些慌张，小声地问，有事？

铁匠先开口说，有事。刚才我出来撒尿，看见月亮在天上，有两竿子高，突然掉下去了。

长老说，是亲眼所见？

铁匠说，亲眼所见，所以我觉得应该跟您说一下。

长老说，我也看见了。刚才我做了一个奇怪的梦，梦见月亮掉下去了，跟你看见的情形一模一样，看来月亮真的出事了。

这时长老手里护着油灯，跨出门槛，走到了院子里，往天上看，果然没有月亮。

经过一番讨论，长老认为，应该去找月亮，但是不要惊动其他人，就咱们三个人去找。

一番准备之后，三人出发了，长老手里举着一个松明子火把，铁匠和木匠手里也有火把，但没有点燃，路上要省着用。本来是打算悄悄出发，但是村里人还是知道了，人们纷纷起来，手举火把跟在后面，向西山的方向跟进。长老走在最前面，铁匠和木匠紧跟其后，其他人陆续跟随，路上形成了一条火把的长龙。

大约走了一个时辰，有的火把熄灭了，人们点燃了备用的火把，终于走到了西山的后面。有些人还是第一次来到西山的后面，平时没事，真的到不了这么远的地方。隔着朦朦夜色，人们发现，西山的后面还有西山，甚至还有许多山。人们来到一个山谷里的高地上，长老停下脚步，后面的人们渐渐聚集。

三寸高的小老头也跟来了，他虽然矮，但走路还是很卖力。他说，我在路上看见了月亮的碎片。

窑工接过话茬儿，说，你看见的不是月亮的碎片，是火把上掉下的松明子。

人们觉得窑工说得有道理，也都跟着说，我们在路上也注意观察，没有看见月亮的碎片。

正在人们议论的时候，铁匠有了新的发现，他看见山谷里有一片零零星星的光，至少有几十个光点，隐约在夜色里闪烁。长老止住了人们的议论，说，大家熄灭火把，待在这里别动，我和铁匠和木匠前去看看。

人们熄灭了火把之后，山谷里的光亮更加明显了。铁匠甚至认为，这些光点有可能就是月亮的碎片。他们三人摸黑前行，也不敢说话，生怕惊动了这些光亮。当他们越走越近，逐渐接近光亮时，发现这些亮着光点的地方，是一片村庄，那些光亮，是朦胧的灯火。

长老一行三人又返回到人们聚集的高地上，人们这才知道，他们来到了一个村庄附近。这时，三寸高的小老头又开始发表言论了，他说，看来月亮并没有摔碎，我在路上看见的也许不是月亮的碎片。人们感觉他这么快就修改了自己的观点，都笑了。窑工说，你还是离我远一点儿吧，别让我不小心把你给踩扁了。人们又是一阵笑声。

没有找到掉进西山后面的月亮，人们失望地返回到河湾村，一场虚惊之后，是深深的担忧。人们担心，月亮是不是从天上掉下来摔死了？

铁匠说，明明看见月亮掉进了西山的后面，怎么就找不到呢？他坚信自己没有看错。

长老也坚信自己的梦。

接近天亮的时候，人们回到了河湾村，有的人回到家里补觉，有的人干脆就不睡了，开始下地干活儿。一整天，人们在惶惶不安中度过，打不起精神来。人们为月亮而担心，因为月亮确实出过大事。有一年秋天，一条疯狗蹿到了天上，把月亮给撕开，吃下去一半。当时人们眼睁睁地看着疯狗撕咬月亮，月亮疼得直哆嗦，人们却没有办法救助，简直心疼死了。三寸高的小老头说，多么好的月亮啊，竟然让一条狗给糟蹋了。此后，每当月亮悬在高空，人们就担心，甚至暗自祈祷，月亮啊，小心点，千万别掉下来。可是，总在天上走，哪有不失足的时候，这不，它终究还是不小心掉下来了，掉到西山的后面。人们举着火把去找月亮，竟然连尸体都没有找到。

月亮摔死的可能性极大。

没有找到月亮，三婶都急哭了，二丫也哭了，许多女人都哭了。人们担心今后的夜晚不会再有月亮了，天上没有月亮，日子可怎么过啊。

幸好，太阳还在。太阳准时出来了，当它经过河湾村的上空时，人们感到，好在有太阳在，如果太阳和月亮都掉下去，人们就只能点灯过日子了，那就真的没法活了。

河湾村的人们在焦虑中度过了一整天，人们在盼望夜晚早点到来，夜晚来了，才能知道月亮是不是还能出来，如果月亮不出来，那就证明铁匠看到的景象是真实的，月亮有可能摔死了。

这个傍晚，炊烟早于往日升起，女人们早早就开始做晚饭，以便在饭后等待月亮出来。长老根本就没有吃晚饭，他的焦虑最重，吃不下饭，早早就坐在村口的大石头上，等待月亮出现。

天色逐渐黑下来，长老的身边渐渐聚集了很多人，后来，几乎整个村庄的人都出来了，因为月亮毕竟关系到每个人的生存。当你在夜晚，渴望光的时候，结果光没了，出不来了，生活还有什么意思。今后还有谁，在危险的夜空为人们照明？是的，夜空是有星星，星星也有光亮，但是星星的光亮太小，不过是一些撒在天上的芝麻，根本不管用。要想不用火把和灯火走夜路，只有西瓜大的月亮，才是最好的灯。

人们不全是出于自身的出行方便考虑事情，人们也从月亮本身考虑。月亮活了这么久，有生病的时候，有被疯狗撕咬的时候，有圆有缺，但是还从来没有死过，而且是人们不愿接受的摔死。人们无法接受这个现实，希望这不是真的。长老虽然坚信自己的梦，但是他还是希望那不过是一场梦，毕竟摔死和老死是完全不同的两种结果。他愿意月亮老死，老到光芒暗淡了，上不去天了，就是有人搀扶也走不动了，哪怕是整个夜晚月亮都在山巅上歇着，那也无妨，只要月亮还活着，人们心里就踏实。

人们越是盼望什么，什么就姗姗来迟，仿佛是对人们的一种考验，一种煎熬。人们望着东边，往常，月亮都是从一个山洼处冒出来，先露出一个边缘，然后慢慢地露出全身。今晚，它也应该是这样。人们有些等不及了，铁匠说，月亮再不出来，我就把胳膊伸到炉火里，到烧红为止。他说这话，人们相信。因为他给刀客打造宝刀的时候，就曾用拳头打铁。他打制的宝刀，所用材料就是月亮的碎片。人们这才想起来，铁匠跟月亮的关系。人们甚至觉得，自从铁匠使用月亮的碎片打制宝刀后，月亮的光亮就不如从前了。想到这里，三婶嘴快，说，难怪月亮掉下去的时候，让铁匠看见，原来月亮的意思是，死给你看。

听到三婶这么说，人们开始了议论，一时间说什么的都有，铁匠受不了人们的埋怨，低下头去，仿佛自己是个罪人，趁人不注意，从人群中溜走了。

这时长老从石头上站起来，他看见了一些令人欣慰的迹象，东方的夜空在慢慢变化，似乎有光从地下升起。是的，世间最亮的光，都是从地下冒出来的，太阳是，月亮也是。星星不是，星星的光太小，不需要任何仪式，可以直接出现在夜空。

人们目不转睛地望着东方，希望远方山洼处泛起的白光，是月亮即将升起的标志。就在人们的观望中，铁匠高举着自己烧红的胳膊从远处走来。这家伙真狠，真的把自己的胳膊烧红了。赎罪也好，显能也罢，人们看见他通红透明的胳膊，都惊呆了。他举着这只胳膊，指向东方，指向那个泛起白光的山洼处。就在这时，一个闪着白光的圆球从山洼里一跃而起，突然跳出来，一下子跃起一竿子高。人们清晰地看到，这是一个月亮，一个巨大的月亮，真的出来了。人们先是惊呆，除了呼吸的声音，甚至连呼吸的声音都没有。人们只是看着，从不敢相信，到相信，一直不敢出声，人们都呆住了。

长老发出了一声叹息。

这时，人们才意识到，月亮没有死，月亮真的出来了。随后，人们爆发出一片欢呼。

人们担心的事情终于有了着落，月亮没有死，它又活了，跳出来了。从月亮跳出来的力度可以推断，昨晚的月亮可能不是掉下去的，很可以是跳下去的。有人猜测，它有这个能力，它一个纵身从高空中跳下去，落在了西山的后面，当人们举着火把去寻找它时，它早已回到了地下，睡觉去了。

月亮跳出来以后，铁匠的胳膊就变黑了，像一根铁臂。三寸高的小老头取笑他说，铁匠，你能用你的铁拳砸开石头吗？铁匠低头看了看小老头，说，你信不信，我一拳把你砸进地里去。小老头没敢接话，急忙躲到了远处。人们看见小老头滑稽的样子，爆发出开心的笑声。真的，河湾村的人们从来没有这样开心过。

2019.4.8

白 羊

　　牧羊人把羊群赶到了山巅，山巅上有白云，白云里有青草。

　　牧羊人放牧的羊群有三十多只羊，有白羊，也有黑羊。黑羊经常进入白云里吃草，时间长了就会变成白羊。白羊进入云彩后，羊毛会变得更白，而且有些微微透明，仿佛自身在发光。牧羊人早就发现了这个秘密，因此他经常把羊群赶到这个山巅放牧，原来他的羊群里至少有一半是黑羊，现在，只剩几只黑羊了。远远看去，他的羊群几乎就是白羊群。

　　尽管羊群渐渐变成了白羊群，但是人们并没有发现这些变化。人们不是在忙自家的活计，就是在帮助别人干活儿，对于羊群的变化没有注意，也没有时间观察这些微妙的变化。整个河湾村都仿佛生活在一个巨大而漫长的梦幻中，每个人都是梦中人。

　　但是有一个人注意到了这些变化，这个人就是三寸高的小老头。因为他个子矮，在他眼里，羊就是庞然大物，即使是一只小羊羔，也比他高大无数倍。小老头并不因此而自卑，他已经习惯了自己的身高，对人们善意的嘲弄习以为常。小老头是个性格开朗的人，在村里人缘非常好，人们都愿意跟他相处，也经常拿他的身高开玩笑，他就呵呵笑，从来不生气，有时候他还经常自嘲。

小老头因为身高的原因，当羊群从他身边经过时，他首先是躲到远处，生怕羊脚踩到他，然后观察每只羊的高矮、胖瘦、颜色，他甚至能从羊的胡子分辨出羊的年龄。一天他跟牧羊人说，不对，你的羊群里白羊多了，黑羊少了，是怎么回事？牧羊人假装不知道，假惺惺地说，是吗？有这事吗？我怎么不知道？牧羊人说完，就冲小老头做鬼脸，露出狡猾而顽皮的笑容。

终于有一天，事情瞒不住了，整个羊群全部变成了白羊，再也没有一只黑羊了，人们这才发现了羊群的变化。还是三婶嘴快，问牧羊人，听说你的羊群没有黑羊了，都变成了白羊，是怎么回事？

牧羊人知道再也瞒不住了，只好实话实说。可是他说了人们也不信，因为河湾村从来没有发生过这样的事情。有人去问长老，长老也说这事有些奇怪，他只听说过小姑娘在云彩里待时间长了，会成为仙女，但是从未听说黑羊变成白羊这样的事情。

长老都说不清楚的事情，问别人也不会知道。长老是河湾村里最老的人，已经两百多岁了，不管谁死，他也不死，用他自己的话说，老不死了。

长老把牧羊人叫到身边，问他到底是怎么回事，牧羊人把以前说过的话又重复了一遍，长老听后还是半信半疑，他觉得这个山巅的云彩不同寻常，应当去看一看。

长老小事从不拖拉，第二天，他与牧羊人一起赶着羊群上山，去看白云。可是，天有不测风云，一连几天，山巅上都没有出现白云，甚至连一丝云彩也没有，只有羊群在山巅上吃草，羊群集中到一起的时候，倒像是一片飘忽的白云。

羊群虽然白，但是与真正的白云相差甚远，完全不是一回事。羊群在山巅上散落开来，很难聚集到一起，它们并不是人们想象的那样乖巧，可以说是非常散漫，就像一篇抒情散文。

长老的一生，经历无数，但是他没有放牧过羊群，这在他的经历中，也算是一个缺陷吧。

长老和牧羊人坐在山巅的草地上，远近的群山和山谷尽可展望，唯独看不见河湾村，因为河湾村在山的拐弯处，不到近前，很难发现。长老虽然没有看见白云，但是眼前的风光也是难得一见，尤其是羊群在山巅上悠然地吃草，看上去让人心情放松，非常舒展。他问牧羊人，你经常来这里放羊？牧羊人说，是，这里山高，草多，地势开阔，适合放牧。有时候云彩也来这里。有一天我还在草地上捡到一颗星星。长老问，什么样的星星？牧羊人说，就是天上的星星，我捡到后放在手心里，太烫手，扔了。长老说，可惜了，以后再捡到星星别扔，放在地窖里，可以当灯用。牧羊人说，好，以后我再捡到星星不扔。您也嘱托铁匠一下，他若再捡到月亮的碎片，别打制宝刀了，留着照明比宝刀用处大。长老说，铁匠不听话，他看见什么都想打造，没事的时候，他经常把拳头烧红，然后锻打。你没发现他的拳头比别人的硬？牧羊人说，还真没注意铁匠的拳头。

长老与牧羊人聊天，几天来所说的话，超过了他们之前说过的所有的话。

一连几天，长老都和牧羊人一起来山巅放羊。长老是个做事认真的人，他想，总有一天，我会在山巅上看见白云。他越是这么想，云彩越是不来，好像对他是一种考验。这期间，有些羊在慢慢长大。羊这种动物，像是哲学家，无论男女，都爱留胡须，即使是刚出生的小羊羔，也假装有学问，留起胡须。尤其是白羊，身穿一件白色的羊毛衣服，看上去干净美观又贴身，让人产生抱一抱的欲望。

终于有一天，长老和牧羊人在山巅上等来了白云。这是一天下午，最先出现的是一丝云，像是纺织的女人们抽出的一条棉絮。女人们似乎天生就喜欢丝状物，她们纺线，养蚕抽丝，实在没有丝的时候，就长头发，头发是人们从头顶抽出的丝。羊也是，羊从身体里长出绒毛，相当于给自己长出一件棉衣。云彩也是，一丝一丝长出来，云彩是天空的绒毛，当绒毛越聚越多，就成了云团，仿佛一座座棉花垛，堆积在天上。当白云飘到山巅上，与牧羊人的羊群混在一起，你就分不清哪些是云彩，哪些是白羊。长老感叹道，难怪黑羊变成了白羊，云彩这样白，怎能不染色呢？

正在长老感叹的时候，从云彩中走出一个仙女，长老当场认出，这个仙女是七妹，是七仙女中的最小的七妹。

长老问，是七妹吗？

是。七妹回答。

长老又问，你在云彩中做什么？

七妹说，我来白云中采摘一些小雨滴。

长老说，我听说你用雨滴养月亮？

是。七妹也不隐瞒，回答道。

长老又问，那你知道白羊是如何变成的吗？

七妹也不回答，用手撕扯一团白云，当场用云彩做出一只白羊。做好的白羊跪在七妹脚下，仰头叫道，妈，妈，妈妈。七妹也不答应，她用手抚摸着这只白羊，仿佛自己亲生的孩子。

牧羊人看到七妹用白云做出一只白羊，当场就惊呆了。

长老也惊呆了，他立即醒悟，原来白羊是仙女的孩子。

长老和牧羊人回到村里后，闭口不谈白羊的事情，就像没有这回事一样，但是内心里却发生了巨大的变化。为此，三寸高的小老头追问过长老和牧羊人，他们都含糊其词地说，可能与仙女有关，但是具体是怎么回事，我也不清楚。三婶也问过长老，长老说，你去问小老头吧，我跟他说过，他或许知道。

2019.4.9

人的叫声

　　河湾村的东南西三个方向，都被河流缠绕，北面是一脉低矮的山梁，山梁的后面是连接北方的起伏的群山。河流的对面有几个村庄，其中一个村庄叫小镇。穿过小镇，往东再走十几天的路程，据说就是大海，村里的人们只是传说，但是都没有见过大海。

　　河湾村东面的河流岸边，有一面相对平整的悬崖，会学舌，你喊什么，悬崖就喊什么。每到夏天，孩子们在河里洗澡嬉闹，尖锐的喊声从悬崖上折回来，散发在空气中，会飘到很远的地方。有时，这些孩子的喊声会传到第二天，才慢慢减弱后消失。因此，在河湾村，人们听到最多的声音，是人的叫声。

　　在乡村，狗也叫，鸡也叫，鸟也叫，但是都比不上人的叫声。动物们的叫声不会引起人们的注意，就像星星在夜晚也会发出细小的尖叫声，但是很少有人能够听到，即使听到了也不以为意，认为那是天上的事，人们管不了太远的事情。人们最关心的是人的叫声。一旦有人叫喊，一定是关系到人的事情，一定是重要的事情，你就必须注意倾听。

　　当一个老人的叫声在原野上回荡，你会有天地洪荒，无可凭依之感。

一天，长老在原野上发出了叫声。

人们很少听到长老的叫声。长老已经两百多岁了，他的声音粗重、沙哑，里面似乎混杂着沙尘暴的回音。听到长老的叫声，人们撂下手中的活计，从四面八方向他聚拢。人们在聚拢的过程中，为了回应长老的叫声，每个人也都发出了叫声，一时间，人的叫声此起彼伏，在原野上弥漫、飘浮，被风送到远方。

人们陆续聚拢到长老的身边，问他何事，为何发出叫声。长老说，我正在干活儿，忽然听到有人喊我的乳名，我前后左右看，没有别人，整个原野只有我一个人。我感觉这声音不像是来自四周，好像来自高处，我就仰头往天上看，发现我的父亲正在天上赶路，他看到我，就喊了我的乳名，我就答应了。至少有两百年没有人叫过我的乳名了，自从我的父亲死后，就没有人知道我的乳名了。今天我看见了我的父亲，并且他喊了我的乳名，我就答应了，我只是轻轻地答应了一声，没想到你们也会听见。

人们仰头看天，发现天上确实有一行脚印，这才知道，长老的父亲真的从天上经过。

三婶走近长老，问，你答应的时候，是否用手指天了？

长老说，没有。

三婶又问，你答应的时候，你的父亲是否用手指你了？

长老说，也没有。

三婶长舒了一口气，说，那就好，没事。没事了。大家散了吧。

三婶的小儿子从树上掉下来摔死后，她就有些神神秘秘，对高处有一种恐惧感，尤其是天上的事情，她格外敏感。她认为，人不能用手指天，那是不敬。天上的人也不能用手指地上的人，如果指了，可能就会把地上的人叫走。所以，长老只是答应了一声，不会有生命危险。三婶这么一说，人们觉得也有一定道理，都信了。人们听说长老没事了，就放心了。长老已经两百多岁了，真要被他的父亲叫走，也没办法，但是人们还是希望长老继续活下去，活到八百岁才好。

长老说，我没事，你们都回去吧。回去吧。

人们看到长老确实没什么事情，也就慢慢散去了。长老一个人留在原野上，继续干活儿。这时，有一个人忽然想起了什么，又返回到长老身边，问长老，你在这里到底在干什么？

长老说，我在这里挖坑，找一件东西。

找什么东西？

鞋。

鞋？

嗯。鞋。

谁的鞋？

我的鞋。

你的鞋怎么在这里？

我小时候生病了，差点儿死去，我妈就把我的鞋埋在了地里，不让我走，我就没死。

埋在这里了？

大概就是这个地方吧。

好。那你慢慢找吧，我回去了。

长老一个人留在原野上，继续挖土，找他的鞋。

长老没有找到他的鞋。

第二天，长老又出现在那片原野上，远远看去，他只有小手指肚那么大。他的四周除了空气就是荒草，荒草的上面，是掠过天空的看不见的凉风。

一连几天，长老都是独自一人在原野上，挖他的鞋。人们说，两百多年过去了，一双布鞋，早就腐烂了吧，即使找到了，也穿不下，是他小时候的鞋，很小。可是长老非要挖，就让他挖吧，我们想帮忙，他还不让。

人们议论归议论，长老照旧挖他的鞋。

一天夜里，天上传来杂沓的脚步声，一个老人起夜，隐约看见有人提着灯笼从天空走过，由于夜色朦胧，他不敢确信那人是谁，也就没有吭声，回屋后继续睡觉。第二天醒来，以为是自己夜里做了一个梦，也没有当回事。第二天上午，人们又一次听到了老人的叫声，仔细分辨，又是长老的叫声。循着叫声望去，人们看见长老在原野上，正大步往村庄的方向走。这一次，人们听到了他的叫声，也没有向他聚集。长老一边走，一边叫，声音依旧是那样苍凉，甚至有些荒凉。

当长老回到河湾村，人们看到他异常兴奋，说话的声音都变了，简直就是喊叫，说，找到啦，找到啦，我找到我小时候的鞋啦。

找到了？

是。找到了。

在哪里？

在地里。

为什么不拿来，让我们看看？

拿不出来了，埋藏太久，鞋底下已经生出了根了，扎根了。

找到了就好。

人们看见长老兴奋的样子，也都跟着高兴，只有三婶显得有些阴郁，她跟长老说，你的鞋找到了，还应该把它埋好，只有这样，你才能长寿，一直活下去。

人们这才得知长老长寿不死的秘密，他的同辈人纷纷过世，只有他一直活着，而且非常健康，原来是谁也无法把他叫走，因为他的鞋埋在地里，已经扎下了根子。他的父亲从天上经过，就是想把他叫走，后来有人在天上提着灯笼来回走，也是想把他叫走，但是，只要他的鞋埋在地里，他就走不了。

人们知晓这个秘密后，都发出了唏嘘声。长老也感觉自己是个幸运的人，他因病得福，反而成了一个不死的人。想到这里，他不禁哈哈大笑，他笑的时候，正好有人从天空的背面经过，听到了他的回声。

2019.4.10

害羞的母鸡

　　把羊群赶到天上去，是件费劲的事情，它们死活不肯去，生怕到了天上一脚踩空掉下来。但是把一群鸭子赶到河里去，却非常容易，有时候鸭子们会成群结队自己去河里捉鱼吃，你若是阻拦它们，它们就会骂你，说，嘎，嘎，嘎……意思是，滚，滚，滚。

　　河湾村有许多鸭子，在河边的浅水处游玩。有一只母鸡非常羡慕鸭子，幻想自己也能变成一只鸭子，或者像鸭子那样度过悠闲的一生。有一天，这只母鸡在窝里偷偷地生出了一只蓝色皮壳的鸭蛋。母鸡生出鸭蛋后，感觉做了一件丢人的事情，羞得脸都红了，一声没敢吭。若是往常，母鸡生蛋以后，无论鸡蛋多么小，也要自夸一番，大声叫道，个大，个大，个个大。人们听到鸡叫，知道是下蛋了，也不表扬，母鸡也知道主人不会表扬它，于是习惯了自我表扬，个大，个大，个个大。意思是，我下蛋啦，而且是个大蛋。

　　养鸭子的是个小丫头，每天早晨把鸭子赶到河里去。有时鸭子自己去河里，小丫头就跟在鸭子后面，小丫头顶多六岁。有时候采桑或者采药的人们经过河边，看见小丫头在赶鸭子，也会帮助她。小丫头是窑工的女儿，有时窑工高兴了，就唱一句，大华耶共计耶哥哥叫喂，歌词的意思是，大花公鸡咯咯叫。女儿每次听到他唱公鸡，就感到不满，甚至埋怨他，你就知道唱公鸡，你怎么不唱鸭子呢，我养的鸭子这么好，下了这么多鸭蛋，你唱一唱鸭子吧。可是窑工只会唱这一句，就这一句，也是从别人那里学来的。

青龙河是一条安静的河流，除了洪水期，大多数时候水流清浅，两岸平阔，岸边卵石圆滑，沙滩干净而柔软。船工就在水流平稳的地方摆渡，无人过河的时候，他就躺在木船里，巨大的草帽扣住头和上半身。在平静的水面上，偶尔也出现几只水鸟或野鸭子，但是它们非常胆小，总是与人保持相对安全的距离。而家养的鸭子不怕人，而且还有脾气，当它们听到窑工唱大花公鸡咯咯叫时，就生气地叫道，嘎，嘎，嘎。窑工知道鸭子是在骂他滚，窑工就笑嘻嘻地说，让我滚？还是你们滚吧。鸭子们骂完窑工后，就真的滚了，它们不跟窑工计较，集体出动，去河里找小鱼吃去了。

有一天，河流的上游下了大雨，青龙河水在一夜间暴涨，原来清澈的河水变得浑浊，翻滚的洪流和漩涡，达到吓死人的程度。每到这时，船工也要停止摆渡，避开迅猛的洪水。可是鸭子们不听那一套，在小丫头的反复阻拦下，鸭子们依然下了水。虽然鸭子的游泳技术好，脾气也倔强，奋力游，但终究抵不住巨大的洪流，没过多久，就顺流而下了，几十只鸭子，无一幸免。

小丫头顺着河边追了一程，直到不见了鸭子的踪影，她才停止追逐，坐在地上哭了。

回家后，小丫头一连几天都在抹眼泪，窑工也不敢唱了，他找了很多理由，也没有办法安慰女儿。那只下出鸭蛋的母鸡，也来安慰她，母鸡叫道，个大，个大，个个大。小女孩心想，母鸡就知道自夸，一个鸡蛋，还能有多大？可是她无论如何也没有想到，母鸡把它亲自下的并且珍藏已久的羞于见人的那枚蓝色皮壳的鸭蛋拿出来了。小女孩这才恍然大悟，鸭蛋！她的眼睛一亮，对呀，鸭子被水冲走了，但是还有鸭蛋在，有鸭蛋，就能孵出一群小鸭子。

为了孵出小鸭子，这只曾经下过一只鸭蛋的母鸡主动担当了重任，趴在窝里，用自己的体温孵鸭蛋。

过了很多天，母鸡一直趴在窝里孵鸭蛋。小丫头有些着急，心想，小鸭子什么时候才能破壳呢？就在她焦急的时候，村里的三婶急冲冲地来了，说，小丫头，你的鸭子回来了，已经到了河边，正在往回走。

小丫头听说她的鸭群回来了，不容思考，直向河边跑去，跑到半路就看见了她熟悉的鸭群。她数了数，一只都不少，真的是她的鸭子，都回来了。小丫头熟悉自己的鸭子，甚至能够分辨每一只鸭子的不同，也能听懂它们不同的叫声。窑工看到鸭群回来了，高兴得控制不住，大声地唱了一句，大华耶共计耶哥哥叫喂。女儿听到他唱得很难听，也没有埋怨。

鸭子们被冲走后，具体是经历了怎样艰苦的返乡历程，历经数日又回到了家里，常人无法想象。反正是回来了，回来就好。自从鸭子们被冲走后，小丫头吃不好睡不香，已经瘦了不少。看到自己的鸭子回来，她露出了只有小丫头才有的笑容。

当鸭子们发现母鸡正趴在鸡窝里孵鸭蛋，都惊呆了，既不叫嚷，也不走动，都愣在了那里。

说起来，还是三婶经历丰富，看到鸭子们愣在那里，她蹲下身来，对鸭子们说，你们都平安回来了，这就好。今后你们和母鸡好好相处吧，母鸡是在照顾你们的孩子，它趴在窝里，孵的是鸭蛋。

母鸡看见鸭子们都回来了，依然趴在鸡窝里，没有动，但是它的脸，刷的一下红了。母鸡脸红的时候，鸭群里的一只鸭子也脸红了。

　　这时，院子里又响起了窑工难听的歌声。三婶听到窑工的歌，实在无法忍受，扑哧一声笑了。三婶自从小儿子从树上掉下来摔死后，这么多年来，还是第一次笑。

2019.4.11

胡编的故事

窑工的弟弟是个编织能手，给他一捆荆条，他就能给你编出花篓、挑筐、篮子等多种器物，但是他的外号却是因为说话而得名，人们都不叫他的名字，而是叫他胡编。因为他除了会编织各种器物，还会讲故事，他讲的故事，有神话、有传说，大多数都是他自己胡编的，因此人们称他为胡编，也不算冤枉他。

胡编有四大本事，在河湾村是出了名的，一是编筐织篓，二是讲故事，三是挨媳妇收拾，四是嬉皮笑脸。听他讲故事的多数是小孩子，大人们都忙，没时间听他胡说，他说了，人们也不信。一个经常胡说的人，不会有人把他说的瞎话当回事，他也不把自己说的当回事，嘻嘻一笑，一笑了之。

除了在自己家里编织，有时候，胡编也会坐在井边编织。井边有两个大石槽，一个是给牛羊饮水用的，一个是胡编用于泡荆条用。泡荆条的石槽非常宽大，是小镇的一个石匠送给他的。石槽上面常年盖着一块木板，怕牛羊喝了浸泡荆条的水，会中毒。胡编坐在井边的石头上编织，总有孩子们围在他身边，听他讲瞎话。在河湾村人看来，讲瞎话就是胡说，胡说就是胡编，胡编就是信口瞎说，没有真的。但是孩子们不求真，吸引人就行。

三婶从井边经过，说，又在胡编啊。

胡编见三婶跟他说话，也不停下手中的活计，随口回答，是，瞎编呢。

说完，胡编继续编织，继续讲他的故事。

胡编和窑工这哥俩，真是有意思。窑工平时爱唱歌，但是他只会唱一句大花公鸡咯咯叫，别的就不会了；弟弟胡编，却有讲不完的故事，就像他编织不完的花篓和挑筐。河湾村人用的编织器物，几乎都是出自胡编之手。村里用不完的，他就拿到小镇的集市上去卖。他和小镇的石匠关系非常好，经常有来往。石匠主要是打造石磨、石碾、石槽一类，远近村庄的石器，都是石匠的作品。石匠只会雕凿一些粗糙的石器，很少在石头上雕花，而胡编却能用荆条编织出各种花样，除了传统的花篓，他还经常创新样式，深受人们的喜爱。孩子们不关心他的编织，只关心他讲的故事，有时候他讲鬼故事，吓得孩子们不敢回家，他就只好一个一个送回去。

胡编的媳妇从井边经过，胡编也不停下编织，也不停下讲故事。胡编的媳妇看见他又在给孩子们胡编故事，就跟孩子们说，别听他胡编，没有真的。

胡编听了也不生气，嘻嘻一笑，说，别捣乱，我正在胡编呢。

胡编的媳妇是去采桑叶，没有时间听他胡编，只是路过时随口说了一句，就忙去了。她走过以后，胡编瞟了一眼媳妇的背影，看见媳妇走路时屁股一扭一扭的，忍不住又笑了一下。

孩子们催他继续讲，胡编问，刚才我讲到哪儿了？

孩子们提示他，讲到水神媳妇了。

对，是讲到水神的媳妇了。胡编接着讲水神媳妇的故事。实际上他已经讲不下去了，他看到自己的媳妇走路时屁股一扭一扭的样子，已经想入非非了。

胡编的故事确实不可信，但是胡编的编织技术却是远近闻名的。河对岸七妹的篮子就是出自胡编之手，篮子里盛满雨滴，一滴也不漏。河湾村的人们采桑叶的花篓、男人用的挑筐，都结实耐用，多年也不松散。有人用他编织的花篓在河边打水，结果捞上来一条鱼。此后，他就把花篓改变一下，专门编织出一种自动捕鱼的鱼篓，把鱼饵放在鱼篓里，沉在河里就行了，鱼会自动钻进去。这种鱼篓肚大口小，进口处有倒刺，鱼很容易钻进去，但是进去后就出不来。他的编织技术，还得到了水神媳妇的夸奖。

一次，胡编梦见水神的媳妇往他的鱼篓里驱赶鱼群，他醒来后去河边，发现鱼篓里满了，一篓子鱼。回家后他跟媳妇说，水神的媳妇不光长得美，心眼儿还好，还帮助我捕鱼。她还亲了我一口。

媳妇嘲笑他说，你做梦呢吧？水神的媳妇是仙女，怎么会看上你这样的人？

他笑嘻嘻地说，是做梦。我在梦里看见了水神的媳妇，走路时屁股也是一扭一扭的，跟你一样。

媳妇听到他取笑自己的屁股，上手就揪住他的耳朵，说，你再说一句，看我不揪下你的耳朵，把你的好东西也揪下来。

胡编说，媳妇饶恕，不敢瞎说了。

媳妇松手后，胡编依然还是嬉皮笑脸，说，要是水神的媳妇也这样揪我，我就忍着，揪掉了也不说疼。

媳妇瞪了他一眼，眼里的嗔怒中暗藏着涌动的情欲的波澜。

胡编过着快乐的日子，故事越讲越多，都是他自己胡编的。有人说，胡编太能瞎编了，死人都能让他给说活了。

可是突然有一天，胡编不讲故事了，也不编筐织篓了，而是闷在家里，一连十多天，连屋门都不出，从此性格都变了，变得郁郁寡欢，沉默不语。媳妇问他什么原因，他就是不说，因为他说了，媳妇也不会相信。

过了一年多，胡编才慢慢地转变心态，恢复了原来的性格。后来，他给人们讲了发生在他自己身上的故事。他说，这么长时间，我一直闷闷不乐，不是因为我的媳妇，也不是水神的媳妇，也不是窑工，也不是听我讲故事的孩子们，而是石匠。

小镇的石匠死了，他说，石匠是我的好朋友。

石匠死前的很长时间，人们没有见到石匠，有人说在采石场见过他，人们就去采石场找他。将近一年多时间，石匠一直在采石场干活儿，人们以为他是在那里采石头，并不知道他在做一件惊人的事情。当人们找到石匠的时候，发现他已经躺在棺材里。这是一口非常特殊的棺材，这口棺材就在采石场的山顶上，整个棺材与山体连在一起，也就是说，石匠把山体上一块突出的巨大岩石，雕成了一口棺材。原来，石匠本来只会做一些粗活儿，并不会雕刻花纹一类的细活儿。有一天他做了一个奇怪的梦，梦醒后，他就按照梦里看见的样子，开始在山体上雕刻，历经寒暑，他终于雕出了一个貔貅。远远看去，一个巨大的貔貅卧在山顶上，仿佛一头从天而降的神兽，人们走到近前才发现，这个貔貅竟然是一口棺材。

石匠在貔貅的侧面凿出一个小口，然后钻进这个小口，在貔貅的体内凿出一个宽敞的空间，他躺在貔貅的肚子里面像是在睡觉，而实际上他已经死去。

胡编说，石匠在死去的第二天，给我托梦，说，胡编啊，我已经死了，我的棺材就在采石场的山顶上，你来看我一下，顺便把我棺材的进口封住，封口的石头我已经雕好了，你只需来这里封一下就行。

胡编接着说，梦醒后，我觉得这个梦有些奇怪，就去找石匠，结果发现他真的死了。

胡编坐在井边的石头上，一边编织，一边讲，孩子们围在他的身边，几个大人也坐在他的旁边，听他讲瞎话。人们已经好长时间没有听他讲了，因此他讲的时候，孩子们听得非常专注。他接着说，石匠确实是死了，可是事情并不是人们看到的这么简单。石匠死后一年，也就是前些日子，我去看望他，顺便给他烧纸，祭奠他去世一周年。当我登上山顶，走近那个巨大的石雕貔貅，结果发现貔貅的侧面封口已经打开，里面的人不见了。石匠不在里面。

孩子们睁着好奇的眼睛，问，石匠不是死了吗？那他去哪儿了？

胡编说，我也不知他去哪儿了。

这次胡编说的是实话，他真的不知道石匠去哪儿了。

孩子问，他没有给你托梦？

托了，梦了。我梦见他从棺材里出来，先是往东走，然后往南走，然后往西走，然后又往北走，然后又往东，他到底是要去哪里，把我也弄糊涂了，我真的不知他去哪儿了。

这时，坐在胡编旁边的一个大人说，我知道他去哪儿了。前几天夜里，我出来解手，听到天上传来叮叮的凿击声，我感到奇怪，天上怎么还有声音？我仰头一看，一个人正在用锤子凿击月亮，我一看那个人就是石匠，以前我在小镇上见过他，我家的猪槽子就是他做的，我认得他。

胡编说，你敢肯定那个凿击月亮的人就是石匠？

肯定。我敢肯定。

胡编听后沉默了一会儿，长舒了一口气，说，你这么说，我就放心了。

胡编得知石匠复活的消息，回家后告诉他的媳妇，媳妇说，你又在瞎编。

胡编的媳妇并不相信胡编说的话，但是看到胡编的心情突然变好了，甚至带着嘲弄的口气，学他哥哥窑工唱歌的样子，愣头愣脑地大吼了一句，大华耶，共计耶，哥哥叫哎。

　　媳妇看见他滑稽的样子，忍不住哈哈大笑。

　　胡编唱得非常难听，窑工若是听见弟弟在学他，非揍他一顿不可。

2019.4.12

恨铁铺

初夏时节，天气开始燥热，地气上升，远远看去，仿佛大地在冒烟。人们零零散散地走在路上，或是在农田里干活儿，在蒸腾的地气中，人影恍惚，犹如一场梦幻。

越是在这样的时候，铁匠铺子里越忙，定制镰刀的、锄头的、锹镐的，总是应接不暇。由于铁匠的功夫好，打制的东西结实耐用，远近村庄的人们都来他这里定货，他总是能够按期交货，从不拖延。有时忙到夜里，铁匠铺里还是炉火通明，锤声叮当。

铁匠是祖传的手艺，他的父亲也是铁匠。提起他父亲，远近的人们无人不知，就是曾经用月亮的碎片给刀客打制出一把宝刀的那个老铁匠。后来老铁匠去了远方，死在了外面，他的儿子回到了河湾村，子承父业，继续打铁，手艺比他的父亲还要好。

一天，铁匠正在铺子里打铁，外面来了一位陌生人，自称来自远方，是慕名而来。

来人带来一块陨铁，说，我知道你的父亲曾经用月亮的碎片给刀客打造过一把宝刀，今天我带来一块陨铁，请你给我打造一把宝剑。

铁匠接过陨铁，用手掂量一下，说，至少有十斤，哪儿来的？

来人回答，天上掉下来的。

铁匠说，不像是月亮上的。

来人说，是北极星方向的一颗星星，掉下来了。当时我正在赶夜路，这颗星星掉在了我的前边，天空刷地一亮，一声巨响，地面被砸出一个大坑。我还以为天上掉下一个馅饼呢，走过去一看，原来是一块通红的铁块儿，幸亏没有砸着我的脚。

铁匠说，这个不是通红的。

来人说，当时是通红的，捡回来后它就变成黑色的了。

铁匠说，月亮的碎片不褪色，打造成宝刀后还是透明的，当年我父亲打造宝刀的时候，我见过。你的这块铁，打造宝剑费时可能比较长，需要反复锻打和淬火，没有几个月时间，做不成。

来人说，没事，我能等。半年以后，我来取宝剑。

铁匠说，好，半年以后，你来找我。

铁匠送别来人后，就把陨铁投入到炉火中，开始了打造宝剑的历程。

铁匠无论如何也没有想到，这是一块特殊的铁，他的熔炉无法熔化它，一连几天煅烧，这块铁只是微微改变了一点颜色，整体看上去还是黑色的，硬度也没有变化。也就是说，铁匠遇到了真正的硬货。

铁匠发愁了，打了这么多年铁，从未遇到过这样一个软硬不吃的东西，竟然不怕烧，几天几夜不熔化。铁块不熔化，他就打不成铁，到时候交不出宝剑，岂不让人笑话。

铁匠遇到了难处。

在河湾村人眼里，没有什么是解决不了的事情，天塌了，几天就可以补上；一个死去多年的人，遇到村里有重要的事情，也必须起来帮忙……一块铁，难不住铁匠。

铁匠做了多种试验，在铁块上滴血，念诵祖传的咒语等等，都试验过了，都没有奏效，无论怎么折腾，这块顽固的陨铁，就是不熔化，甚至连烧红它都无法做到。它在炉火中，一直还是那么黑，那么坚硬，锤子砸上去，没有一丝痕迹。它的硬度，超过了铁匠的想象。

铁匠傻眼了，坐在门墩上发愁，心想，我打铁这么多年，什么样的铁没见过？什么样的刀没打过？难道说我就对付不了一块陨铁？

事情还真不是他想象的那么简单，这块铁，从天上落下来时，经过了几万度的燃烧，剩下的都是精华，已经炼就了一身不怕烧的筋骨，仅凭铁匠铺的炉火，还真是拿它没什么办法。

接下来的几天时间里，铁匠又做了多种试验，都无济于事。说好的到时候来取宝剑，可是他连烧红铁块都做不到，到时候怎么交差？铁匠的脸丢不得，河湾村人的脸也丢不得。想到这里，铁匠真的发愁了。

这时，他想到了自己的父亲，心想，为什么不问问父亲？说不定他的在天之灵，会有解决的办法。晚上，他做梦去找父亲，在梦中向父亲说明了情况。父亲说，我也没有遇到过这种情况，要不你去问问长老，他年岁大了，说不定会有办法。铁匠醒来后就去找长老，长老说，我也不知道怎么解决，要不，等我晚上做梦了，去梦里问问我的爷爷。过了一天，长老告诉铁匠说，我在梦里问过我爷爷了，他说，天上掉下来的东西，不能烧，只能使用咒语，可是咒语已经失传了。

铁匠心想，这种说法，纯粹是糊弄人，什么天上掉下来的东西不能烧，难道说月亮不是天上的东西吗？我父亲就曾用月亮的碎片打造出一把宝刀。长老爷爷的这种说法，显然是在糊弄小孩子，我才不信呢。

不信归不信，但是事到如今，铁匠还真的没有想出一种办法。一块铁，难住了他。

时间在一天天过去，留给铁匠的日子越来越少。不是说什么问题都会有一个满意的结果，有些问题是人们无法解决的，超出了人的能力，急也没用。

一块陨铁，一直在炉子里，从来不曾软化，让铁匠束手无策。

从初夏到秋末，河湾村在蒸腾的地气中人来人往，每一个人影的出现和消失，都似乎是对铁匠的探访和疏离，对他构成了巨大的精神压力。铁匠把拳头伸进炉火中，反复煅烧，他想，也许我的拳头，能够砸开这个顽固不化的陨铁。他把自己的拳头烧红，然后运足了力气，使出平生之力，向这个铁块恨恨地砸下去，只听当的一声，拳头弹起来，砸在自己的额头上，铁匠当场被自己的拳头砸死，而陨铁，丝毫无损。

铁匠没有死，他是被反弹回来的拳头砸晕了，过了一会儿他又醒过来，额头上留下了一个血印。

一晃半年过去了，等待中的外乡人如期而来，找到了铁匠铺，按约定日期，来取他的宝剑。

这天，铁匠早早就在门口等待，外乡人也不迟疑，两人见面后也没有寒暄，而是直奔主题，等待铁匠拿出寒光闪闪的宝剑。

铁匠手里捧着那块陨铁，愧疚地说，兄弟，我对不起你，我没有打出宝剑。实话跟你说，我在炉火中烧了半年，这块陨铁都没有熔化。对不起你了。要不，我赔钱。

外乡人满怀欣喜地等待铁匠拿出宝剑，没想到他拿出的还是那个铁块，不免大失所望，非常沮丧。但是面对铁匠的道歉，外乡人也无话可说，所有责备的话立刻烟消云散。他赶忙说，兄长何苦这样，做不成宝剑也无妨，不用赔钱。

铁匠和外乡人在铺子里聊了很长时间，河湾村的许多人围在外面，并非是来看热闹，而是想帮助铁匠化解一下失约的尴尬。

没想到两人并未起冲突，甚至亲如兄弟，聊至半晌后，惜别而散。

铁匠最终也没有熔化陨铁，更没有打造出宝剑，一场历时半年的试验和煎熬，以失败告终。好在外乡人懂得礼数，没有责备铁匠，但是铁匠的自尊心仍然受到了极大的伤害，同时也让他知道了世界上还有他做不成的事情。

外乡人带着他的陨铁回去了。后来有人传说，那块烧不化的陨铁，回到了星空，成为一颗星星。实际上，什么奇迹也没有发生，陨铁一直还是陨铁，仍然收藏在那个外乡人家里，还是那样坚不可摧。

后来，铁匠把自己的铺子取名为恨铁铺，以纪念这次失败。他的这次失败，也是河湾村多年来的第一次失败。

面对这次失败，铁匠又一次把自己的拳头烧红，举过了头顶。

2019.4.13

陶　人

　　张福满的哥哥张福全，终于老死了。人们说他们哥儿俩是泥人，是有根据的。张福满的体重超过常人几倍，身上经常出现裂纹，有时还从身上掉土渣，是典型的泥人特征。张福全虽然没有这些特征，但是他死的时候，完全暴露出自己的本性，证实了人们的猜测。

　　一天，河湾村的人们按照正常的作息规律，起来干活儿。人们直立着，在地上走来走去，就像是从土地里长出来的一块肉，被衣服包裹着，不停地忙碌。但是，并非所有的人都是肉，有的人看上去是肉，而实际上可能是土。张福全和张福满就是这样的人。

　　张福全像往常一样，去田里干活儿，一路上跟相遇的人们打招呼，虽然他走得很慢，但是看上去还是很精神，完全没有要死的征兆。可是当他走到田间地头的时候，他忽然感到一阵头晕，但是他坚持住了，并没有倒下。他站在地头上不动，想缓和一下，不料，他听到了来自自己身体的细微的声音，然后是轻微的疼痛。这种疼痛由外而内，不断加深。他想伸手摸一下自己的脸，当他抬起手的时候，发现自己的手上出现了细微的裂纹，起初，这些裂纹又细又密，随着疼痛的加剧，裂纹越来越深，裂缝越来越大，最后全身都出现了裂纹。他感到自己的大限已到，但是他坚持着，忍住了疼痛，往前走了几步。他想，即使是死，也要死在自家的田地里。当他走到他家的田地时，他再也坚持不住了，他听到了身体内部的开裂声。

这时，正好窑工从近处经过，看见张福全在田里，就搭话问候一句，没有想到张福全没有回应，窑工又问了一句，还是没有回应。窑工感到有些不对，就走过去看看究竟。就在窑工走近张福全的时候，看见张福全像一块松散的土块，哗啦一下散落在地上。一个人，瞬间变成了一堆土。窑工愣住了，不敢相信自己的眼睛，他走过去，抓起了张福全的衣服，往起一拎，衣服里的土块全部掉落出来，裤子里也都是土，土落尽后，他的衣服和裤子都是空的。也就是说，张福全成了一堆土。

窑工并没有害怕，而是想，这个人肯定不是张福全，这一定是人们为了吓唬鸟兽，做的一个假人。但是他又一想，不对呀，现在正是耕种季节，有的地里还未播种，庄稼还没有长出来，根本用不着做假人吓唬鸟兽，去年的假人早就在风中散架了。再说，人们做的假人，一般都是用秫秸扎一个人形的架子，然后在上面缠绕一些废弃的布条之类，非常简单而粗陋，经过一年的雨雪风霜，早就破烂了，从未见过人们用土做假人的。窑工感到有些奇怪，但也没有多想，拍了拍手上的土，走了，忙自己的事去了。

窑工无论如何也想不到，他看到的这一切，很快就被证实是真的，那一堆土，就是张福全。据说张福全的父亲就是这么死的，估计将来张福满也会这样死去。人们这才相信了，这个世界上真的有泥人，他们看上去与常人区别不大，但是死的时候非常直接，没有任何腐烂的过程，身体开裂，然后松散，直接变成土。

人们安葬了张福全。所谓安葬，就是就地掩埋。说白了，连掩埋也说不上，就是把他散落在地上的土堆整理一下，用铁锹拍一下，弄结实一些，不然经历几次风雨，土堆很快就会缩小，甚至消失。

安葬完张福全，人们纷纷散去，各忙各的，人们会在茶余饭后议论一下，时间长了，也就慢慢淡忘了，除非村里再死人的时候，人们会想起张福全，顺便议论一下张福满。

张福全的死，对于窑工的影响却持续了很长时间。毕竟是他亲眼所见，毕竟张福全是在他的眼前松散坍塌，成为土堆。他反复回忆那个场面，忽然想起来，早年似乎有人说过，张福全的父亲就是死在自家的田地里，好像就是张福全死的那个地方。后来，老人们说，没错，张福全的土堆就在他父亲的土上面，父子俩的土确实是重叠了。正所谓来于土，归于土，来于父亲，归于父亲，张福全真是个孝子，死都与父亲死在一起。

让窑工真正感到不安的是，去年他曾经从张福全的田里取过土，正是张福全坍塌的那个地方。早年那里曾有一个土堆，他想，田里多出一个土堆，耕种多别扭，张福全也不铲掉，我就替他铲了吧，正好离窑这么近。于是他就把土堆铲掉了。没想到去年他铲掉的土堆，今年又起来了，张福全用自己的身体，又重新堆起一个土堆。

那天，窑工实在是莫名其妙，他用铲掉的这些土，做成了一个泥人，顺便在烧砖瓦的时候放在窑里烧了，烧制成了一个坚硬的陶人。如今这个陶人一直放在窑里，烧了几窑，他都没有取出，他认为，自从把这个陶人放在窑里，烧窑的成功率很高，似乎这个陶人，给窑工带来了好运气。

窑工越想越后悔，心想，如果我不铲掉那个土堆，也许张福全就不会死。他真的不知道他铲掉的那个小土堆是张福全父亲的坟冢。这时，他恍然明白了什么，他想起来了，田里那样一个小土堆，历经风雨，为什么一直存在着，而没有被风雨磨平？肯定有原因。这个原因，关乎一个人的生死。

让窑工更加后悔的是，他不该用铲掉的土，做成了一个泥人，而且还烧制了，成了一个陶人。窑工想，不行，我要找到这个陶人，我要把它砸碎，还给那块土地。那些土，毕竟是张福全父亲的身体。

窑工在焦虑和盼望中度过多日，终于，又一窑砖瓦烧制完毕，要出窑了。窑工急切地想找到那个放在窑底角落里的陶人，当他搬运完窑里的全部砖瓦，却没有见到那个陶人。陶人不翼而飞了？装窑的时候，窑工还特意拜了一下放在角落里的陶人，开玩笑说，老兄，再受一次热吧，别怕，越烧越结实。说完，他似乎看见陶人还眨了一下眼睛。

窑工把窑里的东西都搬空了，也没有见到陶人。分明是在里面，却怎么也找不到了。真是见了鬼了，难道说，他跑了不成？

还真是说对了，陶人真的跑了。

这里补充一下张福全死亡那天发生的事情。张福全坍塌在自家的田地里，死了，就在他死的那天，那一刻，他的重孙子出生了。可以说，张福全一家，在那一天之内，经历了死与生。在河湾村，出生是小事，死亡才是大事，人们只顾死者张福全了，没顾上孩子的事。孩子总会长大的，有命的孩子，想死都死不了，因此不用担心。

但是窑工却不这么认为，这件事太凑巧了，张福全死的那天，就在那个时辰，他的重孙子正好出生，哪有这么巧的事情？更让他无法理解的是，窑里反复烧制的陶人不见了，无论如何也找不到了，让他百思不得其解。

多年以后，张福全的重孙子长大了，人们发现，他的身体是灰黑色的，敲击他身上的任何一个地方，都能发出陶器的声音。窑工恍然大悟，终于猜到了陶人失踪的原因，但是却因证据不足，一直不敢说出实情。

2019.4.15

弯曲的小路

河湾村去往小镇的小路，在一个漆黑的夜晚被人割断了。这是一条弯曲的小路，路边长满了青草，人们走在这充满诗意的小路上，心情非常愉快。没想到，这样一条小路，在人所不知的夜晚，被人割断，然后在断裂的伤口处系上一个扣。当人们发现的时候，小路已经被强行抻直，早已变得僵硬，失去了弹性。人们走在这僵直的路上，总是走向错误的方向，本来是想去小镇，结果却是走到了别的村庄。

木匠去小镇做木匠活儿，早早起身，走上了小路，结果来到了河对岸的另一个村庄。他正想返回时，看到河湾村的另一个老头，也走错了，两人见面相视一笑。

木匠问，你怎么也来了？

老头说，我低头走路，不知怎么就走到了这里。我本来是想去小镇。

木匠说，我也是。

两人返回途中，遇到了三婶，也走在错误的路上。于是三人一起返回。

三婶埋怨说，除了刀客的宝刀，谁能把小路砍断？

112

老头说，不一定是刀客干的。我认为，要把一条弯曲的小路抻直，至少需要两个人，一人攥住一头，用力拉。刀客一个人干不成这件事。

木匠也说，看样子不像是刀客干的，昨天我遇见刀客，跟他搭话，他说他刚从远处回来。在他回来之前，小路就已经直了。

三婶说，去年我看到小路上有一道裂痕，难道是小路自己断的？

老头说，那也说不定，小路确实有老伤，早年就曾断裂过，后来接上了。

木匠说，要是我做的接口，绝对不会再次开裂，我用卯榫结构。若是铁匠接的，可就没准了，他用铁打的钯锔子，时间长了会生锈腐烂，铁的东西用不住。

木匠、老头、三婶，边走边议论，不知不觉回到了河湾村。然后从河湾村重新出发，去往小镇。这次他们依然是走在这条被人抻直的路上，但是走到半路时，他们发现直路上分出一个岔子，他们沿着这个分岔走下去，没多久，就到了小镇。

木匠、老头、三婶到了小镇后，各自去办事，不再细说。这里要说的是，三人办完事，在回来的途中又走错了，他们都没有回到河湾村，而是鬼使神差地又走到了另一个村庄。三个人陆续到达另一个村庄，相遇后不禁哈哈大笑。

木匠说，又相遇了。

老头说，今天这是怎么了，总是走错。

三婶说，你们等着，我非治治这条路不可。

老头说，你有办法？

三婶说，有办法。

木匠说，你要是有办法，我愿意帮你。

他们一起回去，走上这条直路的时候，天已经黑下来。趁着夜色的掩护，他们三人一起，不知做了什么事情，反正是做了。

第二天，人们发现，那条直路，又恢复了往日的弯曲，与原来的小路一样，路边长满了青草，小路曲径通幽，扭捏而又自然，人们走在路上，再也没有迷路。

细心的人们发现，小路的中途有一个断裂的伤口，已经接上，接口是卯榫结构，非常严实。人们赞佩这种拼接技术，但不知是谁干的。

木匠、老头、三婶，都说不知道这件事。他们说话的时候，眼睛里闪闪烁烁，微笑中带有一种成就感，那种眼神，仿佛隐藏着干了坏事的秘密。

2019.4.16

雪 乡

一场大雪过后，河湾村胖了许多。二尺深的雪，覆盖在茅草屋上，覆盖在农家院子里，覆盖在远近的山川田野，松软而舒适，除了白，就是胖。雪住下以后，天还阴着，太阳并不急于出来，仿佛那个发光的火球，不适合出现在雪乡上空。

这时，一只黑鹰在天上盘旋。鹰不是在看风景，而是在俯瞰雪地上，哪里有野兔。茫茫大雪地，如果有一个东西不是白色，而且在动，那注定是野兔或者山鸡之类，太容易发现了。有时，鹰停止盘旋，固定在空中，一动不动，仿佛一张剪纸贴在天上。这是别的鸟无法做到的。鹰似乎不属于鸟类，而是天空中的神。

雪后的河湾村，比往常安静多了，由于雪刚刚停下来，还没有人出来扫雪，如果老天还要继续下雪，扫了也没用。另外，人们也不忍心破坏这干净的雪景，有时甚至一整天，村庄里都没有一个脚印，仿佛大雪覆盖的不是一个村庄，而是一个洁白的梦幻世界。

就在这过分的洁白中，一个雪人出现在村子里，肯定是谁家孩子堆起来的，一个胖乎乎的雪人，站在院子里，又萌又憨，非常可爱。大人们很少参与堆雪人，每到这时，大人们都是做一些室内的活计，或是干脆躺在炕上睡大觉。

孩子们堆积的雪人，都比较大，至少跟孩子们的身高相仿。但是还有一些小雪人，只有三寸高，也就是说，跟河湾村的小老头身高差不多，他们站在雪地里，一般人很难发现。有一次，长老就曾在雪地里发现了几个三寸高的小雪人，正在玩耍，幸亏他走路轻手轻脚，没有踩到这些小雪人。小雪人出现的时间很短，一般情况下，他们只出现在大雪刚刚停下，或者傍晚的朦胧时分，仅仅是一闪，他们就不见了。据说，能看到小雪人的，必须是两百岁以上的老人，因此，很少有人能有这样的眼福，人们只是在传说中，听说过小雪人的故事，没有真正目睹过。

长老虽然见过一次小雪人，但是那天他的视力比较模糊，小雪人出现的时间也很短，他没有看得十分清楚，因此他也无法准确地形容小雪人的样子，只是说，太小了，太矮了，太白了，太可爱了。

人们知道小雪人的出没行踪比较神秘，他们很少出现，即使出现了，也不是谁都有资格看见的。长老已经两百多岁了，他看见是正常的，别人的福气还不到。

长老说，那天，几个小雪人正在雪地上玩耍，可能是玩得太专注，玩入迷了，没有注意到我的到来，当我经过他们身边时，他们发现了动静，一闪就不见了，不知去哪儿了，也许是钻到雪里去了吧。

长老讲述小雪人的时候，一手捋着雪白的胡须，眼睛笑眯眯的，仿佛在讲梦里的事情，带有很强的迷幻性。你很难确信他说的是真实发生的事情，但是你也没有足够的证据证明他说的是瞎话。

任何事情，只要是发生了，不管多么神秘，多么严谨，总会百密一疏，留下一些破绽。长老说的小雪人，就因为贪玩和粗心而露出了马脚，被人们逮个正着。

说来事情也巧，雪后，三寸高的小老头衣服破了，要去邻居家借一根针，缝补一下。由于他的身体矮，体重非常轻，走在雪地上几乎没有什么痕迹。另外，以他的身高，正常的人不低头，很难发现他。邻居听到外面有动静，就出去开门，发现敲门的是小老头。让人惊讶的是，小老头的身后还跟随了几个小雪人，这些小雪人也都是三寸高，长得跟小老头非常相似。邻居看见这些小雪人，非常惊奇，但是转念一想，这些雪白的小精灵，一定有什么秘密，还是不说破为好，于是假装没看见，说，借一根针啊，等我去拿。

不一会儿，邻居找到了针，说，要不我给你缝上吧，省得你费事了。

小老头说，也行，那我就省事了。

邻居蹲下来，几个针脚就把小老头的衣服缝好了。

小老头回去后，跟他一起来的小雪人也随之回去了。但是，无论如何小老头也不会想到，邻居在给他缝补衣服的时候，偷偷地把一根线缝在了一个小雪人的身上。顺着这条线，邻居顺藤摸瓜，找到了小雪人的藏身之处，就在小老头的家里。

原来，小老头看见孩子们在地上堆雪人，感到好玩，于是也用雪做了几个跟他身高差不多的小雪人，没想到他做的这些小雪人都活了，他走到哪里，小雪人就跟到哪里。他已经不止一次做小雪人了，那年长老看见的小雪人，就是小老头所做。当时，小老头就在其中，只是天色昏暗，长老没有发现而已。

这时，人们见天上的云彩慢慢变薄，有些地方露出了缝隙，看样子不会再下雪了，这才陆续清扫院落，然后走出家门，开始在胡同里扫雪。

扫雪，仿佛是一个特殊的节日，人们都出来，参与这个活动，其中孩子们最为活跃，堆雪人的，滚雪球的，打雪仗的，一时间好不快乐。

小老头也在扫雪。人们知道了小雪人的秘密，见了小老头就嘲笑他，说，原来小雪人是你做的，他们是你的孩子啊还是兄弟？小老头感到有些羞愧，红着脸说，是朋友。

人们问，都是你的朋友？

小老头说，是的，我还给他们每人做了一身衣服，但是小雪人怕穿上衣服后会融化，所以都没穿，就那么赤身裸体的，真是不好意思。

小老头居然还有不好意思的时候，又引得人们一阵大笑。

就在人们仰头大笑的时候，突然发现，一直在天上盘旋的那只黑鹰，不知什么时候变成了雪白色，当它向下俯冲的时候，仿佛是划过天空的一道闪电。

2019.4.17

好兄弟

也许是上午，也许是下午，总之是一个不确定的时间，两只鸟争吵了起来。起初，它们在树枝上谈论一件事情，也许是观点不一，也许是早就有仇，它们各说各的理，逐渐由说理演变为争吵；然后两只鸟从各自的树枝上跳起来，相互靠近，有大打出手的架势。果不其然，其中一只鸟大声叫骂着，起身从树枝上跳了起来，呼啦着翅膀直奔另一只鸟而去。那只鸟也不示弱，大叫着，起身迎接，在树上打了起来。由于树枝遮挡，打起来很不方便，它们就在打斗中逐渐离开了树冠，在空中纠缠到一起，它们在打斗中忽上忽下，不分胜负，非常激烈。它们打斗的武器是嘴、爪子、翅膀，相互攻击时也不忘了对骂。它们扭结在一起，逐渐降落。其中一只鸟似乎力不可支，一只翅膀张着，另一只翅膀闭合，好像受伤了，但是打斗还在继续，翅膀受伤的鸟，用嘴应战。突然，它的两只翅膀又恢复了，一个弹跳从地上跃起来，再次打到空中，似乎不弄死对方决不甘休。

两只鸟的互殴，在窑工眼里，是一场免费的比武演出，厮杀越激烈，他越是觉得有看头。如果他劝一下，也许就有和解的可能，但是他知道小鸟的力气有限，谁也打不死谁，就让它们打吧，打累了，必住手。

这场热闹，真是越来越复杂，两只鸟在打斗时，又来了一只鸟，这只新来的鸟不但不劝架，还加入了战斗。三只鸟纠缠在一起，已经分不清是谁在打谁，三只鸟演化成了一场混战。

窑工坐在土窑旁边的石头上，专注地看着，目不转睛，生怕错过了某个精彩的细节。他看到三只鸟在空中相互纠缠着，逐渐又回到了树冠。由于树枝遮挡，不便于打架，也许是太累了，需要休息一下，它们停止了互殴，站在树枝上，相互对骂。它们究竟骂了些什么难听的话，窑工听不懂，但是从语气上听来，非常尖锐、强硬，甚至是极端的愤怒。

秋后的田野已经收割完毕，秸秆都已运走，土地裸露出原来的面貌，看上去无遮无蔽，有些荒凉。这时节，虽然庄稼已经收走，对于鸟儿来说，仍然是一年中食物最充足的季节，随便落在一个地方，就能找到吃的。显然，三只鸟打架不是为了吃的，而是有别的原因。

窑工站在第四方的角度，观看了一场激烈的三只鸟的混战。他觉得这场热闹虽然好看，但是时间有点短，看起来还不是很过瘾，如果打上一两个时辰，那就有意思了。他希望它们继续打下去，毕竟这样的热闹并不常见，一般都是两只鸟打架，三只鸟打在一起的，非常少见。

打架的鸟儿似乎觉察到了有人在一旁观看，不知出于什么原因，不打了，也不吵了，安静了一会儿之后，在树上发出了不一样的叫声。这种叫声与骂架的声音明显不同，声音清脆、温和、响亮，类似于问候和交流。随后，这三只鸟先后落在小河边，四下看了看，发现没有什么危险，开始低头喝水。小河非常小，如果一群牛一起喝，有可能把水喝干。但是这些水，对于鸟儿来说，无异于汪洋大流。这三只鸟喝完水，凑到一起，先是鸣叫，然后用嘴相互梳理羽毛。看来它们是和好了，那亲切的样子，仿佛从来不曾争吵过，更不像是刚刚打过架，甚至打得你死我活。

窑工的土窑坐落在山脚下的小土坡上，离河边非常近，鸟儿的这些举动，窑工都看在眼里。他怎么也想不到，这三只鸟刚才还打得那么厉害，竟然这么快就和好了，好到相互梳理羽毛了的程度，就差亲嘴了。是啊，是该梳理一下羽毛了，刚才打架的时候，羽毛都乱了，甚至还啄掉了好几根绒毛。

三只鸟在河边喝足了水，鸣叫着，不知说了些什么，然后一起飞走了，飞到山后，直到看不见了窑工才转过头来，忽然想起，应该往窑里添加柴火了。

这场小鸟之间的互殴与和好，不光窑工看见了，山坡上的草人也看见了。庄稼收割以后，地里空荡荡的，原来就高出庄稼的草人，如今视野更加开阔了，也更加孤零了。草人也是人，除了吓唬鸟儿别偷吃成熟的谷穗之类，草人已经习惯于站在田野里，四处观望，但永远也不走动，他不是不想走，而是走不了，因为他的脚扎在地里，被土地固定住了。草人是潦草的人，粗糙的人，只是大概具备一个人的雏形，但是哪个部位也不准确，甚至是缺胳膊少腿，甚至没有准确的性别，甚至没有父母和兄弟姐妹，尽管如此，他站在田野里，依然是草人。他的角色是一个管闲事的人，却什么也管不了，说话吧？有嘴却发不出声音；走路吧？有脚却离不开原地；轰走鸟雀吧？鸟儿知道他是假人，根本不怕他。但是人们为了心里踏实，每年都要扎制草人，插在庄稼地里，用来吓唬鸟儿。若论职责，草人很重要，若论完成任务情况，草人自己也说不清楚，因为他根本就是个废物，一点儿也不管用。因此，草人非常尴尬，又不能不站在地上守候，忍受孤独和寂寞。

鸟儿吵嘴，是经常的事情，但是动手打架，打到地上和空中，撕扯到一起，并不常见。草人目睹了一场热闹，也算是一件开心的事情。他希望小鸟们再多打一会儿，或者不打了，吵嘴也行，总之是有热闹看，就不寂寞。可惜小鸟并不是为了配合他而打架，小鸟是因为内部纠纷，动手真打，而不是表演。

窑工比草人强不了多少，一个人烧窑，也是闲极无聊，看完一场小鸟打架，觉得还不过瘾，他看看附近没有人，于是顽皮地学起了小鸟打架的动作，一个人在地上耍起来，闹得尘土飞扬，浑身是土，非常滑稽。他在耍的过程中，除了夸张的动作，嘴里模仿小鸟的叫声，仿佛是一个人与自己的影子摔跤、撕扯和纠缠，不分胜负。就在他耍得开心的时候，山坡上传来了哈哈大笑。窑工听到笑声后，知道自己的玩耍被人看见了，还没来得及停下动作，脸就红了。他想，这么大个人，还这么玩耍，真是太丢人了。

窑工停止了玩耍，四下看了看，远近并没有人，刚才的笑声那么大，难道说笑话我的人隐藏起来了？可是附近也没有什么藏身之处啊？他想，可能是我听错了，附近没有人。于是他余兴未尽，又耍了几下。这时，又传来了哈哈大笑，这次他听得非常清晰，确实是有人在笑，而且这个人就在附近。他循着笑声的方向望去，只见不远处的山坡上有一个草人，张着一张大嘴，还在笑。

窑工的脸更红了。心想，原来是草人在嘲笑我。正应了那两句话，山外有山，人外有人；若要人不知，除非己莫为。

窑工万万没有想到，笑声来自于草人。看来，他烧窑和看鸟儿打架的所有行为举动，包括刚才的玩耍，都在草人的视野之中。他早就知道附近的山坡上有一个草人，也没有把他当回事，毕竟是草扎的假人，又不会走动，还能怎么样，没想到他居然会嘲笑我，而且是哈哈大笑。被一个草人嘲笑了，怎能不让人脸红？

草人也是，一直在山坡上待着，一动不动，看上去挺老实的，没想到感情还如此丰富，看到窑工的耍闹，实在是憋不住了，突然爆发出大笑。笑完之后，草人自己也惊讶了，他还从来没有说出过人话，也没有发出过笑声，今天算是开口了。草人知道自己是个假人，却因性情使然，突然暴露出人性，让他自己也感到震惊。

窑工用手指着草人，说，你呀，你呀，原来是你小子在背后嘲笑我，我还真是把你给忽略了，刚才你也看到了，我耍得怎么样？还不错吧？

草人毕竟是草人，能够发出大笑已经不简单了，除了笑，他还不会说话。草人听到窑工跟他说话，继续笑。

窑工和草人在一处僻静的地方相处已久，没想到竟然是以这样的方式开始交流，倒也愉快。从此，窑工继续烧窑，草人继续守护田野，两人各干各的，却因这次愉快的交流，彼此都不再孤独。

过了一段时间，小鸟又一次打架，窑工发现后立即告诉了草人，于是窑工和草人一起看热闹，看到精彩处，两人都忍不住发出哈哈大笑。有时，窑工闲的没事，就要出一些自己都感到奇怪的动作，草人看了就笑，有一次还笑出了眼泪。

天凉以后，窑工看到草人的衣服非常褴褛，就找了一件自己穿过的旧衣服，披在了草人身上。草人顿时感到暖和了许多，不禁心头一热，又一次流出了眼泪。

窑工站在草人身边，搂着草人的肩膀，共同看远近的风景，两人的长相完全不同，却像是一对好兄弟。

2019.4.19

一根针

老头需要一根针。他本来家里有针，但是不小心弄丢了。针虽小，却是家里常用的东西，一时缝缝补补的，总不能老是跟邻居借。家里常备一根针，是必需的。比较宽裕的家庭，常备两根针或者三根针的，也是有的。他想去小镇赶集，主要是为了买一根针。

老头是张福满的堂兄弟，本来也有名字，因为他出生的时候就显老，像是一个小老头，人们就叫他老头，如今他真的老了，人们还是叫他老头，人们早已忘记了他的名字。

河湾村有两个叫老头的，一个是三寸高的小老头，因为身高而得名，叫小老头。而这个老头就叫老头，前面不加小字，也不加老字，人们直呼他老头。他早已习惯了老头这个称呼，如果有人突然喊他一声大名，他会不知所措，甚至感到遥远而陌生。当然，这是假设，实际上从来没有人叫他的大名。

河湾村到小镇不超过十里路，中间隔着一条河。小镇每逢一、六，都有集市，附近的人们去赶集，有的是需要买卖东西，有的纯属是逛一趟，没事凑个热闹。老头赶集是真的有事。一根针对于一个家庭，虽然不算什么大事，但是没有针，就不能缝补。老头觉得早就应该买一根针了，就是因为这件事情比较小，老是忘记。

老头走在去往小镇的路上，心想，集市上人多杂乱，不能忘记买针这件事。他在内心里反复叮嘱自己，一定要记住，买针。买针。买针。

过河坐船的时候，船工问他，去小镇赶集呀？

老头点头称是，说，去买一根针。

船工说，我家就有一根针，是铁匠打的，用了多年了，还是很好用。你要是买不着，就先用我家的针。

老头说，还是买一根吧，早就应该买了，老是忘。

过了河，老头还是反复提醒自己，千万不能忘。

一路上，遇见了很多去小镇赶集的人，有熟人，也有不熟的，人们各有各的需求，或急或缓地走着，络绎不绝。

集市在小镇东部的一块开阔地上，一个尘土飞扬的地方。由于赶集的人多，市场显得不够用，小镇上整条街的两旁也都摆满了各种杂货。在这个集市上，有临时搭起的铁匠铺、有银匠的摊子，还有钉马掌的、磨刀磨剪子的、剃头的、卖牲畜的、做裁缝的、制皮的、修鞋的、算命的、编筐的、织苇席的、炸油饼的、做胰子的、变戏法的、说书的、耍猴的、放风筝的、做糖人的、卖粉条的、卖红薯的、卖土豆的、赶车的、搓绳子的、卖布的、卖种子的、卖菜的、卖肉的、卖锛子和凿子的、卖菜刀的、卖年画的、写对联的、写状子的；还有牛、驴、猪、羊、鸡、鸭，鸡蛋、鸭蛋等等，人和牲畜混杂在一起，熙熙攘攘，人们遵守着古老的风习和内心的道德，公平交易，有时以货换货，不欺不诈，谁也不做昧良心的事情。整个集市，看上去有些混乱，而实际上非常有序。

老头进入集市后，并没有被各种货物和拥挤的人群干扰，他的心里只想着一件事：买针。以前赶集，他见过一个卖针的，但是那时家里的针还没有丢失，他只是看了一眼，没买。他大概记得当时卖针的那个方位，一路上也不多停留，先把针买到手，有时间了再看看别的东西。

事情往往是这样，你不需要的时候，一件东西会经常出现在你眼前，当你需要这件东西的时候，却怎么也找不到。老头就遇到了这种情况。他在一个地方转了好几遍，都没有找到那个卖针的人，问临近卖东西的人，人们都说不知道。

老头最终也没有找到那个卖针的人，只好空手而归。过河时，船工问，买到针了吗？

老头嘿嘿一笑，说，没买到。没有找到卖针的人。

船工说，你要是着急，就用我家的针。

老头说，不急。要不，我也让铁匠打一根针吧。

船工说，铁匠做活儿很细，他打的针，几辈子都用不坏。

下船后，老头没有直接回家，而是去了铁匠铺，正好铁匠在打铁。老头说，我需要打一根针。

铁匠说，是缝麻袋的针，还是缝衣服的针？

老头说，缝衣服的针。

铁匠说，好吧，缝衣服的针比较小，费工夫多，你不急就行。

老头说，不急。

铁匠说，打好了我给你送去。

老头说，不用，过些日子我来取。

说完，铁匠继续打铁，老头回家了。老头虽然没有买到针，但是在铁匠这里订了货，老头心里也算有了着落，踏实多了。

铁匠也不含糊，按照约定，接下来的日子开始打制一根针。别看是很小的一根针，打起来却不容易，越小越不好打制，主要是力度和分寸不好拿捏，用力轻了重了都不行，由于针太小，在烧制的过程中，弄不好掉到炉火里就找不到了，所以需要格外细心。尤其是针鼻儿，是穿线的地方，大小要适中，还不能粗糙。针鼻儿太粗糙了，割线，用不了几下，线就断了。所以说，针鼻儿是个见功夫的地方，比针尖还要考验技术。

过了大约十几天，铁匠把针用布包好，送到了老头的手里。老头打开小布包一看，是一根又细又尖的黑色的针，他拿起针在自己的手指肚上试了试，立刻就出血了。老头嘿嘿一笑，说，好针。

为了不让这根针再次丢失，老头又特意请木匠做了一个小木匣，专门存放这根针。为了不让这个存放针的小木匣混同于别的物件，他又特意在屋子角落里做了一个用泥坯搭造的土囤子，专门存放这个小木匣。

有了这些层层保护，老头心里踏实多了，有了囤子，有了木匣，针就有了地方，有了针，衣服破了就随时可以补上。他感觉，有了这根针，才是一个完整的家庭。

老头在家里鼓捣这儿，鼓捣那儿，他的老婆也没注意，不知道他在干什么。当他一切都准备好了，万无一失了，他才开始实施下一步计划，缝补。

一天，他找出一件旧衣服，说，老婆，今天我要穿这件衣服，你看，袖口都坏了，给我缝补一下吧？

老婆说，没有针。

老头指着屋子角落里的一个泥土囤子说，你看这里是什么。

老婆也没多想，说，一个囤子呗。

老头把老婆叫到跟前，嘿嘿一笑说，你打开囤子看看。

老婆打开囤子，发现里面有一个小木匣子，说，一个木匣子。

老头得意地说，你拿出小木匣子，打开看看。

老婆按他说的，拿出小木匣子，看见里面有一个小布包。

老头又说，你打开这个小布包看看。

老婆瞪了他一眼，说，啥东西，神神秘秘的。

老头说，打开看看你就知道了。

老婆打开了小布包，看见布包上面有一个破洞，除此，里面什么也没有。

老头看见布包里的针不见了，只有布包上面的一个破洞，这是怎么回事？他想给老婆一个惊喜，可是那根针却不见了。

老婆抖搂开那块破布，说，我还以为是啥好东西，就是一块破布，有啥好看的？

老头这才意识到问题的严重性，针没了。

他在地上反复找，并没有针，看来针并没有掉在地上。他拿起木匣子，发现匣子的侧面上也有一个洞，再看，泥囤子底部也有一个洞，再看，泥囤子旁边的地上也有一个洞，直通向地下。看到这一切，老头不禁后退了一步。

老婆也后退了一步。

老头指着那个洞口说，耗子，偷走了我的针。

2019.4.20

崩　溃

张福全走到自家的田地里，感觉身体在开裂，然后他就支撑不住了，整个人坍塌在地上，突然融化成了一堆泥土。

他融化的前几天，有过一些前兆。一天夜里，他感觉腋窝有点痒，用手一摸，发现是一棵小草从皮肤里面钻了出来，已经长出了枝叶。当他把小草拔出来时，由于根须较深，带出了体内的一些土块。他当时就感到纳闷，心想，平时皮肤开裂时，并未发现有草籽落进缝隙里，用泥土抹平后就没事了。不想这回从皮肤里面长出了小草，难怪我这几天腋窝下面一直有点痒，原来是这个东西在作怪。

还有，他听到身体内部发出过粗糙的喊声，他很少听到这种声音，以为自己是在做梦，但他明明是醒着，在走路，并未睡觉。多年前他跟人比赛抱起千斤重的石头时，体内曾经发出过这种喊声。他和弟弟张福满，并不肥胖，体重却是普通人的几倍，力气也是普通人的几倍。人们都说他们哥儿俩是泥做的，说归说，但是也没有根据。今天他又听到了体内的这种喊声，仿佛身体里囚禁着一个老人。他想，喊就喊吧，反正我是不会放你出去的，你也没有什么办法走出我的身体。

这些前兆，并未引起张福全的足够重视，过后就忽略了。因为他力大过人，没有谁能够把他击垮。这次，让他坍塌的致命原因是，他心里埋藏已久的一件事情，无法排解，几十年时间里一直淤积在心底，已经变成了一块沉重的化石。随着时间的变化，这块化石越来越大，越来越沉，几乎压垮了他。他一直想寻找一个机会，找人倾吐一下，以解心头之块垒，但是话到嘴边，他就犹豫，觉得无法开口。就这样一拖再拖，天长日久，他的内心越来越沉重，甚至连走路都不敢抬头了。

事情的起因并不大。那是几十年前的一天，那时张福全还不老，他的衣服破了，家里没有缝衣服的针，他就去老头家借一根针。那时老头还不算老，只是他出生时额头就有皱纹，他的父亲就给他取名老头。老头家里并不富裕，但是却有一根针，是铁匠打制的。在河湾村，家里有一根针，就不算贫穷。家境好的，甚至有两根针或者三根针的。张福全从老头家借走了一根针，把衣服缝好后，并没有及时还给老头，时间长了，事情也多，就把这件事给忘了。过了很久，张福全的衣服又破了，需要缝补，这才想起这根针，还没有还给老头。他想，这么长时间过去了，老头也没有跟他讨要，是不是忘了？也许是不要了？于是张福全的心里渐渐地有了一丝侥幸的想法，他把针留下来，不想还了。

有一天，老头的衣服破了，需要缝补，可是怎么也找不到针，翻遍了所有的地方，也没有找到。他把针借给张福全这件事彻底忘记了，以为是自己把针弄丢了，或是掉在地上，找不到了。老头在自己的身上找原因，埋怨自己太粗心，怎么把针弄丢了呢？由于丢了针，老头几天时间睡不好觉，身体都瘦了一圈。这些，张福全都看在眼里了，可是他就是不说，他想，只要老头不直接跟我要针，我就装糊涂，假装不知道。

一晃几年过去了，老头也没有跟张福全要这根针，因为他真的忘记了。而张福全却是心存侥幸，认为自己可以悄悄地眛着，不还了。

自从张福全眛下了老头的这根针，他的心里就有一种隐隐的不安。他想，万一哪天老头想起了这根针怎么办？他若是前来索要怎么办？他想了很多种推辞的说法，就说忘了，或者说没有这回事，或者说丢了……他想了几十种理由，最后又一一推翻，觉得不妥。

有一天，张福全做出了一件自以为得意的事情，他高调宣布，他去小镇赶集，买回了一根针。也就是说，他的家里有针了。这等于是明确宣布，他家所拥有的这根针，完全属于他自己，而不是借来的，其中暗藏的意思是，这根针肯定不是老头家的针。他宣布了这件事情以后，觉得从老头家借针这件事情就算有了一个了结，可以说是过去了，不用再内疚了。

可是，尽管张福全宣布自家买了针，老头还是没有想到这件事与他有关，也没往心里去，因为他坚持认为，他的针是自己不小心弄丢的。丢了就丢了吧，他已经认命，不想这件事了，也不责备自己了，因为针已经丢了，责备自己也没用。慢慢地，他已经想开了，身体也逐渐恢复了，从内心里，他把丢针这件事彻底翻过去了，永远不再想了。

老头的心里早已踏实了，可是张福全却开始了漫长的忧虑。自从他宣布自家买了针以后，他发现人们看他的眼光，总有一些异常，也说不出哪里有什么不一样，但就是感觉不一样，好像总有一双眼睛看透了他的心事，但是却不说出来。人们越是不说出来，他越是心里不安，甚至发慌，有时感到一丝隐痛，仿佛这根针，扎在了自己的心上，拔不出来。

有一天，三婶从张福全家门口经过，咳嗽了一声，什么也没说，就走过去了。张福全却慌了，心想，三婶咳嗽了一声，是什么意思？莫非她知道了什么底细？莫非她想说什么，却不知如何开口？总之，三婶咳嗽这一声，看样子一定是有用意。整整一天，张福全都在思考三婶的这声咳嗽，肯定是与针有关。

还有，老头闭口不谈借针这件事，也让张福全心里不安。这么多年过去了，老头从来一句不提借针的事，他的心里到底是怎么想的？他会不会哪一天当着众人的面揭穿这件事？如果他说出了实情，我该如何应对？曾有一个非常危险的想法，让张福全自己都感到害怕，他想趁人不备，在神不知鬼不觉的时候，把老头领到悬崖上，然后推下去。他的这个想法在内心里只是一闪，就被自己制止了，他狠狠地扇了自己几个耳光，在心里骂了自己一句：臭不要脸的，昧下了人家的一根针还不算，还想杀人灭口，真不是个东西。

张福全在忧郁和纠结中度日，心情越来越沉重，见人时说话也少了，生怕谁提起"针"这个字。尤其是见到老头，目光总是躲闪，不敢正视，说话的声音也很小，即使是用力说，声音也只是在嗓子里回旋，听起来细小而怯懦，仿佛一声嘀咕。因为他觉得，这绝对不是一根针的事，而是关乎一个人的德行。他简直不敢想，倘若事情败露了，整个河湾村的人会如何看他、议论他。想到这里，他不禁打了一连串的寒战。

这件事，在他高调宣布自家买了一根针以后，就没有反转的机会了，他把自己的路给彻底堵死了，没有给自己留下一丝回头的余地。在以前，还可以说出许多理由，比如忘了，丢了，还不起了，都是理由，但是现在情况完全不同了，他设计好了一个周密而完整的圈套，把自己牢牢地套在了里面，再也出不来了。

张福全在内心的挣扎中度日如年，如坐针毡。他觉得自己这样活着，非常不光彩，活得窝囊、憋屈、压抑。他多次想过，他要恢复原来的生活，坦荡地活着，不亏欠别人，也不亏欠自己的良心。他想哪一天，一定要彻底揭开自己的真面目，当众承认自己昧下了老头的一根针。为此，他请铁匠特意打制了一根针，想在众人面前把这根针交给老头，然后跪下，请他原谅。

他在等待机会。

这一天终于到来了。人们像往常一样，坐在村头的大石头上，听长老讲故事，老头也在其中。这时，张福全小心翼翼地赶来了，他的手里攥着一根针，额头冒着热汗。他趁着长老讲故事说完一个段落的空当，想办法插话，然后把话题引到一根针上来，趁机说出自己藏在心里多年的一件不光彩的事，当着众人的面，请老头原谅，也请长老和村里人原谅。事到如今，他不能不说了，他再不说出来，这件心事就要把他压垮了。

人们看见张福全非常紧张地走到老头身边，对着老头，也像是对着所有人，脸刷的一下红了，嘴唇颤动着，似乎有话要说。人们的目光都集中在他的脸上，等待他说话。

张福全终于鼓足了勇气，说：今年，我的地里打算种土豆。

人们莫名其妙地看着他，觉得他说出这句话，非常突兀，与现场的气氛毫不沾边。

说完这句话，张福全自己也蒙了。本来是早就想好了一句话，甚至在心里已经重复了几十遍了，可是等到见面开口说出时，却突然变成了完全不同的另一句话。说完，他没等人们做出反应，就默默地离开了，独自向自家的田地走去。人们望着张福全的背影，以为他要去地里种土豆去了。

张福全离开了人们，神鬼不知地走到了自家的田地里。他的内心紧张到了极点，感觉体内有无数条树根在纠结中越绷越紧，几乎到了不能动弹的程度。他站在自家的田地里，感觉再也走不动了，就停下脚步，站在那里。他听到自己的身体里有一个人在大喊。这次他清晰地听到了喊声，正是以前他听到过的那种声音，粗重，沙哑，撕心裂肺。这喊声太大了，在他的心里形成了巨大的回声，冲撞着他的肺腑，似乎在寻找一个出口。正当这时，他身体的表层出现了一些细小的裂纹，随着裂纹慢慢变大，他感到了来自身体内外的剧烈疼痛。这时，他感到有一根无形的针，扎在了他的心上。这根针越扎越深，最后扎到了心口上。顿时，他感到有一股血流顺着这个针眼，喷涌而出，冲出了自己的心脏。这些热血，混合着他肺腑中巨大的回声，形成了一种要命的力量，砰的一声爆开，瞬间炸毁了他的身体。他明显地感到自己的身体在碎裂，正在一块块地向下脱落。这时，他再也坚持不住了，他想躺下，休息一会儿，只是已经没有躺下的力气了。他感到两眼忽然一黑，什么也看不见了，但是，他的耳朵还能听到声音。他听到了自己的耳鸣，随后，他又一次听到了体内的喊声。这是他从未听过的绝命的喊声，声音由巨大变得细小，最后像游丝一般向远处飘去，越过千山万水，仍没有消失。随着这喊声越来越弱，越飘越远，他感到自己的身体轰然坍塌，堆积在地上。

张福全在坍塌的那一刻，正好被附近烧窑的窑工发现。当窑工走过去看他时，发现张福全这个力大无比的人，已经瘫在地上，变成了一堆土。

2019.4.29

七　妹

　　每到秋后，小镇都要举行纺织比赛，镇里的妇女们亮出自己的绝活儿。比较热闹的是纺线比赛，坝子上的纺车排成一溜儿，长老发出指令后，年轻的妇女们开始纺线。别处的女人们都要把棉花做成手指粗细的棉花条才可以纺线，而小镇上的女人们则是直接纺织棉花团。细心的人们发现，在纺织的女人中，有一个年轻貌美的女子，她纺出的不是线，而是亮晶晶的雨丝。人们感到新鲜，就凑过去看，发现她纺的竟然是白云。人们知情后也不惊讶，因为有人家里曾经挂过雨丝门帘，对此并不觉得意外。

　　这个纺织白云的女子叫七妹，在她来时的路上，我见过她。我说，来啦。她低头不语，她的六个姐姐齐声回答，来了。

　　七个姐妹各有绝活儿，有纺线的，有经布的，有织布的，有刺绣的，有裁缝的，有制衣的，有缝补的。人们知道她们是仙女，也不说出她们的秘密。等到比赛过后，我就在她们回去的路上假装看风景，当七妹路过我身边时，我说，走啦。她低头不语，脸却红了，她的六个姐姐齐声说，走了。

　　远处天空里，有一片白云前来接她们。

　　我记得那些年，小镇的赛事不少，我总能在同一条路上，看见七个姐妹，依次排列着，从我身边走过，她们走路时身姿轻盈，不发出一点声音。

一晃几十年过去了，小镇的赛事已经取消，我远在他乡，已经老迈，但还清晰记得七个姐妹的情景。前不久我回乡，在小路上看见一个老女人，她面色苍黄，体态臃肿，步履蹒跚，但走路时却不发出一点声音。我当即认出，她就是那个七妹，那个曾经脸红的七妹，如今已经衰老不堪。当她从我身边经过时，我说，吃啦？她看了看我，停下来，没有说话。我怔怔地看着她，等待她的回答。可是她没有回答。她竟然当着我的面，脱掉了外衣，然后脱掉内衣。她想干什么？我惊愕地后退了一步，对她的举动不知所措。就在这时，只见她两手抓住自己的前胸，刺啦一声把自己的皮肤撕开，从她的身体里面走出来一个新人。

这个新人，是个绝代美女，风姿绰约，不染纤尘。

我惊呆在那里，彻底蒙了。当我缓过神来时，她已经在云彩后面，我隐约看见她的脸，像朝霞一样晕红。

2019.4.30 改

老 四

老四被人从井里捞出来后，几个人抻着他的脚和腿，颠倒着，用力拍打他的后背，当他的嘴里吐出了许多水之后，才发出一声沉闷的叹息声。这一声叹息，仿佛不是来自于喉咙，而是从肚子里传出来的，叹息声还带出了许多水，吐出这些水之后，他的肚子才真正瘪下去，仿佛淹死他的除了井里的水，还有一声叹息。他发出叹息以后，人们把他放平在地上，说，没事了，他发出声音了，说明他还活着。

老四跳井这件事，毫无征兆，也毫无理由，突然之间，他就跳下去了，幸亏三婶去水井打水，发现井里漂着一个人，于是大喊救命，人们才把人捞上来，一看，是老四。

老四已经六十多岁了，平时种地，老婆也种地，两个儿子都已分家另过，也都种地。老四家的日子还算过得去，住三间草房，家里有农具、有锅、有碗，炕上有炕席，墙角有土坯囤子，此外，家里还置备了油灯，还有一根针。在河湾村，这已经是不错的家庭了，还有什么想不开的，突然就跳井寻死了呢？人们议论纷纷，找不出老四寻死的理由。好在他又活过来了，活过来就好，好死不如赖活着，那就继续活吧。

被人救活以后，经过很多天，老四的身体看似恢复了正常，但是精神却非常萎靡，反反复复只说一句话：到底怎好啊，到底怎好啊。从白天到夜晚，只要是醒着，他的嘴里只说这一句话，到底怎好啊。

村里人说，老四自从跳井后，嘴里吐出了许多水，顺带着把话也吐出去了，所有的话都没了，嘴里只剩下一句话，幸亏嘴里还剩下一句话，要不然，他会成为哑巴。人们说的似乎有一些道理，但是让人不解的是，为什么剩下的是这样一句话，而不是别的话？

尽管如此，人们也知足了，好歹这是一句完整的话，倘若当时再吐出一些，嘴里只剩下一个字，不也得接受？

老四虽然是救活了，但是他的家，从此却陷入了黑暗，夜晚从不点灯。起初，人们以为是老四精神不正常，怕光，所以晚上不点灯，摸黑睡觉。但是老四白天为什么不怕光？他整天在阳光下行走，在村子里到处走，几乎是不停地走，一边走，嘴里一边嘟囔，到底怎好啊，到底怎好啊。

晚上不点灯，家里一片黑暗，好在家里的每个角落他都熟悉，就是闭眼也能找到屋门，出入还不至于撞到墙上。另外，每个月还有几天有月亮的时光，借着月光，也能恍惚看见一些东西，并不是伸手不见五指。老四和他的老婆，在黑暗中过了很久。这里所说的很久，不是一年两年，而是多年。

在多年的时间里，老四每天除了走路和说话，身体状况也很差，勉强活着，什么活计也不干了，地里的农活儿和家务全部落在了他的老婆身上，好在平时有儿子儿媳和邻居们帮忙，没有把老婆累到起不来的程度。

慢慢地，人们已经习惯了老四的状态，见面也不跟他打招呼，因为打招呼也没用，老四只会说一句话，不会说别的话。

大概到了七十多岁以后，有一天，老四像往常一样，在村子里走动，走到他当年跳下去的那口井边，停下来，两眼直勾勾地看着井口，仿佛想起了什么事情，突然大喊了一声，然后从嘴里喷出一口水，溅在地上。这一切动作，正好被路过的三婶看到。三婶怕是老四再次跳井，吓怕了，于是本能地喊了一声，救命啊！

　　听到三婶喊救命，人们知道村里又出事了，纷纷从家里跑出来，看到三婶用手指着老四，人们这才知道，是老四出事了。人们围上去想问个究竟，这时，老四似乎突然从梦中醒来，开口说话了。这次他说的不是到底怎好啊，而是别的话。

　　自从老四跳井以后，十多年来，第一次说出另外的话，而且说得没头没脑，谁也听不懂他说的是什么意思，但是也不好意思劝阻他，最好让他说下去。

　　这些年来，老四瘦得已经不像人，只是保持了一个人的大致形状。他的嘴唇，已经瘪下去，嘴里只剩下几颗松动的牙齿，因此说话时漏风，吐字也不清楚。但是他想说，人们围在他身边，也想听听，这么多年了，看看他到底想说些什么。老四也不管人们是否听懂，一口气地说下去，好像憋在肚子里的十几年的话，一下子全部吐出来。

　　老四说：我的手上扎了一根刺，总得用针把刺剜出来吧？剜刺，总得点灯吧？黑灯瞎火的，我又看不清楚，不点灯能行吗？我说，二他妈，你把灯点着，我要剜刺。二他妈说，白天再剜吧，黑夜看不清。我说，不剜不行，扎在手上，忒疼。二他妈不让我点灯，我就自己点灯，我要剜刺。哪想到，地上的猫，绊了我一脚，我就倒了，灯掉在地上，摔碎了。我的灯啊，我的灯啊。

　　老四一边说，一边捶打自己的胸脯，显然内心里充满了悔

139

恨。他继续说：我的灯啊。二他妈，你埋怨了我一宿，你说那是你娘家的陪嫁，可是我给摔碎了，我也不想摔碎啊，你当我愿意把灯摔碎吗？那年，家里的针丢了，你埋怨了我好多天，好在后来又找到了，可是这个油灯碎了，我能怎么办？家里最贵重的东西啊，我能怎么办？到底怎好啊，到底怎好啊？到底怎好啊？

老四倾吐到最后，捶胸顿足，老泪纵横，最终又回到了到底怎好啊这句话。人们从他的话语中，大致听出了一些意思，摔碎的油灯，可能是他当年跳井的主要原因。

人们围在老四身边，听他诉说，从中得知他这些年的苦衷。三婶说，难怪这些年老四家一直黑着灯，原来是没有油灯了，唉，这么多年，是怎么过来的。

这时，老四的老婆也赶来了，人们都叫她四婶。四婶虽然不到六十几岁，但是看上去至少有八十岁以上，非常苍老，满脸深深的皱纹。她急忙赶来，看见胡同里围着一群人，老四在人群中正在说话，而且一下子说出了许多话，而且话语中提到了二他妈，她听到后，当场就哭了。她哭的时候并没有呜咽，而是毫无声息。当人们看到四婶时，她已经哭得直不起腰来，从她眼睛里流出的泪水，汪在地上，顺着地上的斜坡向下流动。人们发现，四婶至少哭出了十几斤泪水。随着眼泪的流出，四婶的身体当场就干瘪了，皮肤变得极度松弛，像是一个倒出粮食的布袋。

三婶看见四婶当场就哭瘪了身体，忽然想起当年儿子从树上掉下来摔死时，自己也是当场就哭瘪了身体。想到这里，三婶不禁悲从中来，赶忙把四婶从地上扶起来，抱住四婶放声大哭。

三婶和四婶抱在一起大哭的时候，两人都哭出了声音，但是她们已经没有眼泪。

2019.5.2

影　子

　　长老坐在村口的大石头上，用手捋着自己的白胡须，木匠站在长老的对面，讲述自己的经历，说，那天我去小镇赶集，过了青龙河以后，恍惚感到有人在后面贴身跟随，我猛一回头，看见自己的身影忽然从地上站起来，直挺挺地站在我的对面。我虽然经历过许多事情，但是还从来没有遇到过这样的情况，当时真的把我吓晕了，一下子倒在地上。不知过了多久，当我醒过来时，发现那个身影还在地上站着，一动不动地注视着我。我一个骨碌从地上爬起来，拔腿就跑，没想到这个身影看见我奔跑，也跟着我奔跑，并且紧追不放。我累得气喘吁吁，实在是跑不动了，坐在路边的一块石头上喘息，影子随后也来到我的身边。当时我坐着，对，就像现在你这样坐着，而影子却站在我对面，看着我，比我高出好多。我实在忍不住了，就问他，你是谁？到底想干什么？可是，他既不走开，也不回答，就那么站着，让我感到非常害怕，不知如何应对。你说，我这是怎么了？我是不是遇到鬼了？

　　长老说，他没打你吧？

　　木匠说，没打我，他就那么站在我对面，比打我还吓人。

长老说，以后再遇到这种情况，不要怕，也不要跑，你越跑，他越来劲，无论你跑多快，他都能追上你。有一次铁匠也遇到过这种情况，铁匠你知道吧？他举起那个打铁的拳头，一拳就把影子给打倒了，从此那个影子再也没有站起来过。

木匠说，我没敢打他。当时我就想，我是不是做了什么亏心事？可是我无论如何也没有想起我做过什么对不起人的事情。你说他追我到底想干什么？

长老说，也许是跟你闹着玩儿呢，不用怕。你若跑到阴凉的地方，他就消失了，但是你回到阳光下，他还会跟踪你。影子就是这么一个赖皮，并不坏，一般情况下，他不会伤害你。

木匠跟长老讲述的时候，三婶从此路过，听到一个故事的尾巴，就搭话说，你的身上阴气太重，应该多晒晒太阳。

木匠听见三婶这么说话，觉得是在嘲弄他，就笑着回话说，我身上要是有阴气，我就变成女人，生个孩子给你看。

木匠说完，长老和三婶都笑了。三婶说，你个没正经的，人家跟你说真格的，你却拿人开玩笑，真应该让影子追死你。

三婶说完就笑着走了。长老说，三婶说的有道理，多晒晒太阳有好处。你看地里的庄稼，还有荒野上的青草，一晒太阳就会长高。

正在木匠和长老说话的时候，只见从远处走来一个清晰的阴影，这个身影逆着风，克服着空气的阻力，费力地一步一步走过来。当他走到村口大石头附近时，停下来，并没有参与长老与木匠之间的交谈，而是伸手拉住木匠的身影，向远处走去。这个身影，仿佛是专程来接木匠的身影的。木匠眼睁睁地看见自己的身影离他而去，跟那个身影走了，两个身影并肩而行，好像还在边走边聊似的，绕过山湾，直到再也看不见了，木匠才回过神来。看到眼前发生的一切，长老和木匠面面相觑，不知该说些什么。

等到三婶回来路过村口时，长老和木匠还在说话，但是木匠已经没有了身影。三婶看见木匠站在长老面前，光秃秃地一个人，没有身影，就取笑他说，木匠，你别生孩子了，生一个身影让我看看呗？

木匠笑着说，你等着，不出几天，我就生出一个几丈高的身影给你看看。

三婶说，好，你说话要算数。

木匠说，算数。

几天后，果然不出所料，那个领走木匠身影的影子又回来了，他领回来一个巨大的身影。人们发现，这个巨大的身影，正是几天前出走的木匠的身影，没想到几天时间，竟然长得如此高大，足有五丈高。这两个身影在夕阳的映衬下，向河湾村走来。最先发现这两个身影的不是三婶，而是木匠本人。木匠好像事先有所感觉，一直站在村口等待着，当他看见自己的身影出现在远方时，不顾一切地急速奔过去。在他和影子相互接近的一刹那，是木匠主动地向影子靠近，然后一下贴在影子身上。那一刻，仿佛影子才是一个真正的人，而木匠不过是身影的一个附属品。

三婶看见木匠与自己的身影合一了，而且身影确实非常高大，她当场就伸出了大拇指。她发现自己的大拇指，被夕阳的光线穿透，通红而且完全透明。

当木匠带着自己高大的身影返回到河湾村时，人们看见他的身影里长出了纹路清晰的血管，在影子的左上方，还有一颗模糊的心在均匀地跳动。

2019.5.3

铁　蛋

　　铁蛋原来的名字叫木锁，小的时候体弱多病，家里人觉得木锁这个名字还不够结实，就给他改名为铁蛋，并且请铁匠给他打制了一个小铁人，拴在裤带上。从此，他的身体逐渐好起来，长得越来越结实，真的像铁蛋一般。

　　自从改名为铁蛋以后，铁蛋就像得到了护身符，怎么折腾都没事，上山，爬树，下河，甚至从山坡上滚下来，都没事，即使死一两天，也能活过来。有一次，村里的孩子们玩耍，有人拽着他的脚，有人拽着他的脑袋，把他的身体当成绳子，玩起了拔河比赛，两边的孩子们都使足了力气，最后把他的身体抻到一丈多长，真的像是一根绳子，但是没过几天，他就恢复了，又还原为原来的铁蛋，不但身体更加结实了，比原来还增加了弹性。

　　这时，人们是真的服气了，没想到一个名字和挂在身上的一个小铁人，居然有这么大的魔力，可以让一个顽童随意折腾，而不必担心死去。因此，许多人羡慕铁蛋这个名字，甚至也想改名，但是改不了，即使改了，也叫不出口，总是一开口就喊出原来的名字。铁蛋这个名字，似乎成了铁蛋的专用，别人不可使用。

　　铁蛋这个名字对他的身体确实起了作用，但是铁匠打制的小铁人，作用也不可低估。这个小铁人是个小孩大拇指大小的一个大头娃娃，头顶上有一个小铁环，可以拴绳子，戴在身上，憨态可掬，非常招人喜爱。据铁匠说，这个小铁人使用的材料，不是普通的铁，而是当年给刀客打制宝刀时剩下的一小块月亮的碎片。一直放在一个匣子里，时间长了，几乎都忘记了，后来找东西时翻出来了，还是像月亮那样透明。于是，他就用这个月亮的碎片给铁蛋打制了一个小娃娃，不细看的话，还以为是一块玉雕，实际上比玉要结实，是一块微微透明的铁。

凭借铁蛋这个名字和拴在腰上的小铁人，铁蛋历经坎坷而不死，活到了五十多岁。有一天，铁蛋和村里的大力士张福满比试摔跤，结果被张福满抓住肩膀后把他的身子给旋起来，在空中转了好几圈，然后甩出去十几丈远，挂在了一棵树上。

三婶路过时看见铁蛋在树上挂着，就问铁蛋，你在树上干什么呢？

铁蛋骑在树杈上，往下看着三婶，说，你看，树上有一个鸟窝，我爬上来看看窝里面有没有鸟蛋。

三婶明明知道铁蛋是被张福满给甩到树上去的，就故意取笑他，说，注意点你身上的蛋，别让树杈给硌碎了。

铁蛋说，放心吧三婶，我的蛋早已经孵出小鸟，飞了。

三婶仰头望着树上的铁蛋，说，飞了？你让我们看看。

树下看热闹的人们一阵哄堂大笑。

三婶走后，铁蛋从树上爬下来，树上的两只小鸟这才放心了。它们在树枝上一直在不停地叫，显得非常慌张，飞来飞去的，但始终不离开树冠，有时叫声非常急促，可能是在骂铁蛋，它们担心铁蛋会威胁到它们的鸟窝，因为窝里真的有鸟蛋。

张福满看见铁蛋从树上爬下来，走过去问，没摔坏吧。铁蛋说没摔坏。张福满说，要不再摔一跤？铁蛋说，不摔了，我今天有点蛋疼，要不然，你不一定能胜我。

张福满说，你的蛋不是铁的吗？还会疼？

人们又是一阵哄堂大笑。

铁蛋也不害羞，冲着张福满做了一个鬼脸，拍拍屁股走了。

人们看见铁蛋那顽皮的样子，再次大笑。

铁蛋的顽皮，与他的长相有关，他天生就长着一副娃娃脸，一个大脑袋，虽然五十多岁了，看上去还像是一个孩子。自从他佩戴铁匠给他打制的这个大头娃娃以后，他的长相就与这个小铁人逐渐接近，最后竟然长得完全一样，好像他是小铁人的复制品，只是比小铁人大而已。铁蛋非常喜欢这个小铁人，因此，当他的长相与小铁人接近时，他感到非常满意，甚至有几分自豪。他经常得意地亮出拴在裤带上的小铁人，说，你们看，我们俩长得一模一样，像不像是哥儿俩？

有一天，铁蛋在摆弄他的小铁人时，突然发现小铁人的下巴上长出了很长的胡须，让他大吃一惊，心想，难道说小铁人老了？他下意识地摸了一下自己的下巴，竟然也长出了很长的胡须。

人们看见铁蛋在一天之内变成一个长胡子老头，额头也出现了皱纹，都感到非常惊讶，但不知其中的缘故，只有铁蛋自己知晓是怎么回事，只是他从此藏起了小铁人，再也没让别人看过。

2019.5.7

天　狗

　　狗拿耗子这样的事，在河湾村很少出现，因为耗子太小了，抓住了也不会讨主人喜欢，狗自己也不吃耗子，即使抓住了也没用，只能让猫从中得了便宜，所以，在一般情况下，狗不会费力去追一只耗子，如果有机会和兴趣，追赶并抓住一只兔子倒是不错的游戏。

　　狗抓兔子并不是深思熟虑，而是机遇突然来临，想都不想，一个箭步就冲出去，迅速展开一场生死角逐，当然，失败的肯定是可怜的兔子。它将耷拉着四肢和脑袋，被狗叼回来，成为一件战利品，而咬死兔子的狗，将得到主人的表扬甚至物质奖励。

　　二丫家的大黄狗，就有这样辉煌的战绩。二丫采桑叶的时候，大黄狗也跟去了，大黄狗没有任何事情，纯粹是闲极无聊，跟着二丫去闲逛，结果在山上遇到了兔子。兔子前腿短后腿长，上山跑得飞快，一旦遇到下坡，立即处于劣势，而大黄狗正好在兔子的上方，兔子慌不择路，只好往下跑，连滚带爬，没跑多远，就被大黄狗叼住了。别看大黄狗平时温顺，遇到兔子时突然恢复了原始的野性，其凶猛和捕猎的本领不亚于一头狼。

　　抓住兔子那天，三婶也在山坡上采桑叶，目睹了大黄狗捕猎的全部过程，因此回到家后，她也分到了一碗香喷喷的兔子肉。

三婶吃了二丫送给她的兔子肉以后，说，兔子肉太好吃了，让你家大黄狗再抓一个呗？

二丫说，好，我跟大黄狗说一下，让它再抓一只。

三婶说，你真说了，我就给你保媒，把你嫁到一个兔子多的地方去。

二丫看到三婶在取笑她，就红着脸走了，边走边回了一句：没正经的老太婆。

三婶看着二丫的背影，捂着嘴偷笑。

在河湾村，时间和空气一样，有着清晰的透明度，人们根据季节的变化，明确地做出安排，预知自己的未来，将要做哪些事情。整个村庄在悠然平静中，保持着稳定的生活节奏，既不快一天，也不会慢一拍，一切都恰到好处。

二丫和三婶吃掉了大黄狗抓住的兔子，也没觉得有什么不妥。大黄狗也没有因为咬死了一只兔子而内心愧疚，它依然安静地趴在自己的窝里，享受时光，如果趴够了，就起来在村庄里随便转转。大黄狗轻易不会叫喊，因为村里都是熟人，几乎一年也来不了几个陌生人，它把看家护院的事情早就给忘记了，它已经不觉得自己是一条狗了，它认为自己就是村庄里的普通一员，只是长得与人有些差异而已。

让大黄狗丢失面子的事情，发生在一个下午。

二丫带着大黄狗上山采药，又一次遇到了兔子。这次，大黄狗遇到的是一只有经验的兔子，在激烈的追逐与搏斗中，兔子居然借助一丛长满尖刺的荆棘，躲闪周旋，甚至一度占了上风，咬掉了大黄狗的一个脚指头，然后成功逃脱了。大黄狗什么也没抓住，反而一瘸一拐地负伤而归。

从此，大黄狗跟兔子结下了仇恨。

夏天的一个夜晚，皓月当空，人们坐在村头的大石头上乘凉，安静的村庄里突然响起了狗的叫声。不是一只狗在叫，而是全村的狗都在叫，人们知道一定是出了不同寻常的事情。

二丫听见大黄狗也在叫，就想看看究竟。借着明亮的月光，她看见大黄狗正在冲着天空狂叫，难道是天上发生了什么事情？

二丫仰头望着夜空，觉得一定是天上有什么动静。因为前几年，曾经发生过月亮突然掉下去的事情，害得全村人举着火把到西山的后面去寻找月亮，结果并未找到，第二天夜晚，月亮又从东边的山坳里跳出来了。难道今晚又是月亮出事了？她把目光集中到月亮这个目标，果然发现了异常，她看见巨大的月亮上，有一只兔子在活动。这个发现让她紧张而激动，她看见月亮上的这只兔子，与咬掉大黄狗脚趾的那只兔子完全一样。难怪大黄狗在叫，原来是遇到了仇人。

大黄狗止不住地冲着月亮狂叫，而且跃跃欲试，一次次做出冲向前去的姿势。本来，二丫想安抚一下大黄狗，没想到竟然本能地喊出了一句，追！听到这个指令以后，大黄狗像是得到了允许，或者说接到了主人的命令，一个箭步就冲了出去。让二丫也没有想到的是，大黄狗居然冲入了夜空，在天上奔跑，直奔月亮而去。

河湾村的人们也都看见了这一幕，都为大黄狗喝彩，只有三婶从大石头上腾的一下站起来，用手指着天空说，二丫养的是一只天狗！

后面发生的事情，是人们都知道的，这只天狗吃掉了一块月亮。

大黄狗并不是仇恨月亮，它撕咬月亮，是想抓住月亮里面的那只兔子。

由于月亮像是一个飘浮的气泡，包裹着里面的一切，大黄狗冲入天空后，并不能抓住包裹在月亮里面的兔子，于是，它开始了撕咬。

人们看见大黄狗在天上撕咬月亮，就把它叫作了天狗。

天狗始终没有抓住月亮里面的那只兔子，也没有回到河湾村。天狗消失在了夜空里，成了一个传说。在所有人中，只有二丫依然叫它大黄狗。有时，二丫想念大黄狗了，就望着夜空，希望它哪一天能够回来。有一天夜晚，夜深人静的时候，二丫清晰地听见了从遥远的天空深处传来的狗叫声，是大黄狗的叫声，那熟悉的声音，来自月亮的背面。

2019.5.9

晒月光

夏天的夜晚，人们坐在井边或村头的大石头上乘凉，赶上有月亮的夜晚，就晒月光，没有月亮的夜晚，就晒星光，连星光也没有的夜晚，人们就不关心天空了，静静地坐着，或者有一句没一句地唠家常，讲故事。

晒月光比晒太阳要凉爽很多，而且不会伤害皮肤，还能让皮肤变白。赶上月亮变圆的夜晚，大一些的姑娘们都愿意出来晒月光，而小孩子们只顾玩耍，在月亮地里满街乱跑和尖叫，他们没有在意月光，却也得到了月光的照耀，晒月光和玩耍两不误。

比晒月光更爽的，是到河里洗浴。女人们去青龙河里洗浴，总是结伴而行，有时几个人一起去河边，她们不往河水深处去，只是在水浅的地方玩耍。她们在月光里脱去衣服，入水后相互嬉闹，仿佛洗浴是一场打闹的游戏。

你真白。

另一个指着对方的身子说，你更白。

然后是相互溅水和一阵尖叫。

月光落在这些光裸的女人身上，仿佛涂抹了一层梨花膏，泛着温存饱满的光泽。在月光里洗过澡的女人，皮肤会细腻而白

151

皙，并且微微透明，即使穿上衣服，也会透出内部的光晕，仿佛体内隐藏着月亮。

正当女人们尽情戏水玩耍的时候，河对岸也传来了同样的笑声。青龙河本来就不宽，在朦胧的月光中，可以模糊地看见几个白色的女人在河里洗澡，同样的放肆，让青龙河多了几分醉意。

哎……

这边的女人喊了一声，悠长的声音又细又柔，仿佛一股清流漂过去。

哎……

对面的女人们也不示弱，应答了一声，声音水灵而甜美，像是在水里加了糖。

河两边的女子们也不问对方是谁，相互应答着，仿佛不是在相互问候，而是在比谁的声音更美。当两边的女子们一齐喊起来时，往往会传来男人们的应答声。这时，女人们才知道，附近还有男人在洗澡，于是，都安静了。只是安静了片刻，女人们就会爆发出不一样的笑声，从笑声中可以听出慌乱和跑动的声音，女人们草草收场，笑着跑了，不闹了，洗完了，穿好衣服回去了。

洗浴的人们离开后，青龙河的水面上依然漂浮着月光，水流清浅的地方波浪急促，泛着柔和的白光，仿佛整条河流都是流动的白银。

洗浴的女人们回去的路上，经过村口，看见人们还在大石头上坐着乘凉，有的会凑过去听一会儿，有的直接回家。整个河湾村浸泡在月光里，几乎没有太暗的地方，即使是墙角，也只是多一些阴影而已。

月亮悬在天上，像一个飘浮的气泡。月亮越是明亮，星星越小，几乎到了忽略不计的程度，就像天空需要一些点缀，随便撒了几粒芝麻。

夜深以后，人们懒洋洋地各自回家，村庄渐渐安静下来，狗也要睡觉了，只有通向村外的小路还在月光下，像一条懒惰的麻绳躺在地上。这样的夜晚，即使有梦游者离家出走，也不会走太远，小路会自动弯曲和环绕，把他领回到村里。

　　人们散尽以后，村口的大石头依然横卧在地上，沉稳而坚硬，它从不慌张，仿佛它是时光之外的事物。

　　山村渐渐进入梦境。洗过澡的女人会暗自发光，身体像温润的羊脂白玉，柔软而多娇。偶有凉爽的风带着月光从窗户飘进屋里，然后又飘出去，女人们也不避讳，仿佛原本就该如此。

　　这时，整个北方都晒在月光下，群山也都获得了姓氏，各安其所，河流也渐渐放慢了速度，一切都安静下来，耳朵好的人，可以听到辽阔的星空在天上飘移的声音。

　　当月亮变得越来越薄的时候，偶尔会有一个老人，莫名其妙地走到户外，用扫帚清扫地上的月光。人们已经习惯了，知道他在清扫，也不当回事，翻个身继续做梦。

2019.5.11

梦游者

一夜之间，河边的柳树枝条变了，突然梳成了许多条辫子，仿佛是经过梳洗打扮的小姑娘，让人感到好奇。

不只是一棵柳树，而是河边所有的柳树都梳辫子了，这就更让人好奇了。

人们纷纷传言，说是昨天有七个姐妹从这里经过，沿河而下，莫非是她们梳理的？也有人说，是柳树自己长成这样的，因为一个正常人的身高是无法梳理柳树的树梢枝条的，除非使用梯子，而树下根本没有架设梯子的痕迹，地上也没有留下脚印。还有人说，昨天夜里刮了一阵奇怪的风，把柳树的枝条拧在了一起，梳成了辫子。

有人去问长老，长老说，我活了两百多岁了，也没有遇到过这种事情，要不，我晚上做梦去问问我爹。

人们着急，说，要不你现在就做个梦吧，问问到底是怎么回事。

长老说，白天做梦不准，还是晚上吧。

第二天早晨，人们急不可耐地找到长老，问他夜里梦见了没有。长老说，梦了，我在梦里看见我爹了，他说他也没有遇到过这种情况，他说他要去问问他爹，也就是去问我的爷爷，看我爷爷是不是经历过这样的事情。

人们一听，觉得这事没谱了，长老的父亲已经死去多年，他还要去问另一个死去更早的老人，假如更老的老人说，也要去问他爹，这样没完没了地问下去，恐怕也没有一个结果。人们对长老的回答有些失望，但也没有办法，凡是长老不知道的事情，再问别人，也不会有答案。

正在人们感到奇怪，到处追问原因的时候，有人报告消息说，河边柳树的枝条都松开了，所有的小辫子都解开了。

什么时候松开的？

好像是昨天夜里吧？也说不准。

河边有没有脚印？

有脚印，据说夜里有七个姐妹在河里洗浴和梳头，人们只看见了模糊的影子，也没看清楚到底是谁。

长老听说柳树的小辫子松开了，好像解除了心里的一个结，松了一口气，说，既然解开了，就不用让我爹去问我爷爷了。

人们说，别问了，问了也不一定知道原因。

长老说，好，那我夜里做梦时告诉我爹，不用再问了。

事情到此似乎可以告一段落了，但是，这才刚刚开始，让人惊奇的事情还在后头。这些梳辫子的柳树在一夜之间都跑到了青龙河的对岸，而且又梳起了辫子。河对岸的村庄叫小镇，小镇的人们听说后，纷纷到河边看个究竟，也都觉得稀奇。

夜里，长老又去梦里找他爹，正想告诉他爹不用再问爷爷了，没想到他爹说出了一件事。他说，他活着的时候，遇到过柳树做梦，而且集体梦游，走到了河对岸。

长老说，柳树也会做梦？

长老的父亲说，是。所有的树都会做梦，而且梦游时会走路。

155

长老说，那柳树梳辫子是怎么回事？

长老的父亲说，会不会是柳树之间相互梳理？

长老长叹了一声，恍然大悟，说，有道理。

长老谢过了父亲，从梦里出来，也不顾夜晚，先去告诉铁匠，然后又去告诉木匠，然后铁匠和木匠再去告诉其他人，河湾村所有的人都知道了这件事。当人们好奇地来到河边时，发现这些去往河对岸的柳树又回到了原来的位置，松开了辫子，仿佛什么事情也没有发生。

这个夜晚，人们回到家里睡下后，长老却梦游了。他离开家，又回到了河边，先是在河边走了一段路，用手抚摸了每一棵梦游过的柳树，然后顺着河边小路继续往前走。在没有路的地方，他像一个影子一样忽然飘了起来，毫不费力地走到了空中。他还是第一次在天空里走路，虽然身体完全飘浮，有一种不太踏实的感觉，但是毕竟是走在天上，还是有些新鲜感。他想，既然来到了天上，就多走一会儿，说不定还能顺手抓住几颗星星，不然用什么证明我曾经到过天上？他毫无顾忌地走着，突然发现一个磨盘大小的月亮，挡住了他的去路。他意识到，既然月亮挡住了我，我就不能再往前走了，我应该回去了。这时他看见洒满月光的青龙河，河流两岸的村庄，都安静地躺在地上，唯独河边有些东西似乎在移动。他睁大了眼睛，仔细看，发现是那些柳树，对，正是他抚摸过的那些柳树，可能又开始梦游了。他在空中看见这些柳树先是凑到了一起，相互梳理枝条，然后又散开，排着队向河流的下游走去。当它们走到月亮偏西的时候，又按原路返回，回到了原来的位置，停下不动。

长老心想，月亮都偏西了，我也要回去了，倘若天亮以后我还留在天上，肯定会被人们看见，并且被人们嘲笑。

长老飘飘忽忽地回到了地上，走回家里，神不知鬼不觉地悄悄躺下，继续睡觉和做梦。

第二天，人们问长老，夜里做梦了吗？

长老说，做梦了，我还到天上转了一圈，要不是月亮挡住了我的去路，我就走到远处，不回来了。

人们围着长老，嘿嘿笑着，并不完全相信，但也不敢完全否定，因为长老经历的事情太多了，其神奇超乎人们的想象。

2019.5.15

水　神

　　有一年北方发生大旱，粮食歉收，秋冬倒是有吃的，入夏后就有些吃紧，入秋前明显出现了饥荒，家家缺粮，人们勒紧腰带过日子。有的人实在挺不住了，开始了啃青，吃了正在地里生长的尚未成熟的粮食。幸好河湾村靠山又临河，人们上山采集野菜，下河抓鱼，度过了艰难的时光。

　　没想到天不饶人，第二年又发生了干旱，这就不是饿肚子的事情了，上一年的粮食都不够吃，家里没有一点存粮，紧接着又来了干旱，真是要命了。人们每天都必须吃东西才能活命，可是吃什么呢？

　　长老虽然两百多岁了，经过了许多灾难，还是有些挺不住，已经瘦得皮包骨头。他说，榆树的皮可以吃。于是人们扒下榆树的皮，晒干后碾成面，与野菜混在一起，熬成面糊，或是用榆皮面，包成野菜团，蒸了吃。他说，野菜的根子可以吃，于是人们上山采集野菜，并挖出野菜的根子，回来后洗净切碎，生吃或煮熟吃。他说，青龙河的水可以喝，于是人们去喝河水。他说，有的村庄已经饿死人了，人们都不说话，默默地看着他，希望他还能想出活命的办法。

最艰难的日子里，有人从山坡的石缝里挖出了非常细腻的黏土，尝试着吃了一些，没死，其他人也吃了一些，也没死。三婶把黏土做成饼，放少量盐，用火烤熟，味道比生吃好很多，于是有人就效仿她的做法，也烤熟了吃。

长老听说有人吃了土，就说，那东西不能多吃，吃多了拉不下来屎。

果然，吃土的人，都出现了拉屎困难，因此受了很多罪，不敢再吃了。

正在人们彻底断粮，只能吃水和空气的时候，船工找到了长老，说，由于他常年在青龙河上摆渡，他和青龙河的水神混熟了，早年结为兄弟。昨天他梦见了水神，水神的媳妇听说河湾村发生了饥荒，从下游驱赶来一群鱼，大概明天可以到达河湾村附近，请我们做好准备，抓住这些鱼。

长老听到船工的消息，真是喜出望外，长舒了一口气，说，真是天无绝人之路啊，谢谢水神，谢谢水神的媳妇，真是救命来了。

次日，人们早早等在青龙河边，见下游真的来了许多鱼，人们在浅水处，用荆条编织的筐，扣住了许多鱼。

水神和水神的媳妇，果然守信用，真的驱赶鱼群来了。人们感激不尽，说了不少好话，同时也感谢船工，说他结交了水神这样一个好兄弟，顺便还夸奖了水神，说他娶了一个善良的媳妇。

长老说，河里来了鱼，我们不要一网打尽，够吃就行，不要多抓，等吃没了再去河里抓鱼。

人们听了长老的话，并不多抓鱼。

野菜、树皮、根子、土、鱼，让河湾村的人们度过了饥荒。后来，为了感谢水神的救命之恩，人们用石头在青龙河边搭建了一个水神庙，庙虽小，也是人们的一点儿心意。经常有人给水神供奉一些水果、野菜、粮食等等，但人们从不烧香，因为水神生活在水里，香火毕竟也是火，水火不相容，相互避讳，所以人们从来不给水神烧香。

度过了饥荒的人们一直牢记水神的恩德，有时人们路过青龙河时，想起水神，就在河边松软的沙滩上，面朝河水跪一下，嘴里也不多说，跪，是个心意，是个礼数。

大约过了三年，船工找到长老，神色有些慌张，说，他梦见水神病了，需要多种草药。水神体弱不便，而水神的媳妇常年在水里，并不认识草药，因此他们给船工托梦，希望得到他的帮助。

长老听说水神病了，意识到事情的严重性，说，水神救过我们全村人的命，我们要尽全力帮助他。

于是，全村的人们上山采药，然后在长老的带领下，来到青龙河边，把采集的草药全部投进了河水里。

草药在水面上漂着，并不沉入水里。这时船工站在船上，拱手说，水神兄弟，我们给你送药来了，别客气，快收下吧。

船工说完，那些漂浮在水面上的草药当即就沉进了河水里。人们这才放心，知道水神收下了草药。

就在草药下沉的一瞬间，站在河边的人们都看到了令人惊奇的一幕，在一段平静的水面上，突然站起两个人。这是两个透明的裸体的人，一男一女，像是水做的雕塑，站在河面上。他们双双向船工行了一个弯腰礼，随后又转向河边，向抛撒草药的人们弯腰行礼，然后这两个人双手抱拳，直直地沉入到河水里。

看到这神奇的一幕，人们都惊呆了，一句话也说不出来，生怕一眨眼，就错过了细节。

当这两个透明的人沉下去好久，人们才缓过神来，面面相觑，说，水神！

2019.5.16

鲜 血

　　一天夜里，河湾村所有的人都做了同一个梦，梦见一个叫作死的无形的人来了。他来的时候，所有人的身影都发生了卷曲，像一块模糊的布，包裹在人们身上，仿佛是人的身上多穿了一层衣服。而死走过的小路，突然膨胀，生出了许多岔子，人们走在路上，有一种莫名的虚无感，好像是在一场可有可无的梦里。

　　长老说，这个叫作死的人，我也不知道他长什么样，也不清楚他是什么时候来的，反正我看到他的时候，时间已经出现在村庄的周围，就像飘过来的一场雾。

　　人们坐在村口的大石头上，纷纷议论着。长老说，这个梦有点奇怪，我在梦里，好像是一个假人。

　　木匠也说，我也是。

　　长老说，你听到他说话了吗？

　　木匠说，听到了，声音是从四周同时传过来的，慢慢地包围了我，我都不知道怎么回答了。

　　长老说，没回答就好，我也没回答。

　　木匠说，那你听到他说什么了吗？

　　长老说，听是听到了，但是他的声音很模糊，我没听清楚。

人们纷纷插嘴，都说听到了，也都没听清。

长老说，他说话，好像是一群人在同时说话，声音乱嘈嘈的，又低沉，我没听清楚。

人们也都说，是，就像是一群人。

长老说，有谁梦见他走的时候是什么样？

一个老头说，就跟刮风差不多吧，一阵风，就走了。

另一个老头说，像是风，但又不是风，就像空气一样，突然就散开了，没了。

木匠说，我感觉也像是空气散开了。

长老说，看来大家对他的感觉都差不多。不管他了，大家都去忙吧，如果谁再次梦见他了，一定仔细听听，听听他到底说些什么。另外多留意一下，看看他到底是怎么来的，又是怎么走的。

木匠说，好，如果我能够抓住他，就用绳子把他拴住。

长老说，如果抓住了，千万也别勒太紧，别勒死，看看他究竟是什么。

人们听到长老说别勒死，都笑了。说，捉活的。

死，有活的吗？

不是活的，他是怎么来的？

又是一阵议论。

长老说，不议论了，抓住再说。

对，抓住再说。有人附和着。

人们说笑着，渐渐散去了。

河湾村一如往常，人们没有因为梦见死而出现什么意外，慢慢就忘记了这件事，不再议论了。偶尔有人提起夜里做梦的事，会顺便想起来，有过这回事，但也并不觉得跟过日子有多大关系。死并不可怕。有人甚至希望全村人再来一次集体做梦，最好是梦见娶媳妇，当然，女人就不用娶媳妇了，被娶就可以。

日子不紧不慢地过着，不觉又到了夏天，到了晚上，人们聚集在村口的大石头上，讲传说，唠家常，晒月光。没有月亮的晚上，人们就坐在星光下，一个故事讲了好几遍，还是有人愿意听。

一天，人们在月光下聊天，一个老头说他昨天睡觉的时候，灵魂被人带走了。人们这才想起来，他说话慢吞吞，走路也有些飘飘忽忽，确实是有些魂不守舍的样子。

长老听后有些着急，问，谁抓走的？

老头说，好像就是那个叫死的人，我也没看清楚，他从我的身体里带走一个空气一样轻飘的东西，走了。顺着小路走了。

哪条小路？

就是村西那条小路。

不行，必须追回来，不能让他带走。

说着，长老从石头上站起来，跟大家说，必须把老头的灵魂追回来，没有灵魂，老头会变得蔫巴、枯萎、慢慢死去。

刻不容缓，一支自愿参加的寻找灵魂的队伍，很快就在月光下出发了。长老虽然老迈，但是身体健康，腿脚灵便，走在前头，其他十几个人跟在后面，向西而去。走了一夜，也没有遇到可疑的迹象，到了次日早晨，在一处山崖的阴影里，人们发现空气中有一团微微发亮的不一样的空气，长老走过去喊了一声老头的名字，没想到这团微微发亮的空气听到喊声，随后就飘了过来，像一个走失的孩子，依偎在长老的身边。人们这才发现，这团空气，就是老头的灵魂。看来，是死把他带到了这里。

当长老和众人正要带着老头的灵魂回去时，死出现了，挡在了人们的面前。

这时，人们看见一团密度很大的阴影，发出了乱嘈嘈的声音。这个声音，正是人们在梦里听到过的那个名叫死的人发出的声音。长老和其他人当场断定，这个阴影，就是死。原来死长得是这样，是由众多灵魂组成的一个松散的集合体，看上去比阴影要暗很多，但比夜色要浅淡。人们没想到，死竟然没有一个完整的形象，只是一团类似阴影的空气，并不是传说中那么可怕，甚至有些虚弱和可怜。看到死是这个样子，人们心中的畏惧感顿时消失了。长老站出来，指着这团阴影说，你就是传说中的死吧，我们都曾梦见过你，今天我们终于见面了。今天，我们没有别的意思，就是要带回老头的灵魂，他不能跟你走。

长老说话的口气非常坚决，没有商量的余地。这时，死又说话了。死说话时，是一群人同时说话的声音，混杂而嘈乱，根本听不清楚到底在说些什么，虽然他们也在争辩，但是由于人多嘴杂，发不出一个具体的声音。死，与活人相比，显然非常混乱而又虚弱。

长老听到乱嘈嘈的声音，举起他的大手掌，坚定地说，不管你出于什么理由，我们都要把老头的灵魂带回去。今天，我们也不打算伤害你，你也知道，我一旦咬破中指，流出鲜红的血，弹到你身上，你立刻就会烟消云散，再一次死去。可是我不想这样做，我给你留一条活路，请你赶快走开，否则我绝不客气。

没想到长老的这一番话，立刻镇住了死，随后，死，这个浓郁的阴影，像一阵风，突然在空气中解体和消失了。

长老和众人，成功制服了死，并追回了老头的灵魂，但是木匠带去的绳子，却没能用上，如果他真的拴住了死，把他带回河湾村，那倒真的成了一个奇迹。

在回来的途中，人们非常轻松，走了很远的路，也没觉得累，老头的灵魂跟在长老身后，抓着长老的一根手指，像一团微微发光的空气。

人们问长老，咬破中指，流出鲜血，弹在死身上，真的可以让鬼魂消散吗？

长老说，我也是听老人说，从来没有试过，没想到我这么一说，真的把死给镇住了，看来鲜血确实厉害。

木匠说，鲜血是活人的血，有生命力。有一次我给人打造棺材，没想到一根木刺扎破了我的中指，鲜血滴在死者身上，那个死者当场就活了，我至今还以为是死者自己醒过来的呢，莫非是我的鲜血无意中救了他？看来鲜血真是辟邪的东西。

长话短说，人们把老头的灵魂领回到河湾村，灵魂回到了老头的身体里后，老头立刻就恢复了元气，和原来一样了。

但是死，并没有因为惧怕人们而消失。有一次，木匠在村庄外围看见过一团特别浓郁的阴影，他感到这个来历不明的阴影有些异样，于是停下来用手一指，厉声喝道，站住！阴影当即就站住了，可是当他继续前行，发现那个阴影又跟了上来。可见，死离人们并不遥远，但也不敢轻易地接近人们。因为人们的身体里，流动着鲜红的血。

2019.5.18

心　病

　　夜里，木匠家的油灯火苗变小了，添油后挑起了灯芯棉，可是火苗还是那么小，只有黄豆粒大小。他有些纳闷，火苗怎么就变短了呢？

　　早晨起来，他听到窗外小鸟的叫声也变短了，往常的叫声比这要悠长、婉转。等到太阳出来，他走到村子外面，感觉自己的身影也比往常要短很多，他感到奇怪，试探性地用手摸了一下身影，没想到影子突然就缩小了，要不是他及时松手，说不定这个身影会完全缩回到身体里去。

　　木匠以为是自己的感觉出了问题，也没有在意。今天，他要去小镇做木匠活儿，没时间想太多，收拾好工具就开始赶路了。出了家门，走在胡同里，他明显地感到，胡同也变短了。他知道胡同会越住越短，但也不至于短到这种程度，没走几步就到头了。小时候可不是这样，那时候胡同很长，尤其是晚上害怕的时候，感觉胡同特别长，怎么走也走不到头。

　　木匠背着几件工具，快步出了村，走在路上。路，还是那条路，路也缩短了。小路不但缩短了，走在上面还有一种软绵绵的感觉。他本来是去小镇，路也不远，经常走，过了河，对岸就是

166

小镇，没想到走着走着，他又莫名其妙地回到了河湾村。

走到村口，木匠正好遇到三婶，三婶问，你这是从哪儿回来啊？

木匠说，我是去小镇。

三婶说，去小镇？你怎么往回走？

木匠说，我也不知道怎么了，走着走着就走回来了。

三婶说，遇到鬼打墙了吧？

木匠说，没有，我就是觉得什么都短了。

三婶说，短了？那你摸摸自己身上那个东西，是不是也短了？

三婶说完哈哈大笑，挎着篮子走了，边走还边回头看木匠。

木匠听到三婶在嘲弄他，也不禁哈哈大笑起来，但是，他感觉自己的笑声比往常短很多，没笑几声就笑完了，笑的声音也非常短促，缺少连贯性，仿佛是哈，哈，哈，而不是往常的哈哈哈哈。

木匠感觉自己确实出了问题，无意中拍了一下自己的脑门，这一拍不要紧，当他的手拍到脑门上时，感觉额头是烫手的。他只是轻轻一拍，就把自己给打蒙了，而且打倒了。等他缓过神来时，他已经躺在了自家的炕上，是别人把他送回家的。

木匠一连躺了多日，他病了。家人请来小镇的老先生给他瞧病，老先生说他是血里有风，风中带寒，寒火凝滞等等，说了不少，但究竟是什么意思，谁也没听懂。老先生临走时开了药方，还嘱托家人说，这个病需要静养，把这几服汤药喝下去，别着急，别上火，不出半月，会好转的。不碍事的。

最后这句不碍事的，家人听懂了，也放心了。不碍事的，就是没什么大事，很快就会好的，就是上了点火而已。

木匠确实是上了一股慢火，他的心里憋着一件事情。实际上也不是什么太大的事情，就是有一件事情没有守信用，耽误了人家，这件事压在他的心里，最终还是压垮了他。他反复回忆这件事，觉得自己在当时那种情况下，实在是脱不开身，所以他一直在内心里责备自己，慢慢地就上火了，病倒了。

那是一个多月前，铁匠拿来一把锤子，说，我打铁的锤子木把裂了，有空给我做一个木把吧。木匠当时就答应了，可是随后就去小镇给一个走人的人家做棺材去了，事情比较急迫，不能耽误。紧接着又有一个老人去世了，又做了一个棺材，也是事情比较急迫，耽误不得。两件事连在一起，一连多日就过去了，就把铁匠这件事给耽误了。等他找到铁匠的时候，看见铁匠的锤子已经安装了一个木把，是铁匠自己做的，非常粗糙，也不是硬木，不但难看，而且也不好用。

木匠看到铁匠自己做的锤子木把，就笑了，说，看你做的这个木把，能用吗？亏你还是个有名的铁匠。

铁匠说，凑合着用吧。你那么忙，我等了你好多天，你也顾不上给我做，我就自己做一个先用着。

木匠说，小镇一连走了两个老人，做棺材，耽误不得。

铁匠说，没事，我这也不着急，凑合能用就行，就是这个木把磨手，手掌上起了几个水泡。

木匠带去硬木，当场就把铁匠做的锤把换掉，换成了新的木把。铁匠拿在手里试了试，说，好使，好使，真是个好木匠。

铁匠越是夸奖木匠，木匠的心里越是过意不去，觉得自己没有守信用，耽误了铁匠干活儿，还磨坏了手。

回到家后，木匠觉得自己非常对不住铁匠，说话不算数，今后，还怎么做人？还怎能让人信任？这是对人的亏欠。自从心里背上这样一个包袱以后，他感觉自己在人面前都矮了三分。终于有一天，他病了，他看什么都短。当三婶嘲笑他时，他知道三婶是在跟他开玩笑，但还是往心里去了，他确实觉得自己短了什么。

经过一段时间的吃药和调养，木匠的病很快就好了。主要是他心里的病，想开了。他想，今后，不管遇到谁找我干活儿，在尽可能的情况下，要守信用，决不食言。对于铁匠，今后时间还长，还有补报和挽回的机会。慢慢来吧，我李木匠是什么样的人，我会用人格和实际来证明。想到这里，他的病，实际上就已经好了三分。

病好后，他觉得自己并不比别人矮多少，他看什么都不再短了，甚至还加长了，有时候一天的时间能顶两天过，干活儿比往常也多。

有一天在村口，木匠又一次遇到了三婶。

三婶说，好长时间没有看见你了，又去小镇做工了？

木匠说，在家躺着，坐月子了。

三婶说，你坐月子了？生个什么呀？生个西瓜还是南瓜呀？

木匠说，生了个没屁眼儿的冬瓜。

三婶说，我就知道你没有好屁。

说完，三婶和木匠都哈哈大笑。木匠感觉自己的笑声非常连贯，非常放松，比生病以前还要爽朗。

2019.5.19

干草垛

晚上，月光下，一群孩子在玩捉迷藏，其中一个藏在干草垛里，由于藏得太久，躺在里面睡着了。等到人们都散了，他还没出来，等到月亮都下山了，他还没出来。

大人们晒完月光后回家准备睡觉，发现孩子还没回来，就出来找，找不见，就喊，铁蛋，铁蛋……听到喊声，邻居们也都出来找铁蛋，井里、地窖里都找了，都没有。只要不是掉到井里，或者被狼叼走，人们就不用担心，即使不出来，也死不了。人们知道，铁蛋的腰上拴着一个小铁人，有这个护身的小铁人，铁蛋不会轻易死掉。

可能是睡得太香太沉了，下有厚厚的干草，上面盖着干草，铁蛋睡在草垛里，没有听到人们的喊声。

找了一阵，没有找到，大人们就不找了，回到家里等。果然，到了后半夜，铁蛋自己回来了。

你去哪儿了？

我在草垛里睡着了。

今天不打你了，睡觉吧，以后再这样，决不轻饶。

由于太晚了，后半夜不能打孩子，如果打了，孩子的哭声容易招鬼。铁蛋被训斥了一顿，乖乖地躺下睡觉了。

人们知道铁蛋找到了，也都安心睡觉了。河湾村的夜晚，终于安静下来，爱做梦的人们开始做梦，不爱做梦的，开始打呼噜，吧嗒嘴。爱说梦话的，开始说梦话。爱梦游的，开始梦游。有时候几个人同时梦游，恍恍惚惚地走出家门，在胡同里转悠，相互见了面，也不打招呼，因为是在梦里，他们只关注梦里的情节和内容，两个梦游者即使见面了，也不一定看见对方。最多的一次，河湾村有一半以上的人在夜里梦游，有下地干活儿的，有在山上采桑的，有织布的，有打铁的，有做木匠活儿的，有烧窑的，有染布的，看上去，月光下的村庄里熙熙攘攘，许多人在忙碌，而实际上，这些人是在做梦。

有一天夜里，几个孩子也梦游了，在梦里玩起了捉迷藏。跟平时一样，藏在这里，藏在那里，其中铁蛋藏在了干草垛里。铁蛋不知道自己是在梦游，在草垛里睡着了，好在那天夜里铁蛋的家人也都在梦游，各忙各的事情，没有人喊铁蛋，铁蛋可以专心梦游，安静地睡在草垛里，一直到天亮。

有时，梦游的时间长了，会持续到白天。如果一个人神情恍惚，走路飘飘忽忽，说话很慢，或者莫名其妙地冲你微笑，这种情况多半是在做梦。梦游者很少知道自己是在梦游，他们做事情与平时没有太大的区别。要想分辨一个人是醒着还是在梦游，最好的办法是看他的眼睛。如果这个人目光涣散，注意力不集中，或者面向你时却不跟你说话，仿佛没看见，就可以断定他是在梦游。

梦游者并不总是在走动，有时他们停下来，站在那里，会有白昼或星空迎面而来，仿佛时空是流动布景，向人们展示着多彩的世界。

铁蛋还小，还不懂这些，他梦游的时候，总爱去干草垛，因

171

为那里松软，易睡。有时，他爹找到他，张开嘴巴喊他，却发不出声音，因为他爹也在梦游。他爹以为自己喊了，实际上，他只是做了一个喊的动作，并没有发出声音。在梦里，不是所有人都能发出声音，只有爱说梦话的人才能发出真正的喊声。

有一天，月亮也梦游了，下降到干草垛的顶上，一不小心从上面出溜下来，幸亏铁蛋及时发现，用手接住了。他捧在手里仔细一看，月亮像个透明的梨，他咬了一口，里面还流出了酸甜的汁液。

2019.5.20

黄　昏

　　关于黄昏到底是从哪里冒出来的，人们一直有着不同的说法。长老认为黄昏是从地下升起的，他看见过翻耕的土地里泛起的暗色，比炊烟还要浓郁；而木匠认为黄昏来自于山洞，他去过一个山洞，里面一片漆黑，比黑夜还要黑，黄昏和黑夜都藏在那个山洞里。这些说法都有根据，即使不信，也很难反驳，唯一一个不靠谱的说法是，黄昏是太阳燃烧后留下的灰烬。而说这话的，竟然是铁匠。

　　铁匠说，我的炉子里烧过很多煤，再好的煤，燃烧后都有煤灰，太阳在天上燃烧了一整天，不可能没有一点灰烬。

　　木匠说，你看见太阳燃烧了？

　　铁匠说，看见了，最亮的火苗不是红色和白色，而是黄色，有时候还有一点蓝色。你们肯定看不见，但是我能看见。我经常盯着炉子看火苗，因此我能够看见太阳的火苗，有时能达到一尺多高，太阳最热的时候是黄色的，跟我炉子里的炭火差不多。

　　木匠说，你能看见太阳上的火苗，还不算厉害。我是木匠，经过我手的木头太多了，我用肉眼就能看出，一根木头里有多少火焰。所有的木头里都隐藏着火焰，但是你看不见。只有木头燃烧了，你才能看见它们释放出来的火焰。硬木里面火焰多，软木里面火焰少，还有一种木头，只冒烟，没有火苗。

长老听见木匠和铁匠比起了能耐，就呵呵笑了。说，木匠啊，你能知道木头里有多少火焰，还不算厉害的，你知道树是从哪里来的吗？树是长在地上的，木头活着的时候都是树，树是从土里长出来的，因此，土地里暗藏的火焰，比树还要多。

长老这么一说，还真把木匠给镇住了。看来还是长老最厉害，说到了根子上。

这时三婶挎着一篮子桑叶从村口经过，看见几个人正在议论，当她听见长老说到土地，就顺嘴接过了话茬儿，说，长老说得在理，土地不光能够长出大树，还能埋人呢。

三婶心直口快，说话从来不过脑子，竟然说到了死，就把话题给说没了。在河湾村，人们忌讳谈论死，也不谈论与死有关的话题。当三婶说到埋人，人们就不接茬儿了。三婶说完，也知道自己说走了嘴，就自己给自己下台阶，说，我回家给蚕喂桑叶去。

三婶走后，长老、木匠和铁匠，像是木头一样呆在那里，不知道说什么了。

这时，出现了一股风，这股风似乎是从地下刮出来的，幸亏有大石头压着，否则这股风会直接从地下钻进人们的裤腿里。随着这股风的出现，远近的土地里隐隐约约冒出一些灰暗的雾状阴影。

长老、木匠和铁匠，几乎是异口同音地说，黄昏来了。

随着黄昏的到来，河湾村升起了炊烟，最初是一棵两棵，仿佛村庄里突然长出了质地松软的大树，不一会儿，炊烟就多起来，形成了一片炊烟的树林。当这些树林的树冠在空中逐渐膨胀和相互连接，没过多久，整个村庄上空的烟雾就连成了一片。这时正好赶上夕光染色，高处的浮光中就出现了烟霞。这些飘忽的烟霞，更加深了黄昏的浓度。

长老说，你们仔细看看，黄昏到底是从哪里来的。

木匠说，我还是认为黄昏是从山洞里来的，山洞里那个黑呀，没见过那么黑。

铁匠说，太阳一走，黄昏就来了，可见黄昏与太阳有关。我还是觉得黄昏是太阳的灰烬。

长老说，你没去过地下，你怎么知道地里不是黑的。地里更黑。我爹给我托过梦，说地里漆黑一片，点灯都没用。所以说，黄昏是从土地里冒出来的，到时候你们就知道了。

木匠和铁匠都愣住了，一齐问，到什么时候？

长老又重复了一句，到时候，你们就知道了。但是到底是什么时候，我也说不清。

铁匠说，不仅说不清，我还看不清了。刚才从我身边过去一个人，转身就消失了，不知道是我看不清了，还是他真的没了。

木匠说，我也看不清了，我看长老就像是一个模糊的影子。

长老说，天快黑了，咱们都回家吧。

话音刚落，远处的山顶上突然出现一颗星星，好像是谁家点亮了油灯。

铁匠说，凡是最亮的光，都出现在天上。

木匠说，木头里也有光，点着了你才能看见。

长老说，还是土地深厚，长出了那么多能够发光的树木，却把黑暗保留在土地里。我死了，就埋在土地里。

木匠和铁匠说，离死还远着呢，你是老寿星，不死了。

长老说，哪有永远不死的人。

说完，三个人哈哈大笑，顷刻间就被夜色掩埋了，仿佛不存在，仿佛从来不曾存在。

2019.5.21

流　星

　　春天的一个夜晚，人们坐在村口的大石头上聊天，看见天上掉下一颗流星，直奔河湾村而来。这颗流星越来越近，越来越近，眼看就到了村庄上空，最后砰的一声，掉在了村里的干草垛上，草垛当场就起了大火，把天空都映红了。

　　河湾村好多年没有起火了，上一次起火是几年前，晴天里突然出现了一个闪电，直接击中了干草垛，尽管人们及时救火，干草垛还是烧光了。那天，有人发现一条蛇钻进了草垛里，据说那是一个蛇精，被闪电追击，最终被闪电劈死了，一条蛇，殃及了干草垛。如果那个蛇精钻进了石头下面，闪电就会把石头劈开。一个人被闪电追击，几乎无处可逃。有一年一个闪电落在了青龙河里，突然爆炸，把青龙河吓得直哆嗦，当场就昏过去了，人们以为青龙河死了，没想到过了几天，又活过来了。

　　今天，干草垛被流星击中，还不知道是什么原因。人们也顾不上多想，赶紧去救火。一时间，全村的人们都在呼喊，失火啦，失火啦，随着人们的喊声，人们陆续向火光聚集，有打水的，有挑水的，有泼水的，人们围着干草垛开始紧急救火。

实际上，干草垛不是什么贵重的东西，也不是非救不可。这些垛在一起的干草，除了冬天喂牲畜，另外的用处就是给小孩捉迷藏提供藏身之处。干草垛处于一个相对孤立的位置，即使着火了也不会连累附近的房屋，但是人们还是要拼命救火，生怕大火在风中蔓延，引起全村火灾。在河湾村，不管哪里着火了，不管这火是不是危险，都必须扑灭。如果谁见火不救，他将无法在村里立足，人们见了面就会不理他。当然，河湾村没有这样的人。

经过一个多时辰的扑救，火灭了，干草垛也烧得差不多了，黑乎乎的，无法喂牲畜，也不能捉迷藏了。不管怎样，火灭了，人们也就放心了。

在参与救火的人中，长老是年岁最大的一个。当救火的人们纷纷散去，他还没有走，他还在围着烧毁的草垛转悠，一是看看会不会死灰复燃，二是想看看天上到底掉下了什么东西，把草垛给点着了。

除了长老，铁匠也没走。

长老说，你回去吧，回去睡觉吧，我在这里再守一会儿，没事了我再回去。

铁匠说，我想看看天上掉下来的到底是什么东西。

铁匠对于天上的东西都感兴趣。自从他捡到过月亮的碎片以后，他就经常观察天空，希望天上再次掉下一些东西。他曾经用月亮的碎片打制出一把宝刀，老刀客带着那把宝刀走遍北方，都没有遇到对手。如今天上掉下流星，让他异常兴奋，他想找到这个流星，看看能不能用它打制一件东西。

铁匠曾经有过失败的经历，远方一个人送来一块陨铁，请他打制宝刀，结果这块陨铁在炉火中烧了半年都没有熔化。铁匠没有制服陨铁。越是制服不了的东西，越是激起他的欲望。人们说，陨铁就是天上掉下来的流星。今天流星掉到了村里的干草垛上，岂不是天赐良机。

铁匠围着烧毁的干草垛，用木棍扒开乱草和灰烬，借着月光寻找流星。长老看见铁匠这么执着，也跟着找流星。功夫不负有心人，铁匠真的找到了，在干草垛的底部，一个坑子里，铁匠发现了一块拳头大小的透明的石头。

一般的流星落到地上后，时间长了就会变黑，而这颗流星不变色，一直是透明的。也就是说，这颗流星与月亮的碎片有着相同的颜色和质地。铁匠捡起流星后，借着月光端详了一下，说，是一颗透明的流星。

长老接过流星看了看，说，真好看，这么透明。

长老和铁匠回家的时候，快到后半夜了。

铁匠得到了流星，回家路上，他边走边想，这么好看的流星，足够打制一把小刀了。看这个透明度，应该能够熔化。对于流星，铁匠有过一次失败的经历，生怕炉火无法熔化它，因此没有足够的信心。

回到家后，铁匠把流星放在了院子的角落里。他想，不行，万一被谁家的狗叼走了，就不好找了，需要放在一个稳妥的地方，白天再仔细端详，看看到底用它打制什么东西最合适。于是，他把流星放在了一个木匣子里。刚放好，他又想，流星是透明的，万一流星燃烧了，木头匣子会不会被烧坏？不行，不能放在木头匣子里。他觉得不放心，又把流星取出来，准备在院子里的地上挖一个坑，把流星埋在坑子里。对，说干就干。他起来在院子里挖坑，挖了一个一尺多深的坑，然后把流星放在坑子里，准备培土。正在他准备往坑子里填土的这一瞬间，他看见放在坑子里的流星突然闪了一下，接着又闪了一下。他不敢相信自己的眼睛了，是不是出现了错觉？没错，流星确实是在闪烁。他本能地后退了一步，不敢填土了，他目不转睛地看着土坑里的流星，看看会发生什么样的奇迹。就在他这么观看时，这颗流星从土坑里飘了出来，仿佛一根羽毛那么轻。铁匠在一旁看着，既不敢上前，也不敢走开，愣在了那里。他眼见这颗透明的流星慢慢向天上飘去，最后刷的一下变成一道亮光，消失在夜空里。

铁匠傻了。到手的一颗流星，就这样不翼而飞了。他庆幸自己没有把流星埋起来。他想，流星乃是天上之物，怎能埋在土里。他感到自己是愚蠢的，不该给流星挖坑，应该把流星供奉在高处。可是，再高的地方，也没有天空高，流星应该回到天空，只有天空才是星星的家园。想到这里，铁匠突然想开了，他看见流星有了合适的归宿，心里一下就踏实了。

铁匠看见满天的星星中，有一颗星星是自己亲手摸过的，或者说，差一点儿被他亲手埋葬，心里突然有一种既惭愧又骄傲的感觉。这时他意识到，给星星挖坑是错误的，星星是天上的灯盏，不可以埋葬，也不可以种植。

他望着夜空，正在出神，听到身边有动静，一回头，发现长老出现在身边，也在望着夜空。

铁匠说，你怎么来了？

长老说，我不放心，就过来看看。

铁匠说，你知道我要做什么？

长老说，我不知道你要做什么，但我就是有些不放心。

铁匠说，流星回到天上去了。

长老说，我已经来了一会儿了，都看见了。

铁匠说，幸亏我没有把它埋葬。

长老说，刚才我又去了一趟干草垛，上面聚集了一群星星。

铁匠说，一群星星？

长老说，是，你再看看天上。

铁匠仰起头，看见夜空中的星星又大又密，所有的星星都在燃烧，其中一颗看上去非常熟悉，仔细观察，正是他捡到的那颗流星，此刻，它正在空中燃烧，像炭火一样通明。

2019.5.22

土　豆

老头种植的土豆，有些冒出了芽子，还有一些没有发芽。他感到纳闷，莫非是遇到了虫害？或者是种下的土豆有毛病？他想弄明白是怎么回事，就蹲下来，用手抠出了没有发芽的土豆，结果让他惊讶，他从田垄里抠出来的竟然不是土豆，而是卵石。

老头想，一定是搞错了，我明明种下的是土豆，怎么会变成了圆溜溜的卵石？他继续抠，凡是没有发芽的土坑他都抠了，抠出来的竟然都是卵石，而不是土豆。

老头站在田里，愣住了，他百思不得其解。

消息传开后，人们议论纷纷，说，老头糊涂了，竟然在种植土豆的时候，稀里糊涂地在地里种下了一些卵石。由于这些圆溜溜的卵石长得与土豆非常相似，种植的时候也没有注意，结果等到土豆都发芽了，才发现许多没有发芽的，是卵石。

还有一种说法是，老头留下了一些土豆做种子，堆放在空屋子里，打算春天播种，结果被兔子偷走了许多，为了不让老头发现土豆少了，兔子就找来一些卵石放进土豆中。种植的时候，由于卵石和土豆长得非常相似，又加上老头粗心，没有发现什么异常，就种在地里了，等到土豆发芽的时候，才发现，那些没有发芽的是卵石。

还有一种说法，说可能是人为所致，说老头种植的原本就是土豆，但是在夜晚被人偷换了，挖走了刚刚种下的土豆，在原来的土坑里埋下了卵石，假装里面仍然是土豆。等到土豆发芽时，才发现了问题。这种说法最不可信。因为河湾村没有这样的人，多年来，河湾村从来没有谁丢过任何东西，就是送给人东西，如果不是急于需要，人们都不会接收，即使接收了，也会在适当的时候还给人家，并表示感谢。所以，土豆被人偷换的说法最不可信。

不管是哪一种说法，有一点是确定的，那就是地里确实抠出了一些卵石。

老头开始了回忆。他想起来，种土豆那天，确实有一只兔子蹲在远处的山坡上，盯着他看。他想，兔子一定是好奇，在看热闹，也没有在意，心想看就看吧，只要不捣乱就行，随便看。莫非是我种完土豆，被兔子偷走，然后在土坑里做了手脚？

老头想起来了，种土豆那天，他从地里刨出了许多卵石，莫非是自己糊涂了，把卵石当作土豆种在了地里？

老头愣在田里，使劲想，仍然没有头绪。

这时，长老从田间经过，看见老头在发呆，就过来，与他搭话。长老的胡子又白又长，像是挂在脸上的一条条丝线，有风的时候飘忽，没风的时候发亮。

长老说，又在想你的土豆？

老头说，我还没有想明白，到底是怎么回事。

长老说，我小的时候，我爹跟我说过，说是有一年他种下的土豆，许多没有发芽，他挖出来一看，这些没有发芽的土豆都变硬了，摸上去像是石头。

老头说，莫非我种的土豆也是变硬了？

长老说，你再仔细看看。

老头蹲下来，重新挖出那些没有发芽的土豆，仔细看，果然，不是卵石，确实是土豆，只是变硬了，变沉了。

长老说，也并不是所有的卵石都不发芽，也不是所有的卵石都愿意埋在土里。你还记得不？有一年铁匠捡到一块从天上掉下来的石头，他想把这块石头埋起来，结果石头从土坑里飘了出来，又回到了天上。不想待在地里的石头，是埋不住的，它最终还得回到天上。

老头说，我不关心天上的事情，我就是纳闷，我种下的这些土豆是怎么变硬的，跟石头一样。

长老说，可能是你播种的时候，土豆就变硬了，不然怎么会不发芽？

老头说，变硬了，肯定就不会发芽了。

长老说，不是所有硬的东西都不发芽。你看，人的脑袋硬吧？这么硬的脑袋，竟然也发芽，能够长出这么多头发。所以发不发芽，不在硬度。

长老说着，摸了摸自己的脑袋，把自己的头发揪起来，比划着，生怕老头不明白。

老头说，我还是不明白，我的土豆是怎么变硬的。

长老说，你砸开一个变硬的土豆看看，里面是什么样的？

老头这次倒听话了，顺手从地上捡起两个类似卵石的土豆，用力相互一磕，结果两个土豆啪的一声都裂开了。土豆裂开以后，老头和长老同时发现，土豆还是土豆，只是里面变得更瓷实了。老头在衣服上擦了擦，擦去土豆上面的土，尝了一口，还能吃，而且味道有些甘甜。长老也吃了一个土豆，觉得味道不错。

老头又从地上捡起一个土豆，想再吃一个，结果没有咬动，他仔细看，他捡起的这个土豆，是个真正的卵石。

长老看到老头咬到了真正的石头，没咬动，不禁哈哈大笑，老头看见长老哈哈大笑，自己也笑了起来。

吃过了石头一样的土豆，长老和老头突然觉得浑身充满了力量。长老想起刚才揪着自己的头发，觉得好笑，于是再一次抓起自己的头发，没想到他一用力，竟然把自己给拎了起来，离地有三尺多高。他觉得非常好玩，就抓着自己的头发，脚不着地，走了起来。老头看见长老这样，也尝试着抓起自己的头发，也把自己拎起来了。老头也是脚不着地，离开了田地，在后面喊，长老，等等我。

两个老人，都抓着自己的头发，在空中行走，像是两个老神仙。

一路上，人们看见他们在空中行走，都觉得好玩，但也没有呼喊和围观，因为这样的事情发生在河湾村，并不稀奇，也没有人大惊小怪。

后来，老头种植的土豆，成了神话，人们也想吃到这样的土豆，获得特殊的能量，也想抓着自己的头发离地三尺，在空中行走。但是人们只挖出了一些卵石，没有挖到真正的土豆。据说真正特殊的土豆，只有那么几个，都让长老和老头当时给吃了，没有了。有人试图模仿这种土豆播种技术，都没有成功，就是老头本人也没有复制成功。

还有一种说法是，长老和老头吃下去的不是土豆，而是卵石。那几个卵石不是普通的卵石，它们貌似土豆，而实际上是天上掉下来的石头，是曾经闪烁的星星。只有吃下星星的人才会在空中飘浮，因为星星具有特殊的浮力，它们假装成卵石或土豆，在土坑里歇息，实际上是在聚集能量，终有一天它们会飞起来，重新回到繁星密布的天上去。

2019.5.23

风

　　无论是哪个季节，风都是看不见的。你只能看见树在动，草在倾斜和颤抖，却看不见风。即使你看见了风，也不一定是真的风，而只是流动的空气。你也不可能找到风，风没有家，因此也没有归宿。

　　长老在旷野上看见了风。

　　那天，长老去山上，把一粒灯火藏在了山洞里，回来的途中遇到了一股风。这股风先是吹拂他的衣服，然后把他的头发弄乱，把他雪白的胡子吹起来，往左飘，往右飘，往前飘，往上飘，就是不让自然下垂。这股风围着长老转了很多圈，然后哈哈大笑离开了。平时，风都是呼呼的声音，这次，长老真真切切地听到了哈哈大笑的声音，这声音有些沙哑，有些空洞，但绝对是笑声，而不是呼呼喘气的声音。

　　长老心想，可能是我老了，肯定是耳朵有问题了，不然，怎么会把风声听成了笑声？可是过一会儿，风又来了，这次，风还没到长老身边，笑声却先到了，确实是哈哈大笑的声音。长老听得非常真切，不再怀疑自己的耳朵。长老停下来，站在旷野上，四下看了看，远近没有一个人，除了风，什么也没有。他断定，就是风在笑，而且就在身边。

风又一次掀起了长老的头发，长老说，不能弄乱我的头发。可是风根本不听话，一边笑着，一边继续乱吹。长老用手抓住自己的头发，用力一拔，就把自己拔起来，悬在了空中。昨天，长老吃过了老头种植的土豆，也有说不是土豆而是卵石，总之是吃了以后力气大增，能够把自己从地上拔起来。

长老悬在空中，而风停了下来。风看见长老这种悬空的本事，不敢再继续胡闹，一溜烟跑了。没想到长老这一招，居然把风给吓跑了。

长老从空中落下来，心想，不行，我得回到山洞去看看，我藏在那里的灯火，可别让这顽皮的风给吹灭了。

长老快步走着，有一段时间，甚至走到了风的前面。长老猜对了，风确实是在去往山洞的路上。长老虽然能够抓着自己的头发把自己拔起来，但毕竟是两百多岁了，与风竞走，还是吃力。走了一段，长老落在了风的后面。长老着急了，如果风先于他赶到山洞，那盏细小的灯火就有可能被风吹灭。不行，我不能落后于风，否则灯火有危险。随后他加快脚步，但是腿脚还是显得慢了，刚才把自己拔起来悬在空中也消耗了一些能量，渐渐地，他还是落在了风的后面。

长老心想，如果风找到了山洞，肯定会玩弄火苗，那个豆粒大的灯火，经不住风吹，说不定就熄灭了。那盏灯火，无论如何不能熄灭，那是他特意为村里一个病人祈福的，如果灭了，病人怕是有生命危险。灯熄人灭，灯不熄，人就不会灭。

长老越想越着急，眼见风跑到了前面很远的地方，正在向山坡接近，他肯定是追不上了。他心想，完了，灯若灭了，病人也就完了。怎么办呢？怎么办呢？他实在是跑不动了，他绝望地停下来，站在旷野上，为自己的衰老感到内疚。他想，若是再年轻一百岁，他绝对会跑到风的前面，现在真的老了，跑不动了。

就在他自责的时候，他看见自己的身影刺啦一声，从他的身上撕下来，离开了他的身体，随即向前狂奔。这个身影，像一个无所畏惧的猛士，在旷野上奔跑，几乎是眨眼之间，就跑到了风的前面。影子到了风的前面，并没有截住风，而是把风给领了回来。影子领着风，在旷野上奔跑、撒欢，仿佛天生就是顽皮的一对，玩得非常开心。当风经过长老身边时，偶尔还要骚扰一下，发出哈哈的笑声。

长老看见自己的身影在旷野上玩耍，解除了灯火的危机，心里就踏实了。他想，病人有救了。为此，他默默地感谢自己的身影，同时也深深地佩服这个影子。他没想到，整天跟在他身边的这个赖皮，竟然在关键时刻挺身而出，为他排忧解难，而且是如此的勇猛和智慧，仿佛是露在身体外面的灵魂。

他暗暗地佩服自己的影子，不知不觉地伸出了大拇指。

没想到，风又来了，风看见长老伸出了大拇指，以为是在夸他，就围着长老转起来，风越转越快，渐渐形成了一股旋风，长老处在旋风的中央，仿佛是一个运转的核心。

长老和风玩起来，玩得非常开心，影子站在远处，是唯一的观众。

2019.5.24

旋　风

　　把一个人摔倒，算不上什么大本事，把一棵树摔倒，也并非不可做到，但是，把一股旋风按倒在地，却很难。有的旋风可以达到十几丈高，摇摇晃晃的，你只能抱住他的脚，而抱不住他的腰，他的腰太高，够不到。因此，摔倒一股旋风，不仅需要足够的力气，还需要智慧。

　　春天时节，河湾村总要来几个高大的旋风，也许没有什么事情，旋风就是来转一下，一是显能，看看谁能把我抱住；二是到老地方看看，应付差事，证明自己来过了。旋风没想到会有人挑战他，但是挑战者已经做好了准备，随时等候旋风的到来，与他一决高下。

　　河湾村有一个愣小子叫铁蛋，以勇敢和有劲著称，虽然他摔不过张福满，但是他的智慧绝对在张福满之上。铁蛋的腰带上拴着一个小铁人，是他的护身符，有这个护身符保护，他就是摔死了也能活过来。他不怕死，也死不了，所以他敢于和旋风比试一下。

　　一天下午，旋风出现了，刚开始，旋风非常小，甚至不足三尺高，旋转的转速也很慢，仿佛转也可，不转也可，有随时解散的可能性。旋风带有一定的迷惑性，你以为他真的要解散了，但是，他突然加快了旋转的速度，从山脚下向开阔的地带缓慢移动，并在移动的过程中逐渐长高，卷起地上的浮土，形成一个柱状的核心。远远看去，旋风是傲慢的，他用高度彰显自己的存在，毫不在意人们的议论，仿佛他才是这片土地的主人，而居住在此的人们不过是匆匆的过客。

旋风来了。他已经从一个缓慢旋转的小漏斗迅速成长为一个高大的通天巨柱，走过旷野的时候还晃动了几下肩膀，仿佛在告诉人们，我来了，我想来就来，想走就走，无人可以阻挡。

张福满首先发现了这个旋风。虽然张福满是村里力气大的人，但他毕竟老了，奔跑的速度跟不上，追赶一个旋风已经力不从心。他把旋风到来的消息及时告诉了铁蛋。铁蛋听说旋风来了，也不迟疑，撂下一切活计，立刻向旋风逼近。人们听说铁蛋要挑战旋风，都想看热闹，看看究竟谁胜谁负。铁蛋在追赶旋风，生怕他跑掉，人们在追赶铁蛋，生怕看不见铁蛋与旋风搏斗的场面，错过精彩的细节。

铁蛋在奔跑的过程中，摸了摸腰带上的小铁人，有小铁人在，他心里就有底。

旋风依然在旋转，他根本不在意是否有人到来，就是河湾村的人们都来，他也不会退缩。旋风所到之处烟尘四起，仿佛是一棵巨大的炊烟。

铁蛋逼近了旋风，他毫不犹豫地冲上去，死死地抱住了旋风的根部。旋风也不是好惹的，看到有人抱住了他，就拼命挣扎，他没想到一个人会有这么大的力量，还真的把他拖住了。

铁蛋抱住旋风不放，旋风在挣扎，有挣脱的迹象。这时，铁蛋手疾眼快，迅速解下自己的腰带，缠在旋风身上。铁蛋勒紧这个腰带，越来越用力，居然把旋风给勒断了。人们站在稍远的地方，看见了这场精彩的搏斗。人们看见这个旋风变成了两截，上面的旋风与根部脱节后，失去了支撑，摇晃了几下，轰然倒下。

旋风倒地之后，铁蛋才意识到，自己的裤子因解下腰带而脱落下来，知道自己出丑了，立即把裤子提溜起来，扎好腰带。他察看了一下，小铁人还在腰带上，牢牢地拴着。

这时，人们也不顾旋风倒下后在地上溅起的烟尘，纷纷向铁蛋走过去，仿佛拥戴一个英雄。

张福满说，铁蛋好样的，是个爷们儿。

三婶也来了，她走近铁蛋身边，笑眯眯地说，刚才我看见你和旋风打架的时候，裤子掉下来了，你身上的东西没丢吧？

人们知道三婶是在戏弄铁蛋，忍不住爆发出笑声。

铁蛋说，刚才我是和旋风摔跤，不是打架，我们是好朋友，怎么会打架呢？

人们点头称是，说，就是，铁蛋是在摔跤呢，不是打架。

就在人们围着铁蛋议论纷纷时，又是张福满，在第一时间看见了惊人的一幕。这个倒地的旋风，并没有摔死，他聚集着散开的尘土，又一次形成了旋风。这个旋风从地上慢慢地拱起身，又站了起来。人们仰望着这个巨大的旋风，顿时傻眼了，莫非他要报复？

正在人们惊慌失措的时候，这个重新站起来的巨大的旋风，旋转着向远处走去，然后停在一片开阔地上，向人们弯下身来。如此反复三次。没人理解这是什么意思，只有铁蛋从人群中走出来，对着旋风抱拳说，对不起了，如果凭力气，我赢不了你，刚才我使用了腰带，而腰带上有一个小铁人，是它帮助了我，不然，我赢不了你。实际上，还是你赢了。

听到铁蛋这样说，旋风一下子折叠在一起，跪在了地上。铁蛋看见旋风跪下了，他也跪下来，双手抱拳说，从今天起，我们结为兄弟吧。

真是不打不成交，没想到一场较量过后，一个高大的旋风，与铁蛋结成了兄弟。

人们站在旷野上，用默许见证了这个结拜的场面，内心里对旋风充满了敬意，同时也为铁蛋的勇猛和智慧感到骄傲。

从此，铁蛋多了一个兄弟。

河湾村的人们，因为铁蛋多了一个旋风兄弟，仿佛村里多了一个人。只是这个人不常来，只在春天多风的季节来几次，转一下就走。旋风来的时候虽然并不声张，人们看见后仍然要奔走相告，说，与铁蛋结为兄弟的那个旋风，又来了。

后来，每次旋风到来的时候，小铁人都会事先发出轻微的喊声，声音虽小，铁蛋也能够听见，并因此知道，旋风又要来了。旋风来的时候，铁蛋每次都要前去迎接，全村的人们也都跟在铁蛋身后，前去接应，仿佛迎接一个归乡的浪子。

2019.5.25

祈　福

　　一条小路，在哪儿拐弯，在哪儿不能转弯，是有原因和定数的。如果一条小路围绕一座房子绕了三圈，还不能走开，说明这座房子有强大的吸引力，或者不是一般人的住处。

　　铁蛋的家就是如此。一条小路围绕他的家绕了好几圈，好像小路本身迷路了，走不开了。长老听说后，扒着铁蛋家的窗户往里一看，屋里亮着一盏灯。长老纳闷了，心想，大白天的，点灯干什么？

　　不一定是灯火吸引了小路。在山村，火，确实能够让小路弯曲，但是别的东西也能改变小路的走向和粗细，比如炊烟，凡是冒烟的地方必有房屋，房屋的外面必有小路。凡是小路都有弹性，夏天的时候因松弛而舒展延伸，冬天时因寒冷而卷缩，甚至绷断。

　　那么炊烟是怎么来的？说到底，还是与火有关系。是火，产生了炊烟。

　　火是草木的灵魂。

　　长老知道这些道理。长老今天来不是讲道理来了，他是要了解一下小路缠绕房屋是怎么回事，结果看见了铁蛋的家里白天还点着油灯。

看到长老扒着窗户观望，铁蛋从屋里捧着油灯出来了，说，长老请到屋里坐吧。

长老感到纳闷，说，你白天点灯是怎么回事？

铁蛋说，我要点三天灯，不能灭。

长老说，为什么？

铁蛋说，你不也是在山洞里藏过灯火吗？

长老说，是啊，我把灯火藏在山洞里，是为一个病人祈福。

铁蛋说，我也是，昨夜我梦见我爷爷病了，我要给我爷爷祈福。

长老说，你爷爷不是死去多年了吗？怎么又病了？

铁蛋说，他是死去多年了，但是他死后又病了，给我托梦，说怕黑。

长老说，我还以为是你怕黑呢。

铁蛋说，倘若我爷爷的魂灵回家，我要让他看见光亮。

长老说，但愿你爷爷的病情早点儿好。你爷爷过世有些早，我已经一百多年没有见过他了，说起来还挺想念的。

铁蛋说，我爷爷若是再回家，我让他去看望你。

长老说，好，我都老成这样了，见了面，他也不一定认识我了。

说到这里，长老突然想起来了，他是来了解小路的，不是专程来看灯火的。他看见灯火后就打岔了。他怕忘了，赶紧说，那小路围着你家绕了好几圈，是怎么回事？

铁蛋说，昨天夜里，我做梦的时候，我爷爷来了，他是沿着小路走来的，他已经好多年没有回过家了。他到家后，犹豫不决，不想进家门，怕是突然到来会吓着我，于是他围着房子转了好几圈，他走到哪里，小路就跟到哪里。

长老说，原来小路绕圈是这么回事，这我就放心了。

铁蛋说，放心吧长老，我已经给我爷爷祈福了，我点三天油灯，我爷爷的病情就会好转的，他死不了的，因为他已经死了，不会再死了。

长老说，那可不一定，有的人死后得病，没治好，结果又死了一次，还有死好几次的，什么情况都有。所以，你爷爷的病，还必须当回事，不能含糊。这样吧，我回去后，去一趟山洞，把藏在那里的油灯点亮，让你爷爷的病情尽快好转。

铁蛋说，谢谢长老。

长老从铁蛋家出来后，就去了山洞。长老说话算话，从不含糊。他走的时候，有好几条小路跟在他身后，有时几条小路拥挤到一起，差点儿拧成绳子。长老只顾走路，也不管身后的事情，他也管不了。曾经有一条小路在夜深人静的时候试图去往天空，结果被一个梦游的人给拽回来了，否则后果不堪设想。

长老去山洞里点灯，回来的时候天已经黑了。他走在小路上，听到一个陌生而又似乎有点熟悉的声音，轻声地对他说，谢谢。谢谢。

长老回头一看，并没有人。四下都没有人。他想起来了，刚才说谢谢的这个人，这个有点熟悉的声音，正是他一百多年不见的铁蛋爷爷的声音。

2019.5.26

狼　哭

　　河湾村北部的山坡上传来了狼的叫声，长老听到后也叫了起来，他要用比狼更大的叫声回应狼，试图把狼群赶走。长老凭借自己两百多岁的年龄，有足够的经验应对狼群。他能够发出多种叫声，粗重、沙哑，叫声中带着原始的空虚和凄凉，狼群听到他的叫声后，会伤心流泪，悲戚而去，几天都缓不过神来。

　　狼群知道河湾村的人们发出的叫声会让它们伤心，因此每次经过河湾村的时候，都是悄悄赶路，尽量不发出叫声，避免河湾村的人们回应。狼是有感情而又守规矩的动物，除非是必须叫，比如呼唤狼崽，或者是小狼呼唤妈妈，否则不会随便叫喊，更不会打扰人们的安宁。

　　长老的叫声是跟他爷爷学的，他爷爷是跟一个死者学的，那个死者活着的时候曾经在狼群中长大。据说这个死者小的时候有病死了，尸体被父母抛弃在一座山上，狼群经过的时候看见山坡上有一个死孩子，正想吃掉，结果发现这个孩子还会动，还活着，就决定留下来，把他收养了。这个狼群养大的孩子后来又回到了河湾村，虽然学会了说人话，但经常会发出狼的叫声。他的叫声非常复杂，有狼的野性，有人世的悲凉，也有死而复生的心灵内伤，听到的人们无不落泪。

长老继承了狼人的叫声，但是叫声中还有一些细小的区别，他的声音中加入了个人的生命擦痕，在悲凉中隐隐透出一丝温暖，而正是这若有若无的一丝温暖，油然唤起了人们心中的古老乡愁，让人牵肠挂肚，身心俱损，一时间无法承受。有一次狼群从北山经过，听到长老的叫声后，集体沉默，然后放声大哭。狼的哭声类似人的哭声，有些呜咽，有些沉闷，仿佛内心里淤积着无法排遣的忧愁，听起来更加让人伤心。

听到长老的叫声，人们知道是狼来了，不然长老不会这样惨叫。人们纷纷走出家门，学着长老的叫声，也都跟着叫了起来。一时间整个河湾村充满了人的叫声。人们的叫声夹杂着各自的辛酸苦辣，在叫喊的过程中默默流泪，当叫喊达到高潮时，全村的人们再也承受不住，集体放声痛哭。人们不知道为什么要哭，只知道这个时候最适合大哭，甚至可以一次哭个够。平时，即使内心的郁闷变成了石头，人们也不会哭出来。河湾村的人，隐忍之心超过了自身的承受力，达到顽强甚至顽固的程度，也只有在狼来了的时候，内心的淤积才在叫喊声中得到爆发，在集体痛哭时一次性释放出来。哭过之后，人们觉得心里舒服多了，就像卸下了沉重的心理负担，走路时腿脚都轻松了不少。

狼群并不是每年都经过河湾村，它们经过的时候，河湾村的人们心里有些矛盾，一是担心狼群会糟蹋牲畜（实际上狼群很少吃掉人们家养的牲畜，背负这个坏名声，狼群有些冤）；二是盼望狼群经过，人们可以集体喊叫和大哭一次，仿佛是过一个尽情宣泄的节日。

看到人们大哭，村里的狗也跟着莫名其妙地伤心，哭了起来。狗哭的时候不叫，只是默默地哭泣，泪如泉涌。看见狗也哭了，人们也不安慰它们，等人们哭够了，狗也会停止哭泣，默默走开。

一个孩子匆匆跑过来，告诉长老说，狼群走了，离开北山了。

长老听说狼群走了，就停止了哭泣。他又一次用叫声引领了全村人的叫声，把狼群赶走了，同时也成功地引领全村的人们大哭了一次，释放出内心的苦闷。

狼群走后的这个夜晚，长老睡得很晚，他总有些不放心，披衣走到户外，察看天上的星星。正在他仰望星空的时候，从遥远的天空深处，传来了狼哭的声音。长老听到这声音，身体突然打了一个激灵，意识到这不同寻常的哭声，不是来自狼群，而是来自某个星星。长老听说过天上有一颗星星叫作天狼星，但他不知道这颗星星的具体方位，也不知道它到底隐藏在哪里。他循着声音的来处遥望，看见一颗星星正在向他眨眼，仿佛一只狼眼在天上凝视着他，但他不敢确定是不是这颗星星发出的哭声。

随着这来自上苍的哭声，晴朗的夜空里突然飘落起零星的小雨，雨滴落在长老的脸上和手上。长老把双手举起来，像是祈祷，也像是拥抱，更像是承接。他感到这些雨滴是热的。他听老人们说过，天狼星哭泣的时候，别的星星也会落泪。

长老自语道：没想到星星的泪也是热泪。

2019.6.3

夏　夜

　　夏天的一个夜晚，河湾村的人们正坐在村口的大石头上乘凉，突然大石头似乎移动了一下。最初，人们以为是幻觉，但是，人们都感觉到了移动，这就不是幻觉了。

　　村口的大石头，可以同时坐几十个人。说是一块大石头，实际上是露出地面的一块隆起的岩体。曾经有一年，张福满、铁蛋、木匠、铁匠、窑工，还有村里的几个年轻人，大家联手一齐用力，想把大石头挪动一下，结果以失败而告终。后来人们发现，不是这个石头太大太沉，而是这个石头的根子是与山脉长在一起的，是山体的一部分。

　　既然是与山体长在一起的，这个巨大的石头怎么会移动呢？人们问长老，长老说，他爷爷的爷爷小的时候，据说这个石头曾经沉下去一次，整个大石头沉到地下去了，不见了，后来过了多年，这个石头又慢慢地从地下拱出来了，而且比原来还高出许多，大了许多。后来有人受到启发，也尝试着把石头种在地里，希望它能够长大，可是多年以后扒出来一看，石头不但没有长大，还闷死了，看上去没有一点生气。这样的石头，要经过风吹日晒几年后才能慢慢恢复一点活力。凡是经过埋藏的石头，活过来后都比别的石头懒，你就是劝说它一整天它也不会挪动一步，除非你把它搬走。

但是，村口的大石头真的移动了一下。人们都感到了这次移动，而且幅度不小。长老最先感到了，还以为是自己的身体移动了，但是他仔细一想，我没有动啊？我好好地坐在石头上，并未移动，那么是什么在移动呢？当所有的人都感觉到移动，并说出自己的感觉后，长老确认，确实是石头移动了一下。由于是整体性移动，大石头周围的事物比例和尺寸并未发生变化，还是那么宽，那么长，什么也没有变化，变化的只是人们的感觉。

伴随着大石头的移动，天上的月亮旁边，一片薄云也加速了移动。本来这片薄云已经非常松散，几乎是薄如蝉翼了，如果月光突然爆闪一下，这片云彩肯定会吓一跳，说不定会当场融化。人们看见这片云彩慢悠悠地飘浮着，经过月亮时，还故意停留了一会儿，以显示自己透明的边缘，那种透和白，在夜晚的天空里，散发出一种空灵和神秘的气息，让人对自然之美醉心和倾倒，同时也充满敬畏。可是，就在这片云彩飘过月亮的一瞬间，不知道是云彩突然加速飘移了，还是月亮跳了一下，云和月，瞬息拉开距离，仿佛一次毫无征兆的决绝的离婚，相背而去，不再有一丝留恋和牵挂。

这奇异的天象与大石头的突然移动，几乎是同时发生的。就在大石头移动的一瞬间，人们投在地上的影子，在突然的移动中不知所措，愣在原地，一时间反应不过来，没有跟上人们身体的突然位移。也就是说，人体已经随着大石头移动了，而影子还在原地，与人体隔开了一段距离，因此在人体与影子之间产生了一个宽大的缝隙，其疏离的程度比离婚还要绝情和果断。

长老也是头一次经历这样的事情，没有切身的经验，因此他只能用传说回答人们的提问。当人们问到他无法回答的时候，他就说，等夜里做梦的时候，我去问问我的爷爷，然后让我爷爷去问他的爷爷，看看他们是否经历过类似的事情。当他提到他爷爷的时候，人们就知道，这件事等于没有一个准确的答案。长老已经两百多岁了，他爷爷的爷爷已经过世多年，即使说出了遥远的经历，又有谁能够去验证呢？所以，人们对于长老的回答，从来不求甚解，有个大概意思就行了。

就在人们不断地向长老发问的时候，谁也没有注意，大地正在向天空逐渐抬升，星星越来越大，最早是芝麻大小，后来变成鸡蛋大小，当满天的星星大于西瓜的时候，人们这才发现，离天太近了。

长老说，天不早了，我们都回家吧。

长老感觉到这个夜晚不同寻常，就劝说人们早早散去，回到家里，早点儿做梦。他知道，梦里是最安全的地方，即使梦见自己从天上掉下来，惊醒后发现，顶多是掉在炕上，绝不会摔死。有梦的保护，就是大地从他的脚下突然撤走，他也会悬在空中，站在那里，仿佛是留在天空的人。

正在他劝说人们散去的时候，一股风从远处刮过来，风中有一颗星星在飘浮，仿佛是一个烧透的灯笼。

长老起身，人们也都起身了，准备回家。这时，有一个非常苍老的老人从飘浮的星星后面露出一张脸，在笑眯眯地与人们打招呼。这个人太老了，没有人认识他是谁。长老说，我也不认识，可能是我爷爷的爷爷吧，也有可能是老天爷。

2019.6.4

暴　雨

　　铁蛋在空阔的河谷里奔跑，他的身后追来了一场暴雨。

　　铁蛋去小镇赶集，路过青龙河乘船的时候，船工说，天要下雨，过了河你要快些走。

　　铁蛋说，下雨就下雨，正好让老天爷给我冲个澡。

　　可是没想到话音刚落，乌云就悬挂着雨幕从河谷上游呼啸而来，仿佛在追击一个不要命的人。铁蛋一看这阵势，下船后撒腿就跑。

　　在空阔的河谷里，铁蛋孤零的身影显得渺小，尽管他的两条腿像剪刀一样在快速开合，但由于河谷太宽，而且还有一片必须经过的松软的沙滩，减慢了他奔跑的速度，很快，乌云就追上了他，在天上打着漩涡，悬在了他的头顶。

　　跟乌云赛跑，没有胜者。

　　据说李木匠早年曾经在河谷里被暴雨追击，差点儿被一个雷劈死，幸亏他摔了一个跟头，趴在地上了，沉雷落在他脚后跟不远处的一块石头上，轰的一声把石头劈成两瓣。

　　后来才知道，雷不是奔木匠来的，雷是专门冲着那块石头来的，因为石头里还有一块石头，在里面已经孕育多年了，本来早就应该出生了，可是大石头死死地包裹着它，就是不肯松开。老天爷看不下去了，派来一个雷，把石头的外层劈开，从里面救出了那块小卵石。

河滩里的卵石，是悬崖之子。还有一些小卵石，是大卵石生的。小卵石出生的那一刻，它的妈妈必须因开裂而死去。

此刻，天上轰轰作响，声音异常沉闷，仿佛一群鲁莽的人在乌云中滚动巨石，说不定哪一块石头掉下来，正好砸在人的脑袋上。

铁蛋在河谷里奔跑，被暴雨追击，其中一片乌云抓住了他的头发，反复蹂躏，像是闹着玩儿，实际上挺吓人的。幸亏铁蛋的裤腰带上拴着一个小铁人，若是没有这个护身符，乌云敢把他拎起来，提到空中也说不定。

铁蛋的奔跑是出于自身的心理恐惧。此刻，沉雷只是在空中翻滚，并未落到地上，雨也在空中悬挂着，将落而又未落。尽管如此，铁蛋还是吓坏了，他心想，我曾经对天空有过不敬，莫不是找我算账来了？

有一年天降大雪，铁蛋对着天空说，老天啊，你不是会打雷吗？怎么不打个雷让我看看？

那天老天爷非常生气，但是怕引起众生的恐慌，还是忍住了，没有打雷。

今天的乌云里，隐藏着无数个雷，而且每个雷都在铁蛋的头顶上转来转去，像是一个个巨石，随时都可能掉下来。

铁蛋在河谷里奔跑，感到身后有不同寻常的动静。他猛然回头，看见一道白色的裂缝从青龙河的水面上升起，经过几次折断后依然向天空延伸，当这个裂缝连接到乌云的底层时，立即把云层撕开一道缝隙，这个缝隙穿过云层，继续向云端延伸，所经之处全部开裂。随着这道裂缝的瞬间加长和加宽，天空突然爆燃，咔的一声，形成了耀眼的白光。这之后，是连续的震天动地的轰鸣。铁蛋被这刺目的强光和振聋发聩的声音震蒙了，顿时眼前一片漆黑，晃了一下身子，但他没有倒下。

这时，天塌了，又黑又厚的天空，直接掉在了地上。

水，从云层里流出来。

铁蛋被乌云埋没了。青龙河也被埋没了。虽然有连续不断的闪电，船工和他的小木船仍然被雨幕挡在了后面，几近于消失。

铁蛋摸了摸裤带上的小铁人，还在。有小铁人在，他就不怕。有小铁人护身，死了也能活过来，何况还没死。

铁蛋借助闪电的光亮，艰难地走出了河谷，当他走到一片高地时，天空又回到了高处，天地分开了，雨也变成了细线，一扯就断。雷已经离开河谷，集中到远方的山顶上，只有少数的雷滚落到山坳里，像是一些失足的石头。

这时，青龙河依然仰面躺在河床里，下雨会使河水突然发胖，但也会很快消肿。船工依然戴着他的大草帽，坐在木船上。木船是不怕水的，河水涨了，木船就漂浮得高一些，河水落下去，木船就贴在水面上。木船依赖于河流而存在，它的价值就在于供人们摆渡，一旦离开河流，木船就等同于死去的木头。

铁蛋被彻底淋湿，衣服完全包裹在身上，正如他所说，老天爷真的给他洗了一个澡。想到这里，他忽然觉得老天爷非常眷顾他，答应了他无意中的请求。他心里默默地说，老天爷啊，今后我再也不嘲笑你了，今后你再给我洗澡的时候，雨水还可以更大一些，但是千万别把闷雷堆在我的头顶上，真把我吓坏了。幸亏我有小铁人护身，没吓死。

说到这里，铁蛋顺手摸了摸拴在腰带上的小铁人，没想到小铁人突然张开嘴，轻轻地咬了一下他的手指头。铁蛋说，嘿，你还敢咬我？遂用手掐了一下小铁人，没想到小铁人发出了空虚的喊声。

随着这空虚的喊声，铁蛋看见河谷里的卵石都动了起来，向下游滚动，那些圆乎乎的小家伙，仿佛松软的土豆。

卵石怎么会自己滚动呢？铁蛋定睛一看，原来是风从上游吹来，推动着河谷里的卵石，仿佛流水经过人间。

2019.6.6

老头的一生

　　河湾村死了一个老头，是晚上做梦的时候死的。他平时就爱做梦，只要闭上眼睛，立刻就能睡着，然后开始做梦，一刻也不耽误。因为梦里的生活比现实精彩，河湾村的人们都爱做梦，如果谁夜里做梦少了，或者不做梦了，需要到河对岸的小镇上去找郎中看病，吃过一些草药后，慢慢恢复做梦，直到有一天做一个长梦。

　　老头姓李，但是平时没人叫他大名，都是称呼他为老头。村里有许多老头，都叫老头，但是从来叫不乱。老头在做梦的时候进入了长梦，再也叫不醒了，人们才知道他死了。他的死，与张福全的死完全不同，张福全是走到自家的田里，浑身崩溃，碎裂坍塌成了一堆土；而老头的死是完整的，他的身体也不僵硬和冰凉，脸色也不改变，只是不再呼吸了，不再起来了，谁叫也不答应了，进入了深度睡眠。对于这样的死者，人们不能打扰他的安宁，也不能在他身边哭泣，而是静悄悄地把他装入棺材里，悄悄地埋葬。如果有人惊醒了他，他将忽地坐起来，两眼直勾勾地看着你，也不说话，愤怒地表示出自己的不满。遇到这样的情况，需要阴阳先生在他的脑门上贴一道符，口念几句真言，他才能重

205

新躺下，继续做梦。

老头的死是安静的，没有遇到特殊情况。他活着的时候也是默默无闻，没有做过什么让人记住的事情，唯一可以让人回忆的事情就是他曾经把圆乎乎的卵石当作土豆种在了地里，虽然没有发芽，挖出后吃下去却很甘甜。老头和长老吃下这样的土豆以后，浑身充满了力量，抓着自己的头发离地三尺，在旷野上走了很远。那天，人们看见老头和长老在空中行走，也没觉得多么稀奇，但是现在想起来，确实不一般，后来人们模仿他种下卵石，没有一个成功的，也没有人能够抓着自己的头发离地三尺，更不用说在空中行走。

除此之外，老头的一生就没有什么特别精彩的事情了。如果非要给他的一生作一个总结，倒是也可以列举出一些事情。比如，他曾经参与过寻找月亮的过程。那天铁匠看见月亮从天上突然掉下去，然后河湾村的人们举着松明火把去西山的后面去寻找月亮，老头也去了，但他只是一个参与者而已，没有什么特殊的建树。那次，所有的人都没有找到掉在地上的月亮，不能指望在老头身上发生什么奇迹。还有一次，青龙河的水面上出现了一行脚印，老头也去看热闹去了，到最后人们也没有明白那行脚印到底是谁留下的，所以说，老头看了也是白看，不明所以。还有一次，老头在月光下梦游，回头看见自己的身影跟在身后，他就劝说身影不要跟随，连他自己也不知道当时说了些什么，居然真的把身影给劝回去了。身影离去以后，他继续梦游，走到了不可知处，被一只胳膊拦住，而那只拦住他的胳膊，正是他自己的手臂。至于其他的事情，也许有可圈可点的，但是人们都忘记了，或者说与梦境混在一起了，难以区分哪些是现实的生活，哪些是虚幻的梦境。梦境与现实非常近，只有一个眼皮的距离。人们睁开眼睛走在村庄里，也不一定是醒着，也许是在梦游；而闭上眼睛，肯定会做梦，没有人愿意浪费宝贵的睡眠时间而一个梦也不做。

老头的一生，从出生的那一天起，就注定了死亡的命运，但是河湾村的人们只想活着的事，从来不想哪一天死，因此每个人都活得津津有味。再说，即使是死了，死者也都埋在村庄附近，只是换一个地方睡觉而已，而且可以无忧无虑地大睡，如果不是遇到极其特殊的事情，人们不会叫醒一个躺在地下长眠的人。因为即使叫醒了死者，他们也发挥不了什么作用，只能是添乱，还不如不叫。有一年河湾村西北部天空出现了塌陷，就叫醒了一个死去多年的人，帮助人们去补天，但是这样有能力的人毕竟是少数，大多数死者都能力低下，只适合睡觉，而且无论他们梦见什么精彩的内容，都缄默其口，永远也不说出来。如果你迷路的时候遇到一个人，你向他打听道路，而他看着你不说话，那么这个人不是梦游者就是死者，死者走路时脚步轻飘，而梦游者也是脚步轻飘，唯一的区别是，梦游者有身影，而死者没有。

老头的一生，从来没有去过远方，他到达最远的地方就是河对岸的小镇，但是他的腿，并没有闲着，也在走动，也有疲倦的时候。他的嘴，除了吃东西，偶尔也说话，说的都是吃喝拉撒睡之类，没有什么重要的内容。他嘴里的牙齿，已经掉了好几颗，记得他在观看河水上面的脚印那天，扑哧一笑，把一颗牙笑掉了，他当场从地上捡起来，在裤子上擦了擦，然后装在了衣兜里，说是下辈子还能用。这个糊涂的老头，不知道下辈子会更换一个身体，会长出新的牙齿，他留下的牙，根本用不上。

老头的一生，是默默无闻的一生。与大多数人一样，留下了子女，留下了家人，从死亡这天起，开始了独居的生活。等到他

207

的老婆也死了，会与他合葬，埋在同一个土堆下面，但只是并肩躺下，各人躺在各人的棺材里，要想说话和聊天，非常困难，两人只能通过梦境进行交流，或者灵魂互访。也有的人死后只顾睡觉，老两口躺在同一个土堆下面，成了最近的邻居，永居在一起，却老死不相往来，不再说一句话。

老头死后，也算是归队了。他进入了一个祖传的地下村庄，按辈分排列，各得其所，不再忙碌，不再忧愁，也不再梦游和困顿，可以一直睡下去了。在这个地下村庄里，人们安静地躺着，仿佛原本就该如此。如果把死亡看作是永恒的归宿，那么在世的过程，不过是一个短暂的序曲，演出之后，陆续归位。人的一生，所有的忙碌也都不是白费，毕竟上天给予一个人活动的时间是有限的，该活动的时候还得活动，不然死后想动也动不了了。人死后，只能老老实实地躺着，不能胡乱走动，灵魂回家探望子孙，也只能在夜里，而且不能滞留太久，一旦天光大亮，或者遇到鸡叫，灵魂就回不来了，只能等待下一次天黑才能回去。至于那些灵魂有缺陷的人，可能连回家探望子孙的机会都没有，因为他的灵魂有缺陷，容易漏风，甚至破碎。

在河湾村，生者和死者的界限，就是居住地不同而已，生者住在村庄里，死者住在坟墓里。生者是临时的，死者是永恒的。老头进入了永恒的行列，后人们会陆续跟随，最终走向那个安静的墓地。

安葬老头那天，全村的人们都去送他，比出生还要隆重。长老也去送他了，等到老头入葬完了，新鲜的土堆渐渐隆起，坟前摆好一块石桌，长老从衣服兜里掏出一个土豆形状的卵石，摆放在老头的坟桌上。

长老说，老头啊，这是你当年种下的土豆，也就是咱俩吃下去的那种土豆，我暗中留下一个，一直没舍得吃，现在我还给你，等你饿了的时候，就吃吧。

听到长老的话，老头的坟堆忽然动了一下，人们都看到了，也没有惊讶，因为人们知道，老头听见了长老说的话，肯定会有回应。

2019.6.7

红　狐

　　一团火焰从雪地上飘过去，引起了人们的议论。是二丫看见的，二丫告诉了三婶，三婶告诉了木匠，木匠告诉了长老，长老说，有可能是红狐。

　　有关红狐的传说，非常久远，但是真正见过红狐的人，却没有几个。二丫看见了，人们就说，二丫有福。因为红狐和鸿福的发音比较相近，人们就认为看见红狐的人，都是有福的人。

　　红狐经过雪地，是非常冒险的行为，因为雪地太白，而红狐太红，像是一团火焰，颜色太明显了，很容易被人发现。一旦被人发现，红狐就会搬家。因此，即使有人看见红狐了，也不会找到它的窝，只要它暴露了行踪，你就很难再次见到它。

　　长老说，不用去找了，当你们再次见到红狐的时候，会有人离开。

　　人们听了长老的话，也不知道是什么意思。人们顾不上多想，人们在忙于议论。

　　二丫说，我从山坡下面经过，看见山坡上一个红色的动物，从雪地上跑过去，脚步非常轻，就像是飘过去一样。

　　二丫还说，当时我的心里一震，不知如何是好，也没敢出声，就那么傻傻地站着，眼看着它从山坡上飘过去。

二丫还说，它的那种红色，就像火烧云，红里透着火苗，真的像是在燃烧。

二丫还说，当它飘过去后，我想到山坡上去看看，但是一阵风就把我给推回来了，不知哪儿来的一阵风，突然截住了我。

二丫还说，我在梦里见过它，我还摸过它呢，它的红色有点烫手。

二丫还说，我当时要是有一根绳子，就能把它捆住，从梦里牵出来。

二丫越说越多，最后说出了梦里的事情。到底她梦见了什么，只有她自己知道。她说话的时候两腮也是红晕，好像晚霞停留在她的脸上。

三婶看见二丫说起来没完没了，觉得有些异常，就告诉了路过的木匠。三婶把二丫的原话从头到尾学舌一遍，木匠听了也感到不同寻常，因为往常二丫很少说出这么多话。木匠听完三婶学舌后，转身就走，又把三婶的话原原本本地重复一遍，告诉了长老。长老听后，问木匠，二丫当时穿的是什么颜色的衣服？木匠说，这个我没问，我去问问三婶，一会儿回禀你。

木匠从长老家里出来后，去找三婶，问，当时二丫穿的是什么颜色的衣服？三婶说，这个我没问，你等着，我去问问二丫。三婶去找二丫。到了二丫家里，三婶问二丫，你看见那个红色东西的时候，穿的是什么颜色的衣服？二丫说，你等一下，我回忆一下。

二丫回忆了一下，说，当时我穿的是红色的衣服。你问这个干什么？

三婶说，木匠问我，我说不上来，就来问你了。没有别的事，就是问一下。

三婶从二丫家里出来后，急急忙忙找到木匠，告诉木匠说，二丫说了，她看见那个红色东西的时候穿的是红色的衣服。二丫还问我，你问这个干什么？我说没有别的事，就是问一下。说完我就走了。

木匠说，好了，知道穿的是什么颜色的衣服就行了，我这就去回禀长老。

木匠从三婶那里得到答复后，立即去找长老，说，我去找到三婶，三婶找到了二丫，二丫回忆了一会儿说，她看见那个红色的东西的时候穿的是红色的衣服。

长老听后，说，知道了。

木匠说，你知道了什么？

长老说，到时候你就知道了。

木匠说，据说二丫的两腮也是红色的，就像晚霞停留在脸上。

长老沉默了一会儿，说，二丫爱穿红衣服，是有原因的。二丫是个好孩子，但愿她有福气。还是听天由命吧。

木匠说，听天由命？

长老说，一切都有变，现在还不好说。

木匠看见长老吞吞吐吐，话里有话，也不便多问，告辞了。

木匠回到家后，反复思考长老说过的话，百思不得其解。

好几年时间里，木匠一直在思考长老说的这句话，但不知将要发生什么事情。

二丫看见红狐之后，两腮的红晕越来越浓。几年以后，木匠担心的事情终于发生了，二丫在结婚之前，口吐鲜血而死。村里人议论纷纷，有人说二丫得了痨病。也有人说，二丫看见红狐，由于命薄，无法消受，反而损寿了。还有人说二丫看见的不是红狐，而是自己的真魂，真魂走了，一个人就活不多久。

由于三婶和木匠曾经给长老传过话，对二丫的死格外敏感，他们就去找长老，想问个究竟，问二丫的死到底与什么有关。当他们见到长老后，却不知从何说起。长老说，我知道你们来是问二丫的事，现在我可以告诉你们了，二丫根本就不是凡人，她是一个红狐转世，当时她看见的山坡上的那个红狐，就是来接她的，由于她在人间的事情还未了断，就耽误了一些时间，现在她走了，是了断了人间的恩怨。二丫在人间不可能成亲和嫁人，她的夫君是一只红狐。不信你们就等着，用不了多久，会有两只红狐从河湾村经过，其中一个就是二丫。

果然如长老所说，有人看见了两只红狐，先是从梦里经过，然后是从山坡上经过，其中一只不住地停留和回头张望。人们把二丫曾经穿过的红色衣服送到野地里烧掉后，两只红狐才离开，像是飘浮的晚霞从山顶回到了天上。

长老说，看到了吧，他们原本住在天上的云彩里，二丫来到我们身边，是为了报答前世的恩情，了结一段情缘。

人们这才想起，二丫经常穿一件红色的衣服。据说很久以前，二丫她爹曾经给一只快要饿死的小狗一口吃的，而那只小狗就是一只年幼的红狐。

2019.6.8

浮　云

　　细雨过后三天，远近的天空蔚蓝而透明，连底色都露出来了，眼睛好的人，可以看到天空的背面。二丫发现，正对着河湾村上空，有一小片白云悬浮着，既不飘走，也不降落，好像被人贴在了那里，从早晨到晚上，一直没有动过。

　　第二天，这片白云还在那里，整个天空只有这一片云彩，好像其他的地方都不配拥有云彩。经过了一个夜晚，这片云彩似乎变得更薄了，看上去又轻又软，越来越透明的边缘与蓝色的天空已经没有明显的界线，仿佛有人加重一下呼吸，它就会立即融化。

　　河湾村的人们都在忙碌，似乎没有人关心这片云彩，哪怕它在天空悬浮一个月，也没有人仰头看它一眼。而实际上不是这样，二丫早就注意到这片云彩了，她上山采桑叶的时候，发现天上有一片轻纱，乍一看，还以为是谁把一团揉乱的蚕丝晾晒在天上。

　　二丫的心里装满了心事，看了这片云彩后，继续采桑，也没有多想。这时三婶背着花篓也来山坡上采桑，看见二丫站在树杈上，就问二丫，你看见天上那片云彩了吗？二丫说，看见了。三婶说，昨天它就在那里，今天还在那里，是不是来看你的？二丫听出三婶是在取笑她，就回一句，云彩是来看三婶的。三婶说，我是老婆子了，没人愿意看我了，你还小，长得又好看，云彩喜欢看小丫头。

二丫一听三婶说她长得好看，脸颊一下子就红了。因为张武也说过她长得好看。张武比二丫大两岁，是河湾村最帅的小伙子，经常故意和二丫搭话，二丫脸一红，就躲开。等到张武走了，二丫又后悔，跟上去再找一个理由，跟张武说话。

二丫的心里已经装满了张武的身影，不管张武在哪里，张武都在她的心里。因此，云彩停留在天上，哪怕是停留一年，二丫也不会在意，因为她的心在别处。

三婶在另一棵树下，因为年岁大了，腿脚毕竟有些笨，就没有上树，而是站在树下，扬起胳膊采摘最下层的桑叶。三婶满肚子都是趣味，不逗一下二丫，她自己都感觉憋不住。三婶说，二丫，什么时候出嫁呀，等你出嫁那天，我就吃一花篓桑叶，亲自吐丝，给你织一个头巾。二丫说，你还别说，三婶还真像一只又大又胖的蚕。你吐丝的时候，千万别把自己织在蚕茧里。三婶说，不会的，我还等着看你的新郎官呢。二丫脸一红说，看就看。说完，她从树杈上跳下来，身体轻盈如同一只蝴蝶。

二丫和三婶在逗趣中，不知不觉已经采满了花篓。桑叶很轻，即使花篓装满了也不太沉。三婶和二丫在说笑中，背着花篓走下山坡。当她们走到空旷的地方时，感觉一股清凉的气息从天而降。她们抬头一看，天上的那片云彩正好悬在她们头顶上方，给她们遮阴。她们走，云彩也走，她们停下，云彩也停下。

三婶说，二丫，我沾你光了，云彩给你遮阴，我也跟着凉快了。

二丫仰头望了望云彩说，你不是一直在天上贴着吗？怎么又

215

动了？

二丫的话音刚落，云彩忽地飘到了别处，二丫和三婶的头上没有了阴凉，阳光洒在她们身上，仿佛披上一层金粉。

等到二丫再次仰望云彩的时候，这片透明的薄云变成了一张笑脸，在看着她们。

二丫忽然感到，这张笑脸，有点像是张武的脸，她想细看一下，笑脸又消失了，又恢复为一片薄云。

二丫知道自己想多了，脸一下子就红了。

三婶似乎看透了二丫的心思，用手指头戳了一下二丫的额头说，你说，脸怎么红了？心里想什么呢？

二丫确实感到自己的脸上有些热，说，想你呢！

三婶坏笑着说，你这个丫头啊。

三婶和二丫说说笑笑，走在回村的路上，太阳照着她们，天上那片云彩，也在俯瞰着她们。

2019.6.9

咬住身影不放

二丫家的大黄狗咬住了窑工的身影，一直不松口，窑工使劲挣脱也走不开。窑工说，大黄狗啊，你今天这是怎么了？我又没有招惹你，你咬住我的身影不松开，到底要干什么？

不管怎么说，大黄狗咬定了窑工的身影，甚至把身影撕开了一道口子，也不松口。大黄狗也不叫唤，因为它一张嘴，窑工就会趁机溜走。正好三婶路过，看见窑工被大黄狗纠缠住了，就开玩笑说，它是跟你要好吃的呢，你还不赶快把家里那些好吃的拿出来，要不它非把你的身影撕下来不可。

窑工说，大黄狗啊，你快跟三婶去吧，你看，三婶胖，她家有好吃的。

三婶看见窑工一脸无奈的样子，窃笑着说，大黄狗，别松口，他这个人太抠，咬住了才能给你好吃的。

在村口，大黄狗和窑工就这么僵持着，一个走不成，一个咬住不放，路过的人们都笑窑工，说，你是怎么得罪它了，今天跟你较上劲了。窑工说，我从来没有惹过它。

大约纠缠了一个时辰，大黄狗终于松开了窑工的影子，窑工挣脱后，也没有生气，而是感叹大黄狗的死心眼。窑工临走的时候说，大黄狗啊，你等着，我有好吃的会给你的，以后别这样纠缠，耽误了我好多事情，我还等着去窑上干活儿呢。

大黄狗冲着窑工摇了摇尾巴，低低地叫了一声，像是哼唧，又像是撒娇，总之是善意的回应。

窑工解脱以后，直奔土窑而去。

窑工回头看见大黄狗跟在他的后面，心想，今天大黄狗有些反常，跟我没完没了了，难道还想纠缠我？但是他看见大黄狗一脸的温顺，没有丝毫恶意，也就放心了。跟就跟吧，反正我没做对不起你的事情，你若再纠缠，那就是你的错。

窑工和大黄狗一前一后地走着，来到了土窑。窑工老远就看见土窑有些不对劲，走到近前一看，一下子呆住了，愣在那里，老半天说不出话来。

土窑塌了！

太悬了，如果窑工正好在里面干活儿，赶上这样的塌方，性命难保。

大黄狗站在窑工身边，冲着塌方的土窑叫了几声，窑工听不懂它的话，但是能够感到大黄狗的叫声与土窑有关。他恍然大悟，难道说大黄狗咬住我的身影不放，是预知到危险，有意阻止我？看来是大黄狗救了我一命，否则我就完蛋啦。

想到这里，窑工心头一热，当即跪在大黄狗的身边，用手抚摸着大黄狗的脖子和脸，说，大黄狗，好兄弟，今天是你救了我，你是我的救命恩人啊。我还以为你咬住我的影子不放，是跟我要赖要好吃的呢，原来是我遇到了危险。你是怎么知道的？你真是个灵通的家伙，谢谢你，谢谢你。

窑工对着大黄狗，跪着，往地上磕了三个头。

大黄狗看见窑工给它磕头，也不吭声，使劲地摇着尾巴。

正在这时，二丫赶了过来。二丫听说大黄狗在纠缠窑工，不知是怎么回事，忙匆匆赶来解救，却看见了窑工跪下磕头的一幕，感到莫名其妙。再一看，土窑塌了。

看见二丫来了，窑工站了起来，说，今天多亏了大黄狗咬住我的身影，拖住我一个时辰，不然我就完蛋了，土窑塌了，我要是在里面干活儿，就死定了。

二丫走过去，摸了摸大黄狗，说，我听说大黄狗在纠缠你，我就赶来了，它没咬你吧？

窑工说，它没咬我的肉，它咬住了我的身影，不让我走，我就没走成。

二丫说，我家大黄狗不是一般的狗，可灵通了。

窑工说，真是神奇了，它竟然知道土窑将要塌方，生生地把我给拦住了，不然，我在窑里干活儿，小命就没了。

二丫说，土窑怎么就塌了呢？

窑工说，前几天那场雨，把土窑上面的水沟冲毁了，水把土泡软了。

二丫说，幸好你没在里面。

窑工说，是啊，要不是大黄狗救了我，我现在就是土窑里面的一块肉饼了。

正当二丫和窑工夸赞大黄狗的时候，三婶从山上采桑叶回来，看见窑工和二丫在一起说话，就背着花篓走过来，也不问究竟，取笑窑工说，怎么了？大黄狗还是不依不饶吗？我就说嘛，你把你家里那些好吃的给大黄狗吃，你看，大黄狗都追到窑上来了，你还舍不得给？

二丫看见三婶，也没接话茬儿，用手指了指土窑。

三婶瞟了一眼土窑，立刻愣住了，还未惊呼，就捂住了自己的嘴。

2019.6.10

狼　群

　　狼是一种非常胆小和多疑的动物，遇到一点点可疑之处，它就要停下来，观望，判断，甚至知难而退。

　　河湾村家家户户的门口都竖起了一道虚设的门，用于防止野狼在夜里进入门户。这种架设在门口上方的所谓的门，是用一根比较长的秫秸折弯后，架设在家门口的栅栏或土墙上。别看就是这么一个假门，就能把狼唬住。狼看到这个架设在门口上方的东西，不知为何物，以为是狼夹子，不敢贸然闯入。

　　长老说，这几日河湾村的北山上要过狼群，请村里的人们注意防患，于是家家户户都做了准备。有了这道假门，人们晚上就可以放心睡觉，高枕无忧了，绝对不会有野狼敢进入家门。

　　除了假门，村里的狗也都是负责任的狗，遇到野狼进村，首先是狂叫，给主人报信，然后是与狼对峙。狗看见狼，大多是一边狂叫，一边后退，随时准备扭头逃跑。但只是随时准备逃跑，并不真的逃跑。狗的胆量还不如狼，但是一旦主人出现在身边，狗就会有仗势，有后援，立即胆量倍增，向前冲去。狼看见狗的势头比较凶猛，就停止前进，然后知难而退，转身离开。狼走后，狗要表示一下自己的勇敢，狂叫着向前追击几步，表示自己不可战胜，但追击的距离一般都很短，只是做做样子，适可而止，绝不会冲出很远。

夜里，狗的叫声有紧有慢，常言说，紧咬人，慢咬神，不紧不慢咬鬼魂。在这种说法中，不包括遇到狼时的叫声。狗遇到狼，实际上已经乱了分寸，叫得不像样子，叫得有些惨，也就是说，如果主人不出来助阵，狗的叫声就会由狂吠转变为恐惧和号哭。幸亏主人总是及时出现，让狗有了一些底气。

狗咬人的时候，叫声紧凑而密集，那种威胁的声调和气势，是在警告陌生人，你若胆敢再往前走一步，我就会扑上去吃了你。假如你并不怕狗，或者手里拿着一根棍子或是镐把之类，毫不畏惧地盯着它，向狗迎面走去，狗的胆量就会立刻崩溃，边叫边后退，甚至后退不及，一屁股坐在地上，变成一副熊样。

有时，狗在夜里叫，老半天才叫一声，似乎叫也可，不叫也可，据说，这是狗遇到了神。因为它不确定自己真正看见了什么，只是感觉到一些莫名的信息，就叫一声，停顿很久，再叫一声。神在夜里来到村庄，是到人们的梦里去，因此总是静悄悄地来，静悄悄地走，从不打扰村庄的安宁。即便如此，感觉灵敏的狗，还是能够察觉到一些模糊的信息，本能地发出缓慢的叫声。

在河湾村，一只狗遇到了狼，发出狂叫，其他的狗也会跟着叫，意思是，我们也都醒着，都已经做好了准备，休想在夜晚偷袭村庄。一旦全村的狗都叫起来，也是一种呼应和震慑，足以让狼心生畏惧，不敢轻易冒犯。

长老手里拄着一根大棍子，出现在夜晚的胡同里，站在狗的身后，月亮在天上给他照明，光亮突然增加了许多。

借着明亮的月光，长老发现，狗之所以如此狂叫，是因为它面对的是一群狼。

村里的人们也都纷纷起来，走到胡同里。人们走到胡同里，手里都拿着木棍，都默不作声，面对着狼群，摆出一副决斗的架势。人们不仅仅是摆出架势，只要狼群真的向人们发出挑战，不管结局如何，都将是一场恶战。人们已经做好了充分的准备，对于狼群，肯定不会客气。

长老咳嗽了一声，表示要说话。听到长老发出声音，狗立刻停止了狂叫，两眼看着长老，听他说话。

河湾村突然陷入了出奇的宁静。狼群一声不吭地站在胡同口，人们手握木棍堵在胡同里，狗也停止了叫声，整个河湾村万籁俱寂，只有月光带着微微的摩擦声飘下天空，仿佛给山村披上了一层银粉。

长老说，狼也不容易，只要它们不进村，不糟蹋村里的牲畜，我们就不要伤害它们。

面对人们的堵截，狼群悄声撤退了。

狗看见狼群撤退了，又一次发出了叫声，这次的叫声有点怪，不紧不慢，不狂不躁，像是在送别狼群，叫声中似乎携带着一种古老的哀愁。

狼群并没有真的撤退，它们只是暂时离开了胡同口，集结在村庄外围，等待新的机会再次进村。人们看见狼群离开，也没有放松警惕，人们知道狼群的习性，因此仍然堵在胡同里，默不作声，仿佛月光下的一群泥塑。

到了后半夜，人们清晰地听到了天狼星的叫声。那极其微弱而又遥远的声音是从密集的星空里传来的，如果不细听，你会误以为是掠过夜空的似有似无的一缕游丝，飘忽而神秘。这种细微的声音让狗陷入了宁静和倾听，并开始了沉思，从此再也不叫了。

听到了天狼星的叫声，长老这才放心了，说，大家都回去睡觉吧，狼群不会再来了。

人们问，为什么？

长老说，你们去村外看看，狼群肯定撤退了。天狼星在召唤它们回去。这些狼，都是天狼星的子孙。天狼星在呼唤它们回去，它们能不走吗？

人们问长老，你见过天狼星吗？

长老说，我还真没见过天狼星，它肯定在天上，但我不知道哪颗星星是。有一年夜里，村里也是这样，来了一群狼，听到天狼星的叫声后，狼群就撤退了。

人们问，是哪一年？

长老说，是我爷爷的爷爷小的时候，那时候天空还不是现在这么高，那时人们站在山顶上伸手就可以够到星星，有些狼登上山顶后继续往上走，就走到天上去了。

正在长老说话时，人们看见整个星空忽悠一下，垂直降下来，落到河湾村的屋顶上方。星星们又大又亮，看上去有些透明，仿佛灯火的外层包裹着气泡。

长老指着一颗星星说，你们谁有本事，把那颗最小的星星摘下来？

长老的话音未落，只见一个人从人群中站出来，大声说，我去。

人们不用看清他是谁，在月光和星光下，人们听声音就知道这个人是铁蛋。

2019.6.11

223

长　歌

壹

在广大的北方夜空里，有三颗并排的星星在运转。与这三颗星星对应的许多村庄，潜伏在平原或山脉的皱褶里，将在子夜时分一齐发出鸡鸣。当这三颗星星莅临到一个叫河湾村的上空时，悠长的鸡鸣会应然而起，与整个北方的鸡鸣相呼应。鸡鸣的声音越大，越是加深夜晚的宁静，人们从梦中醒来，翻个身，会睡得更沉。

河湾村不是一般的村庄，它的地下住着做梦的逝者，地上住着劳作的人们，在人们看不见的地方，住着神。

*　　　*　　　*

河湾村有五十七户人家，多一半是草房，少一半是瓦房，房子散落在山下。村子的北面是一座小山，村子的前面是一片开阔地，地上长着庄稼，庄稼的边缘是树林，树林的外面是河流。这条河流把河湾村的东面、南面和西面包围起来，因此河湾村的人需要摆渡才能出行。河流叫青龙河，青龙河上有木船，木船上有两个常年摆渡的人。

河湾村约有两百多口人。村西的一片山坡上住着逝者。那里有一片土堆，每个土堆下面都有两个人在睡觉，有时传出呼噜声，但他们从不苏醒。

一次张文从坟地经过，不知来自哪里的风吹在他身上，他避开树林独自摇晃。他看见树林上空，有一片云彩正在天空里飞行。云彩飞过河湾村上空时，停顿了一下，然后逆风往回飞，朝着它来的方向，越过了远处的山顶。

人们都说，河湾村有许多秘密。张文想了想，认为是。

＊　　　＊　　　＊

张文是他爹给起的名字。他爹叫张福满。张福满的爹叫张富，是附近几个村子里唯一会染布的人，张富死后，手艺传给了儿子张福满。张福满有可能是泥做的，因为他小时候经常生病，他爹就用黄泥做了一个泥人，在一个有月亮的夜晚，悄悄抛弃在河滩上，送给了死神。这是一种替代，这个泥人代替了张福满，张福满的病就渐渐地好了，从此很少再得病。后来这个泥人可能自己走了回来，与张福满混淆了，以至于人们很难区分。

从许多迹象看，张福满有可能是个泥人。比如，他的体重超过常人几倍，走路脚特别重。还有，他的身上总有洗不净的泥土，一搓就是一把。特别值得一提的是，别人有时是透明的，他从来就浑浊不清。有时他说话也非常含糊，像是在做梦。

张文是张福满的儿子，得到了一些真传，看上去像是出土的陶俑。他的弟弟叫张武，他的母亲叫张刘氏，张刘氏的娘家是十五里外一个叫黄土梁的村庄，这个村庄很怪，只有必要时才被

225

人提起，一般情况下根本不存在。

*　　　*　　　*

河湾村冒出了炊烟，最初像是一棵一棵树，后来树冠连成一片。有关这个村庄的传说有几种说法，有人说是张家来得最早，有人说是王家来得最早，有人说是赵家来得最早。还有一种说法，说是还有一个李姓，如今已没有后人，但从坟地可以看出，他们曾经有过一个繁盛时期，是他们最早组建了这个山村。

如今，村里只有张、王、赵三个姓氏，年岁最大的已经超过两百，年岁最小的还未出生，包括死者，总共加起来有若干人。

河湾村的人一般都低头走路，脚步很轻，有的人从来不留脚印。但张福满不，他走路的声音像擂鼓，有人发现他的大腿上曾经长过野草，皮肤下面埋伏着许多蚯蚓。村里没有人敢跟他比试力气，如今他虽然老了，力气还能超过常人。

*　　　*　　　*

说张福满是泥做的，还有另外一些依据。他怕水，没有人看见他洗过澡，他洗澡有可能被水浸泡而溶化掉。因此，他身上有了泥就搓掉。船工赵老大知道他的弱点，因此过河时经常戏弄他，往他的身上溅水。有一次下雨，他把一块石板顶在头上，但还是淋着了一部分，他的身上，凡是溅过雨的地方，都留下了点状的斑痕。

在河湾村，最不怕水的人是赵老大和他的儿子赵水。赵老大摆渡了三十多年船，从没翻过船。据说他能在河水里待上一整天而不露出脑袋。他的儿子赵水发现了他潜水的秘密，却从不揭穿

226

父亲。有一次赵水口含芦苇在水里待了两天，出来时身体胖了一倍。他爹没有揍他，反而佩服了他的水性。

*   *   *

赵老大的方脸上胡子茂密，虽然常年戴着一顶特大的草帽，但还是经不住日晒，整个脸看上去像是黑人；他的儿子赵水也是方脸，也戴一顶特大草帽，也被晒得黝黑，除了年龄差距，父子俩看上去像是一个人。人们常有认错的时候，有时人们冲着对岸喊，赵老大，把船摆过来吧，结果过来的却是赵水；有时喊，赵水，把船摆过来吧，结果摆船的既不是赵水，也不是赵老大，而是一个水神。遇到这种情况，人们就面面相觑，默不作声。

*   *   *

张文和赵水是同龄人。张福满和赵老大也是同龄人。只是赵老大的媳妇死了，张福满的媳妇张刘氏还健在，她染布的手艺不亚于张福满，后来她操持染坊，取代了张福满。

河湾村最巧的女人不是张刘氏，因为女人们都很巧，所以分不出高低。但张刘氏可以算是最幸运的人。多年前一个阴阳先生路过河湾村，一眼就看穿了张刘氏，指出她的前生是一只蚕，在她一同生长的那一筐蚕中，转世为人的只有她一个。村里人都认为这位先生说得很有道理，因为人们知道，张刘氏至今还留有一些前生的习惯，有时她在梦里吐丝，有时做茧自缚，有时用胳膊抱住自己。据说她十六岁以后，身体就熟透了，也就渐渐透明了，这些只有张福满知道，别人听到的都是一些传闻。

227

*　　　*　　　*

有关张刘氏的传闻真假难辨。她衣服上绽放的花朵都是她自己染的，有时开桃花，有时开菊花，有时开雪花。雪花融化后，衣服上只剩下靛蓝。河湾村的天空与靛有关。张福满种了七分地的靛，染布多时，靛不够用，转年他就多种一些。靛是一种绿色植物，叶子浸泡后可以做染料，用来染布。张福满接触靛比较多，可能是靛的颜色浸透了皮肤，他的血管是蓝色的。有一次他的腿被草叶划破，他急忙掩藏，但还是被人发现了，那天对门王老头正好经过，看见他流出的血，是纯正的靛蓝色。王老头感到了恐惧，从此经常说胡话。有时他在夜里睡觉时独自出走，在村子里转一阵，然后回去继续睡觉。他不知道这是梦游症。

*　　　*　　　*

王老头的女儿二丫为此非常担心，因为父亲经常在夜里出走，假如他不小心掉进井里怎么办？假如他过河时被水冲走怎么办？假如他一个人跑到北山上，到了山头继续往上走，进入了天空怎么办？假如他从天空回来时一脚踩空怎么办？确实有许多问题值得她担心。因此二丫经常失眠，每当父亲梦游时她都偷偷地跟在他身后，不让他发觉。一旦王老头发觉有人在后面跟踪，他就会疯跑起来，他跑的姿势简直是在飘，但他自己感觉不到是在飘。据说只有梦游者才能够跑出那种姿势，一旦他醒来，就变成了常人，与村里的其他人没有什么不同。每当人们提到梦游的事，王老头首先是不承认，接着红着脸走开，好像是一个做了错事的孩子。

228

*　　　*　　　*

为了父亲，二丫耽误了许多事情。她养了许多蚕，本来清晨应该上山采桑叶，往往因为睡不醒而耽误时辰。每天夜里她都要半睡半醒，监察父亲的动静，随时准备起身。由于夜里缺觉，早晨睡得很沉。不知道情况的人还以为她是个懒丫头，而实际上她非常勤劳、善良、聪慧。她养的蚕结茧又大又白，她纺的线又细又匀称，她织的布特别细密，布面不留疙瘩。一样的布，一样的裁缝，一样的衣服，她穿在身上就比别人好看。难怪张武对她有好感，有一次张武送给她一筐桑叶，这事张文不知道，张福满也不知道，只有细心的张刘氏略有察觉。因为张刘氏的前生是一只蚕，她对桑叶格外敏感。据说有时她背着人偷吃桑叶，然后在夜里吐丝。她有一件丝织的衣服，就是她自己吐的丝，自己纺的线，自己织的布，自己染的花样，那花样就是一片一片的桑叶。这件衣服她很少穿，只有特殊的日子才穿一次，然后藏起来，平常日子人们难得一见。

*　　　*　　　*

张武与张文判若两人。他们本来就是两个人。张文是哥哥，矮粗、壮硕、像个陶俑，随父亲。张武是弟弟，长得高挑、俊秀、帅气，随母亲。就其相貌和性格而言，他们的名字简直是取反了：张文没有文气，像个泥塑；张武没有武相，倒似一个书生。张福满对张文比较满意，张刘氏对张文和张武都满意，她认为两个儿子各有其长，只是她没有生养女儿，感到有些遗憾。她在梦里看见过自己的女儿，简直就是一个天仙。醒来后她想，她的女儿或许就在天上，也可能在地上。一次她看见一棵桑树特别好看，回家后与张福满商量，她想认那棵桑树为女儿。张福满点了点头。张刘氏第二天就找到了那棵桑树，抱住它说：女儿，妈看你来了，从今天开始，你就是妈的闺女了。桑树也同意了，在风中动了动叶子。就这样，她们成了母女。加上张文和张武，张刘氏从此就有了三个孩子，两个在家里，另一个住在山上。

*　　*　　*

有一段时间，张刘氏经常去看望她的女儿。由于村里人知道这棵桑树是张刘氏的女儿，也就不采它的叶子了，因而它的叶子比别的桑树茂盛。有一次张刘氏梦见桑树渴了，第二天就给它带去一瓦罐水，浇在树根上。当天晚上张刘氏又做梦，梦见桑树不渴了，高兴得在山上到处跑。她有些担心。她又去看望她的桑树女儿，果然发现这棵桑树离开原来的位置，跑到了另外一个山坡上。她就用一条五彩线把桑树拴住，另一端拴在一块大石头上。此后这棵做了女儿的桑树，多年以后做了村里另外一个孩子的干妈，以及另外一个孩子的干姥姥，却再也没有移动过。这是后话。

*　　*　　*

张刘氏借口去看望她的干女儿，在村里传达一种信息，希望有人给她的儿子说媒。尤其是大儿子张文，已经二十六岁了，还没有娶上媳妇。曾经有过一个媒人，奔波了几次，没有成功。张刘氏有一种紧迫感。她感觉日子过得太快，太阳几乎是从天上飞过去的，一晃就是一年，一晃又是一年。怎么能这么快呢？太阳和月亮就不能慢一点吗？她的这种想法与王老头的想法非常相

230

似。王老头就说过类似的话。有一天夜里，他慢悠悠地从炕上爬起来，飘飘忽忽到了外面，发现天边有一轮月亮，就追了过去。他追到了村外的青龙河边。凭他的勇气，青龙河根本挡不住他。他正要过河时，水神从河里站出来，拦住了他的去路。水神指着一个方向说：向那个方向走！于是，可爱的王老头就走了过去。那是一条回家的路。王老头沿着这条路一直走到了自家的屋里，躺在炕上继续做梦。那一次二丫睡得太沉了，没有发现父亲出走，因而也没有跟踪。

＊　　　＊　　　＊

据见过的人说，水神完全是由水滴形成，因此水神是透明的，在太阳下面也没有阴影。在水神出没的河段，从来没有淹死过人。有一次，一个外乡人过青龙河，不小心从船上掉了下去，当他在河里挣扎快要沉没时，只见一股水流从河里跃起，把他托出水面，一下子推回到船上。当时人们没有看清水神的模样，只看到了神迹的发生。船上的人们立刻跪下，称颂水神。水神是这条河的灵魂。

＊　　　＊　　　＊

赵老大与水神结拜为兄弟，他得到了保佑。赵水与水神也结拜为兄弟，也得到了保佑。但是问题出现了，从水神的角度论辈分，赵老大与赵水就打破了父子关系，成了平辈。如果往上推，赵老大的父亲赵流也与水神结拜过，也成了兄弟关系。这样，赵家三代都成了平辈人，说起来有些不通。但平时人们忽略这些，各论各的，互不关联，也就没有因为结拜而产生混乱。水神从不

231

计较这些，他是个有情有义的神。据说水神的妻子住在另一条河里，他们不常见面，却相互思念。

*　　*　　*

张文这个家伙干过一次蠢事。有一年春天，青龙河的水不大，他赶着驴驮子从外村收取布匹回来，当时赵老大不在，不能渡船，他便在一处水浅的地方蹚水过河。水神想帮助他，他断然拒绝，并与水神发生了争执，最后两个人在河里摔起跤来，两个人不分胜负，弄得张文浑身湿透。他们摔跤时，驴自己过河到了对岸。驴看见他们在河里较劲，止不住发笑，最后昂昂地叫起来，直到水神放弃了较量，它才停住叫声。

*　　*　　*

这件事也给张文增添了一些传闻，表明他力气不小，但不能说明他有水性。真是不打不成交，经过那次较量之后，张文与水神成了朋友，每次过河，他都试图寻找水神，显示一下自己的力气。每到春天，张文都要赶着毛驴到外村去收布匹，等到夏天收获了靛以后，开缸染布，秋后农闲时节再把染好花样的布匹分送到远近的乡村里，送到各家各户。因此，他是河湾村过往青龙河次数最多的人，也是远近村庄里比较出名的人。有的外村人称他为"小布郎"，有的叫他"小伙子"，叫他什么他都答应。

外乡人过河，每到秋天都要向船工交纳一些船粮，可多可少，赶上年景不好，人们交不上船粮，赵家父子也不计较，来年继续摆渡，从无怨言。

张文与张福满有明显不同的地方，张福满怕水，张文不怕水，这已经通过与水神的较量得到证明。一般情况下，家里凡是与水接触多的活计，都由张刘氏承担。尤其是染布，张福满帮不上多少忙，他大多是负责架设木杆，拴绳子，晾晒等力气活儿，但也并不轻松。有一次，院子里正在晾晒染好的布，突然来了一场大风，把布刮到了天上，一直刮到天空的最高处。他们以为这些布肯定是回不来了，但让人奇怪的是，经过一天一夜的时间，这些飞到天上的布，一块不少地又落了下来，恰好落在了晾晒它们的木杆子上。张福满看到这情景后，笑了，露出了他的大板牙。张刘氏几乎不敢相信这种奇迹，她口中默默地念叨着什么，别人没有听清。

自打那次布匹飞上天空以后，有一些布匹上的花纹就印在了天上，几个月内不消失。当时人们打听河湾村时，外村人就指着天上那片花纹说：看那儿，正对着那片花纹的下面，就是河湾村。那段时间，河湾村因此很有名。

有时，遇到外乡人打听道路，人们看见青龙河里有一群孩子在洗澡，就指着这些孩子说，那些洗澡的孩子就是河湾村的。也有的说，坐船过了河，就是河湾村。

孩子们确实经常在青龙河里洗澡。他们在青龙河的浅水里洗澡,不敢到深处去。整个中午,他们都泡在河里,发出尖厉的叫声。有时他们也能在洗澡的时候抓到鱼,但是抓不到大鱼,因为大鱼从来不到浅水地方去;同样,小鱼也不敢到深水里去,因为小鱼的游泳能力差,弄不好会被淹死。记得有一年夏天,青龙河涨水,有许多鱼被水淹死,河湾村的人拿笭筐到河里捞了许多鱼,回去烧吃、煎吃、炖吃,一次吃个够。一个妇女吃到一条肚子里满是鱼籽的鱼,由于她的消化能力差,没有把鱼籽完全消化掉,结果怀了孕,五个月后她生出了一条小鱼。这件事虽然很隐秘,但还是走漏了风声,成为村里人的谈资,念叨了好几年。

*　　　　*　　　　*

对于女人生出小鱼这件事情,也有人带有疑问,不完全相信。二丫就是其中的一个。她听到这个传闻后只是笑。她笑的时候总是用一只手捂住嘴。她不是怕别人看见她笑,也不是她笑得不够好看,而是源于她养蚕时形成的一种习惯。有一次她面对蚕笑,正好一个喷嚏没有憋住打在蚕身上,蚕就受到了惊吓,从此不再吃桑叶,也不再生长。后来这些小蚕自己溜掉,跑到院子里的一棵槐树上去,吐出长长的丝,把自己挂在树枝上。她看到竟然有那么多小蚕挂在树枝上,既惋惜又吃惊。这件事被村里人传开,引来许多人观看。有人说,像个吊死鬼。后来,人们就把这种吊在树上的小蚕叫作吊死鬼。二丫感到这件事情有些不吉利,王老头也这么认为,转年就把这棵槐树砍掉了。但树桩没有及时挖掉,还是留下了一些后遗症。每到春天,这个不死的树桩就冒出一棵新芽,芽子一生出来就有吊死鬼在上面打提溜。把这个绿虫子捉掉,第二天又生出一个。张刘氏建议,把这棵芽子掰掉。

王老头掰了，可是第二天还会长出另外一棵新芽。有人建议把这个树桩挖掉算了，但在开挖之前，不是有事打岔，就是准备挖树桩的人生病了，总之就是挖不成。后来人们不敢再提这件事。

*　　　　*　　　　*

去年春天，季节的长度超过了往常，把夏天都给挤占了。人们很长时间处在困倦的状态中，多梦，疲乏，四肢无力。人们盼望来一场春雨，可能会好一些，但效果甚微。雨是下了，雨后的困倦也增加了，有的人一睡就是两三天，耽误了许多事情。比如二丫，她的蚕必须吃到新鲜的桑叶，她连续睡两天觉，蚕就会挨饿。而王老头只顾夜里梦游，根本帮不上二丫的忙。那时张武还没有给二丫送过桑叶。那时张武见了二丫，只会跟二丫开玩笑，说完他们两人都笑。

*　　　　*　　　　*

二丫是大丫的妹妹，大丫出嫁早，嫁给山里一个憨厚的人。在她出嫁之前，她的母亲就死于一场伤寒病。那年月生活困难，王老头就带着二丫艰难过日子，没有续上后老伴。大丫有时回家看看，给王老头和二丫带些好吃的，所谓好吃的，就是桃、杏、李等水果。二丫长得比大丫细致，手工活儿也做得细，笑的时候用手捂着嘴，捂着嘴也好看。

*　　　　*　　　　*

大丫每次回家，她走的山路都会多出几道弯。有一次她路过一片庄稼地时，天黑了，她走了一夜，等到天蒙蒙亮时，她累得不行了，坐在一块石头上，发现自己一整夜都是在原地打转，根本没有走出这块庄稼地。后来她回忆说，那天黄昏时她遇到了一股旋风，在她的前面走，她跟着这个旋风走，结果就进入了迷魂阵。

张刘氏也有过一次这样的经历。后来她想出一个办法，走夜路时随身带着一个五彩线球，一路放线，就可以找到回家的路。她的这个办法虽好，但不好实施。路越远需要带的线球越大，一般人家哪有那么多的线呢？所以她的这个办法从来没有人使用。

*   *   *

赵老大很少出远门，他的大部分时间都漂在青龙河上，因此他很少迷路。他之所以叫赵老大，是因为他是老大，他还有一个弟弟。他的弟弟叫赵之光，早年就闯了关东，刚去时还有些消息，后来就音信全无。赵老大也不叫赵老大，他的真名叫赵之郢，因为这个"郢"字很少有人认识，经常有人叫他"赵之呈"。后来人们干脆就不叫他的名字了，就简单称呼他赵老大。赵老大说，一个船工，叫我什么都行。正如王老头也不叫王老头，王老头的名字叫王叔。最早，平辈和长辈的人们不愿意叫他叔叔，自然就不叫他的名字，慢慢地，天长日久人们就把他的名字忘了，后生们还以为他就叫王老头。

王老头走路好点头，有人说他的梦游症与点头有关。你想，老是点头，脑袋就容易震动，震动次数多了就容易出毛病。他自己不承认。他连自己梦游都不承认。他做过的梦，第二天早晨全部忘记，他怎么能承认。

张文承认自己爱做梦，但他从来只做一个梦，都与收送布匹有关。

张文经常赶着毛驴去外村收布匹。他收来的布匹是人们手工纺织的白布，有的布薄，有的布厚。细线织的布就薄，粗线织的布就厚。不是所有的女人都能纺出细线，同样的棉花，不同的女人，纺出的线粗细也不同。二丫纺出的线就很细，均匀，不容易断开。二丫有时彻夜纺线，灯油耗尽了，她借着月光也能纺。月光也耗尽了，棉花也纺没了，她就在黎明时分上山采桑叶。她养了许多蚕，也看见过缫丝的人从蚕茧里抽出丝来，但她没有纺过丝线，也没有用丝线织过布，也没有穿过丝织的衣服。丝，对于她来说是一种梦想，有着不可探知的神秘性。而张刘氏从前生开始就深知这其中的秘密，但她不说。张刘氏本身就是个秘密。

*　　*　　*

张文身上的秘密也不少。按理说他的家境也不错，家里有染坊，父母也都是殷实人，可他为什么二十六岁了还没有娶上媳妇呢？究其原因大概有几种：一是他长的太憨；二是他罗圈腿很严重，两条腿之间有一尺宽的缝。为了治疗罗圈腿，有人给出过土办法，睡觉时用绳子把两条腿捆起来，他试过一段时间，没有起作用。张文还有一个特殊的地方，那就是他的心脏长在右面，而且跳起来特别响，离他几尺远都能听到他的胸脯里传出擂鼓一样的声音。咚，咚，咚，张文来了。有时也不一定，咚，咚，咚，张文他爹张福满来了。张福满走路的声音与张文心跳的声音基本相同。

由于这些原因，张文至今还没有娶上媳妇。媳妇啊媳妇，媳妇已经成了张刘氏的一块心病。

＊　　　＊　　　＊

张文还有一个秘密，他今天做过的梦，明天还做这个梦。也就是说，他从小到大只做过同样的一个梦。可怜的张文，从来没有做过另外的梦。

＊　　　＊　　　＊

有人传说，张文也是泥做的，但一直拿不出有力的证据。人们分析，他的心之所以在右面，肯定是当时安装错了。还有，他的腿弯到那种程度，是因为当时泥太稀，刚做好就让他站起来，两条腿是软的，根本撑不住身体，所以把腿压弯了。说这些话的人都是在猜测，看似有道理，却证据不足。有一天，张文出生时的接生婆站出来说，张文确实是张刘氏亲自生出来的，是我接的生，我可以证明；只是他出生时身上裹着一层黄泥，这一点我也可以证明。人们就信了，此后不再有人提及此事。人们承认了张文，是一个真正的人。

但事情既然已经传出去，就会越传越多，越传越离谱，很难收拢。离河湾村越远的人，传说得越荒唐。据说有一个村庄，传说张文的全家都是泥人。说女娲当初用泥土做人时，做得实在累了，就躺在地上睡着了，等她醒来时发现这个世界已经过了千秋万代，人民已经遍地，繁衍不息。女娲就把身边剩下的一块泥

238

巴，随便捏了几个人，后来这几个人就组成了一个家庭。张文收取布匹时到过这个村庄，人们见他到来，男女老幼都出来看他，有一个妇女还走到他身边，试图把他的耳朵掰下一块，看看是不是泥巴，但张文躲得快，没有掰掉。

＊　　　＊　　　＊

张武也是张福满这个家庭的主要成员，现在看来不提一句是不行了。张武虽然比张文小几岁，但也超过了结婚的年龄。按人品和相貌，他都出众，完全可以娶一个好看的媳妇。但河湾村的规矩是，老大没有定亲时，老二不能先定。如果老二先娶了媳妇，老大将永远娶不上媳妇。张福满是个糊涂人，他的泥巴脑袋基本不想这些事，而张刘氏是个要强的女人，她决不放弃老大的婚事。所以张武必须等待，等待哥哥订了婚，他才能谈婚论嫁。张武对于婚事似乎也不太急，因为他对二丫心有所念。这一点张刘氏有所察觉，但她不想点破这件事，她只是心中暗喜。她的暗喜是藏不住的，因为她一高兴，身体就微微透明。

＊　　　＊　　　＊

赵水在河湾村以外的镇子里念过几年书，母亲死后就不念了，跟着父亲一块摆船。赵水毕竟念过书，在河湾村，他就算是有文化的人了。他对村里的各种传说半信半疑，有时不得不相信。有人问他，土里为什么能长出萝卜？他回答不上来。又有人问他，天上为什么能掉下鱼来？他依然回答不上来。鬼为什么住在山洞里，有时又在村庄里出没？他都回答不了。就拿水神来说吧，他看见过水神，却从来没有看见过水神的媳妇，她究竟住在

239

哪一条河里？长的什么模样？这些都让他疑问重重。有一次，赵水问他爹，赵老大想了半天，回答说，等我给你爷托个梦，我问问他，或许他知道。赵水等了好几天，他爹告诉他，再等等吧，这几天我没做梦。

*　　　　*　　　　*

王老头却在不停地做梦。他说，我看见过张福满的血，是蓝色的。别人对他的话一概不信。但他确实是看见过张福满的血，确实是蓝色的。对此，张福满却坚决否认。他说，这怎么可能呢？我的血绝对是红色的。同样，他说的话，也没有人相信。

在河湾村，王老头和张福满都是糊涂人。

*　　　　*　　　　*

张刘氏对张福满有些不满，他一点也不关心儿子的婚事。但张福满的勤劳弥补了他的缺点。他春耕夏锄，秋天收获，冬天砍柴，没有清闲的时候，虽然有儿子张文和张武帮助，但主要的活计都是他去干。他有过人的力气，他不服老。这与他什么都敢吃有关。他除了吃饭比别人多，有时也吃昆虫。他吃过蝻虫，从地里刨出来的黄色的大拇指大的蝗虫，他烧吃；地上飞的蝗虫和蚂蚱，他也烧吃；有时他从墙缝里挖出土鳖，不经任何烧烤，捉住后直接放在嘴里吃掉。此外还有蜘蛛、毛虫、刀螂等许多虫子，都在他的食谱里。有时他也吃土。他从山坡的岩石缝隙里挖出一些细腻的土，带回家后做成土饼，埋在炭火里烧吃。他吃剩下的土饼，有时也送给村里的孩子们，孩子们高兴地把这些土饼吃掉，回家后并不告诉大人们。其实，河湾村的人都吃过土，只是张福满吃的多一些。说张福满是泥巴做的人，似乎从这一点上找到了一些依据。可是许多人都吃过土，又让他们无法解释。对于无法解释的事，他们就归于神灵。

＊　　　＊　　　＊

河湾村确实出现过神灵。

有一天，赵老大的堂兄赵之帝在北山采桑叶时，发现一只兔子，他想抓住这只兔子，就开始追，当他追到半山腰时，兔子就变成了七只，全是白色。他追得大汗淋漓，一个也没有追上。回到家后他就睡了三天三夜，一直说胡话。家里人请来一位先生给他看病，先生肯定地说，赵之帝冲撞了七仙女。人们恍然大悟，知道那七只兔子原来是七仙女的化身。起初，有一位长者带着香火到北山去烧香，后来烧香的人越来越多，村里的好多人都去烧香。这件事情很快惊动了附近的乡村，一时间来北山烧香的人络绎不绝，河湾村也因此招待了许多亲戚朋友。有的家里十几天内一直处在辛苦的招待中。最苦的是赵老大和赵水父子俩，由于过河的人猛然增多，他们一整天来回不停地摆渡，几乎都要累垮了，好在赵老大的同族侄子赵禹出手帮忙，才减轻了他们的负担。

张刘氏是较早去烧香的一个。她在祈祷时问七仙女：我儿子什么时候能够娶上媳妇？七仙女给她暗示了一个"七"字。她回来后就想，"七"是什么意思呢？村里有人解释说，七年；有人说是七个月就会有消息；也有人说，说七次媒之后，才可能成。张刘氏迫使张文亲自到山上去烧香许愿，张文不情愿地去了，由于他的心不诚，结果他什么暗示也没有得到。

＊　　　＊　　　＊

大丫也听说了七仙女的事，回娘家看看，顺便烧些香。她祈祷父亲身体好，也祈祷公公、婆婆和她的男人身体健康，祈祷她养的蚕能结出好茧。二丫也跟着姐姐上山去烧香了，她祈祷的愿望非常简单，就是希望她养的蚕别在很小的时候就跑到槐树上去当吊死鬼。大丫听到二丫的愿望，笑得直不起腰来，说，你也不当着七仙女许个愿，将来找个好婆家。二丫的脸刷地就红了，说，姐，你说的什么呀。

大丫和二丫下山的时候，遇见了大丫小时候的伙伴秀子，秀子嫁到很远的一个村子，如今，身边领着一个丫头，肚子又大起来了，她们见面说了一阵话，就各自忙去。

＊　　　＊　　　＊

河湾村因为七仙女而热闹了一阵子。外村的姑娘开始羡慕河湾村，认为有七仙女的地方许愿方便，不用走很远的路。但七仙女并不总是待在一个地方，她们没有准确的居住地，有时在这座山上，有时又跑到别的山上。但通过七仙女的事，河湾村又增加了知名度，来这里的人都夸河湾村的风水好，背山环水，前面还有开阔的平地和树林。青龙河的对岸是一脉不太高的山，山没有名字，山下的沿河一带，凡是开阔一点的地方，或大或小，都有村庄。站在河湾村后的北山上，可以看到很远的地方。日落时分，青龙河在夕阳下闪着白光，沿着这条闪光的河流往下走，有另外一条河，与青龙河的水融合在一起后继续往下流。据说，水神的媳妇就住在那条河里，人们只是这么传说，但谁也没有亲眼

242

看见过。

*　　　*　　　*

王老头的亡妻王李氏的娘家，是青龙河下游一个叫河沿子的村庄。王李氏死后，亲戚之间基本没有走动，慢慢的就像没有亲戚一样，大家都淡忘了这件事。大丫和二丫很少提到姥姥家。她们到北山烧香的时候，往远处看，能够看到那闪着白光的河流尽头，隐隐约约有一些村庄。其中一个村庄，就是她们的姥姥家，但她们对姥姥家的记忆实在是太淡了，甚至说不存在感情。因为河湾村离河沿子村太远，从她们记事起，母亲就没有带她们去过姥姥家，所以不存在感情。大丫和二丫只知道姥姥家的方位和村名，当她们往那个方向看时，谁也没有细想，在多年以前，她们的母亲就在那个遥远的村庄里出生，长大，然后嫁到河湾村来，生育而后死亡，在这里的土地上永远安葬。

贰

七仙女的暗示果然灵验，祈祷过后七个月，一天，张刘氏正在家里染布，来了一个说媒的人。说北岔沟有一户李姓人家，有一女已经十八岁，名叫李巧，长得细皮嫩肉，又俊又巧，手工活儿也做得细致，人也勤劳善良。由于她的母亲得了痨病，为了治病已经欠下许多外债，急需要钱。你们家张文不是还没有媳妇吗？这不，机会来了，谁叫我心肠软呢，这不，我就跑过来给你们说媒来了。这不，我连午饭还没吃呢。

张刘氏抓住了这个绝好的机会，出了一笔大钱，果然就把

243

亲事给定下来了。相亲那天，张文骑在驴身上，两腿夹住驴肚子，从外面进来，在自家的院子里转了一圈，说事情太急，还要去外村处理一批布匹生意，拱手和相亲的人打个招呼，没有下驴就匆匆地出去了。李巧和她的父亲看见张文骑在驴身上，长相一般，但还过得去。尤其是他在驴身上拱手打招呼的架势，颇有一番风度。媒婆说，人家的生意做大了，这不，还要去外村呢。李巧和她的父亲当时被蒙住了。他们不知道张文骑在驴身上，巧妙地掩盖了罗圈腿，当时还以为他家的生意真的很忙。

等到新媳妇下轿，拜天地，入洞房，揭下红盖头等一系列仪式后，发现张文的罗圈腿时，一切都已经晚了。

＊　　　　＊　　　　＊

一个如花似玉的姑娘就这样进了张家，让全村的人都惊呆了。有人说张家娶了一个仙女，也有人说在梦里见过，她就是七仙女中的老七，她绝对不是凡人。

李巧知道自己上了当，入洞房后没有脱衣服就往外跑，但被堵在外面的张刘氏拦住。这天夜里，李巧一直在哭，张刘氏在门外守了一夜，她预感到有什么不祥的事情即将发生。

＊　　　　＊　　　　＊

张刘氏的感觉是对的。先是春天的一场山火烧了河湾村的一片山场，其中有她家的一部分，许多桑树和花椒树被烧毁。紧接着夏天的一场洪水又冲毁了许多土地，其中也有她家的一部分。河湾村遇到了几十年不遇的怪事情。人们认为张刘氏做了亏心事，欺骗了李巧，老天在报应。李巧听到这些传闻从不分辩，自从她嫁到张家后就很少说话，见人总是低着头，头上总是围着一块头巾。

＊　　　＊　　　＊

张刘氏见李巧过门已经半年多，仍没有怀孕，张文也是闷闷不乐，她深知其中的缘故，但她不敢直接过问。李巧经常回娘家，一去就是十天半月，她回来时必定是阴天，有时也下雨，河湾村里挨过雨淋的人说，有些雨滴是咸的，怀疑其中有仙女的眼泪。张刘氏从外村请来一位阴阳先生，想要制止事态的发展。先生用红纸写了三张符，每张符上都写上了李巧的姓名和生身年月，然后埋在张刘氏家门前一张，门后一张，李巧回娘家的半路一张。李巧不知道婆婆做的这一切，她走路的时候依然低着头，头上围着一块头巾。

＊　　　＊　　　＊

这些符发挥了作用。埋符过后几天，李巧又一次回娘家，她刚走到大门口，就遇到了一道雾蒙蒙的墙，她以为自己的眼睛出了问题；她继续走，行至半路时，又遇到了一道雾蒙蒙的墙。她的心顿时糊涂了，失去了方向感，迷迷糊糊地往前走，差一点儿走到山里去。好在这时一个砍柴的人路过，看见她往山里走，喊了她一声，她听到喊声，感觉眼前的雾突然间散开，心也明白了，她又找到了回家的路。

砍柴人感到很奇怪，心想，这个女子怎么了？李巧也在想，我这是怎么了？他们都不知道其中的原因。

245

　　张武察觉到母亲干了一些秘密的事情，但他不知道她具体干了什么。他劝母亲，千万不要做伤天害理的事情。张刘氏听他说这些，既不承认，也不反驳，她采取的态度是默不作声。自从李巧来到这个家，家里的人都很少说话，气氛非常沉闷。张文几乎不说话，他总是默默地赶着驴离开家，有时一去就是几天。有一天张武发现哥哥的耳朵上少了一块肉，问他怎么回事，他不回答，再三追问之后，张文才嘟哝了一声：是一个人掰掉的。张武看了看，耳朵少了一块，但并没有流血，他感觉有些纳闷。

　　张文整天赶着毛驴外出，总是空着手回来，母亲知道其中的原因，也不制止。她知道儿子的苦衷。实际上，夏天根本就不是收取布匹的季节，因为夏天多雨，布匹一旦被雨淋湿，就会留下斑痕。张文是在找借口，躲避这个家。他在附近的一些村庄里闲转，谁也不知他住在哪里，吃了些什么。这一切，船工赵老大和赵水看在眼里，心知肚明。因为所有的人想要离开河湾村必须乘船，但船工的嘴很紧，从不传话，也不多问。船工的规矩是，只摆渡，不问行人的去向。

*　　　*　　　*

　　夏天太热，人们减少了出行。过往的行人少了，赵老大让儿子上山采些药材，留下他一个人撑船。有空闲的时间，他就在河边或木船上编织草帽，编多了就拿到集市上去卖，这也是他摆渡之外的另一项收入。他从父亲那里学会的编织草帽的手艺，还要传给儿子赵水。除了卖出的草帽，每年他都要编织两个特大的草帽，留他们父子用。他戴的草帽像是小型雨伞，可以遮挡全身。但是这种太大的草帽在有风的时候是不能戴的，它会把人刮到河里去。每到刮风下雨的天气，他就穿上一件自己编织的蓑衣，戴一顶小草帽，站在船上，看上去像是一个草人。

赵水即使在摆渡时也很少这样穿戴。他偶尔也穿草鞋，但大多数时间是光着脚，只有在去镇上赶集时才穿上布鞋。因为他没有母亲，没有人给他们父子俩做鞋，布鞋对于他来说过于珍贵。

＊　　　＊　　　＊

有一年秋天，王老头到地里去收高粱，发现赵老大穿着蓑衣在山坡上立着，就走了过去，想向他讨一袋烟抽。当他走到赵老大身边时，发现这个人不是赵老大，而是一个吓唬麻雀的草人。王老头每说这件事情时，都笑，说，看我这眼神。

那时王老头还没有得梦游症，他说的话是可信的。自从他得了梦游症后，他就经常说在夜里看见火球，在北山坡上飘忽，他追过几次，都没追上。人们开始怀疑，也许王老头并不糊涂，因为许多人都看见过类似的火球，在不同的地方飘忽。有人说，那是狐狸在炼丹；也有人说那是鬼火，就在你眼前飘忽，可你就是追不上。赵老大年轻时就追过一个火球，眼见火球飘到青龙河对岸的一个村庄里，进入一家后不见了。第二天，听说那家里死了一个人。

＊　　　＊　　　＊

张刘氏委托邻居把这些神秘的故事讲给李巧听，指望她听到这些故事后，一个人不敢再回娘家。让张刘氏没有想到的是，这

247

样做所导致的后果与她的愿望恰好相反，李巧回到娘家后，不敢再回来了。张刘氏为了招回儿媳妇，又请来了阴阳先生，说明意图，先生当即表示，有办法让她回来。

先生用红纸写了一道符，并在符上写上了李巧的姓名和生辰，贴在窗子上。到半夜时分，先生口含一口水，喷在这道符上，把纸符喷出一个洞。他就对着这个洞，拉长声喊：李巧啊回来，李巧啊回来。但李巧并没有回来。

如此反复喊到第三个夜晚，李巧在娘家就睡不着了，就鬼使神差地起来，悄悄地上了路。但是走到半路却遇到了一堵雾墙，拦住了她的去路。她在一个地方转悠了半宿，一直到天亮，也没有走过这堵墙。黎明之后她又回到了娘家，张刘氏的愿望又一次落空。

聪明的阴阳先生在行法事时，忘记了不久前他埋在路上的第一道符，结果第二道符被第一道符给挡住了，真是智者千虑，必有一失。

做这些事的时候，张文没在家，但张武在子夜里听到了摄人心魄的喊声，吓得把头蒙在被子里，一动也不敢动。

＊　　　　＊　　　　＊

李巧没有回来，她的母亲花去了她娘家里最后一毛钱，咽了气。李巧哭得死去活来，随后大病了一场。她的父亲变成一截木头，三天以后才恢复了体温。

＊　　　　＊　　　　＊

秋天又一次降临了北方，天气变得清爽，人们忙着秋收，麻雀们已经吃得肥胖，地鼠们在生儿育女之后，忙着储存地下的粮仓。在河湾村，正是染布的好季节，但张刘氏却没有一点好心情。她的身体渐渐地暗下去，皱纹也多了许多，见了邻居总是绕开话题，不提李巧的事情。

随着年龄的增长，张武和二丫之间的来往多了起来，这给张刘氏带来了一丝希望。这个坚强的女人，排开众议，决定要翻盖房子，以便给张武结婚预备新房。她有这个想法已经多年了，现在，她必须行动了，她想用行动证明自己的能力，同时也振作一下这个家庭。她几乎不考虑张福满的意见，但必须得到他的支持。张福满说，行。张武也说，行。只有张文什么也没有说，他的内心里充满了窝囊。

*　　　*　　　*

二丫送给张武一条手巾，是她自己纺的棉花线，自己织的布，自己做的手巾。

今年，二丫在三婶的织机上挂了一些布。因为二丫的线有限，不值得自己单独织布，就与三婶合在一起织。三婶是个厚道人，多操劳一些，二丫有时间就去织一阵，有时顾不过来，几天不去织，三婶也不计较。三婶是个胖女人，吃不到好东西也照样发胖，她的厚嘴唇从来都泛着油光，看上去像个富家人。实际上三叔除了种地，农闲时上山挖些药材，家里没有别的收入，日子过得非常吃紧。往年，山地上那几棵花椒树，摘了花椒还能卖点钱，但春天的一场山火也烧到了他家的山场，要恢复这些树怕是需要好几年的时间。

二丫前年自己织过一次布，那时她才十五岁，三婶帮她经线，借给她织机，教她织布。三婶的头发盘成髻，贴在后脖颈上。她的脖子怎么晒也不黑，她的身子又白又胖，非常宽大，这

249

些年，从她身体里已经走出了好几个人。由于三婶在村里胖得出奇，人们不分老幼辈分，都叫她三婶，只有三叔不叫。三叔的名字叫王泽，是个厚道人。

论块头，三婶的身子里至少能装下两个二丫。二丫的腰特别细，有人说她的前世肯定是马蜂。他们这么说，二丫也不分辩，只是捂着嘴笑。

      *   *   *

张武看见二丫笑，心里就高兴。张刘氏看见张武脸上挂着笑意，也高兴了。

      *   *   *

张刘氏要盖房子的愿望越来越强烈。夜里，她睡不着觉，躺在炕上，开始算计盖房要用的粮食，木匠工钱，泥瓦匠工钱，铁匠打钉子和门钉锦儿的钱，木料钱。她自家的山上本来有很多松树，完全可以作为盖房子的木料，可恨春天这场山火，都给烧了。但这难不倒她，这些年她开染坊，省吃俭用，攒下了一些钱，给张文娶媳妇花去了一大笔，但还能应付盖房子。她越算越觉得这房子非盖不可。她计划把张文和张武住的正房翻盖一下，去去李巧结婚时带来的晦气，或许日子就好起来。再说，张武结婚最好要住新房。另外，她和张福满住的西厢房，屋里的墙壁还是几十年前用黄泥抹上去的，多年来已经被烟火熏得黑糊糊的，她要在上面抹一层白灰，要把屋子弄得亮堂堂的。东厢房还是做染坊，就不动了。想到这些，她又感到生活有了新的希望。

张刘氏想好之后，就放出话去，要买一些木料，结果河湾村各家各户存积的木料正好够用。没有多久她就备齐了木料。

＊　　　＊　　　＊

正在张刘氏张罗盖房时，让她想不到的是，铁打一般的张福满，被一场病给撂倒了。他得了伤寒病。整天打摆子，走路都不稳了，再也不像以前那样咚咚响了。张文的心跳声第一次超过了他爹的走路声。一天，大丫回娘家时给她爹带来二斤羊肉，王老头舍不得吃掉，让二丫熬了一碗羊汤给张福满送去，张福满喝了羊汤，出了汗。张刘氏又从邻居家找来一些隔年的干香菜，捣成沫，给张福满搓身子。张福满似乎感觉身上轻松了一些，但还是起不来。

张刘氏盖房子的计划只好暂时先放一放，等来年春天再说。

＊　　　＊　　　＊

李巧已经很长时间没有到婆家来了。虽然张文对于媳妇的一切已经习惯了，但这毕竟不是光彩的事情，娶了个媳妇，总也不在婆家住，这让张刘氏的脸上有些挂不住。她从村里请来两个能说会道的人，带上一些礼品，去了李巧的娘家，说些好话，想把李巧请回来。她的这一招确实很灵，李巧真的就回来了，但回来后，还是不和张文在一起住。据说李巧从结婚到现在，从来没有脱过衣服。有一个妇女说：李巧的身上长了许多虱子，我每天脱衣服睡觉还长虱子呢，她从来不脱衣服，能不长吗？但她的这个说法只是个推测，没有依据。实际上，李巧还真的没有长过虱子。据说李巧的身上有一种特殊的香味，她能分泌出一种带着香气的汗液，夏秋时节，蚊子都不能靠近。

251

说李巧身上有虱子的妇女是个豁嘴，她妈怀她的时候吃过兔子肉，她出生时上唇就有一道缝。

*　　　　*　　　　*

豁嘴住在三婶的东边。一个有月光的夜晚，孩子们在街上乱跑，尖叫，捉迷藏。等到夜深了，孩子们散尽了，三婶却在街上喊了起来。她家的小三没有回家，找到豁嘴家，豁嘴的孩子说没看见。三婶着急地喊起来。邻居们不知道出了什么事情，也都出来跟着一起找，都没有找到。

二丫也出来找，张刘氏也出来了，王老头也出来了，张武也出来了，令人感动的是，一向见人低头不说话的李巧也出来了，还有数不清的街坊邻居，大人孩子都出来了，河湾村一时间热闹起来，狗也参与进来，跟着起哄，不停地叫唤。但谁也没有找到。

等到后半夜，小三自己回家了。三婶问他，死人，你去哪了？都急死我了。小三说，他捉迷藏时在干草垛里睡着了，没有听见人们喊他。三叔上去就是一个巴掌，小三没有哭，而是把头贴在了母亲的肚子上。

*　　　　*　　　　*

李巧参与找小三，感动了很多人。人们背后议论她时，改变了原来的看法，见面时主动跟她打招呼，李巧有时也抬头说话，显得很随意。但这并不等于她已经和张文好了，他们夫妻之间依然分开住，没有一点和好的迹象。过了一阵，李巧又回娘家了，这一次是她的父亲病了，她必须回去，并且得到了婆婆的同意。

李巧过河时，看见赵老大戴着一顶大草帽，站在船上，像是一个大蘑菇。

风吹着青龙河沿岸的杨树，树叶黄了，有的叶子开始落了。青龙河的水有些回落，变得非常清澈，水浅的地方能看见鱼在里面游动。

*　　　*　　　*

张武抓住秋天这个时机，上山采集了许多榛子、秋子等坚果，然后拿到集市上去卖。每年夏天，在山杏成熟季节，他也有一些收获。但他没有采集过山枣，因为山枣需要加工去皮，很是麻烦。另外，采集山枣容易扎刺，这也是他不喜欢采的理由。山杏也需要去皮，与山枣相比，要简单得多。那时，家里种植的靛还没有到成熟期，染布用的那些大缸正好闲置，他就把采来的山杏放在大缸里，盖上盖子，闷上几天，杏皮就自动脱落，掉出杏核。

张武还会编织荆条筐，他的技术不太娴熟，与村里的赵之清相比，还差得很远。赵之清编织的时候，手法太快了，以至于旁观者看不清他的动作。他的手掌上有一层硬皮，轻易刮不破，但手背不行，经常被刮破，流出血来，流一点血，并不影响他编织的速度。

张武的编织技术就是跟赵之清学的。去年秋天，他编了一个又小又好看的花篓，送给了二丫，说是采桑叶用。二丫欣然接受了，却没有使用过。不是她舍不得用，而是这个花篓太小，装不了多少桑叶。

*　　　*　　　*

二丫采了一些蘑菇。她家从来不吃蘑菇，认为炖蘑菇费油。

253

她采来的蘑菇全部卖掉。有一次她在一片松树林里采蘑菇时，看见一个火红的狐狸，从她眼前从容地走过去，她蹲在松树后面一动都不敢动，她想多看一眼，可是狐狸翻过一道山梁，不见了。回家后，她说起此事，人们都不信，说，肯定是你眼花了，不可能有红色的狐狸。二丫也不敢相信自己了，她在想，我是不是在做梦的时候看见的？在许多人否定之后，她开始怀疑自己。只有赵水肯定了她。赵水说，他爹在夜里看见过红色的火球，可能与红狐狸有关。

*　　　　*　　　　*

赵水可能是看上二丫了，他摆渡时总要跟二丫多说几句话。他说，有人问我土里为什么能够长出萝卜？天上为什么会掉下鱼来？鬼为什么住在山洞里，又在村庄里出没？我真不知道其中的原因。二丫说，我也不知道，我爹可能知道。后来赵水真的问过王老头，王老头说，我也不知道，我爹可能知道，可是我爹已经死了多年。赵水陷入了迷茫。

*　　　　*　　　　*

秋忙季节，河湾村的男男女女都在忙碌，收割庄稼的、采集山货的，家家都有干不完的活计。王老头虽然夜里梦游，但白天还能干一些农活儿，他家的土地不多，山场上有一些桑树和花椒树，但在春天的山火中把花椒树烧了一部分。如果在往年，摘花椒时，大丫都回家帮忙，今年就不用了。大丫又怀孕了，她已经有了两个孩子，一男一女，肚子里这个孩子估计是个男孩。人们都说，女人怀男孩时会变丑，这一次，大丫的身体变了形，脸上长出了褐色的蝴蝶斑。

*　　　*　　　*

张福满病得不轻，几个月下来，身体瘦了一圈。张刘氏想办法给他调剂饮食，经过细心照顾，这个伤寒病人略有好转。为了加快好转，张刘氏请来阴阳先生，先生在院子前后看了看，说，你家后院的西北角有一个蛇仙，千万不要惊动她，否则你们还会有难。你们需要在夜深人静的时候，面朝西北烧香，连续七夜，病人就会好转。张刘氏一一照办，连续烧了七个夜晚。到了第七夜，张刘氏正在烧香时，发现一条一尺多长的青蛇从香案下面爬过去，钻出门槛就不见了。张刘氏吓得几乎失去了魂魄。过后她想，蛇仙真的显灵了，我们家的老头子有救了。她高兴得一夜没有合眼，第二天一大早就包了一个红纸包，托人送给阴阳先生一些钱。

*　　　*　　　*

张福满的病情有所好转，使张刘氏的精神又振奋了起来，她干起活儿来又有了精神。自从父亲病倒以后，张武就担当起染坊里的重活儿。尤其是晒布这项活儿，以前都是张福满来做，现在只有张武来干了。张文一直在外面跑，把染好的布匹送出去，顺便再收一些新的布匹，也不得闲。随着年龄的增长，张文的罗圈腿越来越弯了，他的心跳声音也越来越重。为此，他经常自己待在一处，因为他一进入人群，就使许多人受不了，不熟悉的人还以为村里来了秧歌队，实际上是张文的胸脯里传出的心跳声。

255

　　　　　　*　　　　　*　　　　　*

　　张刘氏要用行动振作这个家庭。她在不经与任何人商量的情况下，作出了一个重大的决定。

　　她看张武和二丫之间有些意思，就暗地里托了媒婆，试探性地去王老头家提亲。王老头也不与二丫商量，暗地里给大丫捎了口信。大丫回到娘家后，媒婆又来了、又走了，走了、又来了。他们背着二丫来来回回，经过几个回合之后，达成了初步意见。等到二丫听到一些风声时，王老头和大丫已经把这门亲事答应下来，只等待走个过场，通过一个正式的场合，去张家相亲。

　　二丫听到这件事就哭了。她的哭有多种理由。唯一值得庆幸的是，好在向她提亲的人是张武家，而不是别人家。

　　　　　　*　　　　　*　　　　　*

　　赵水暗恋二丫已经几年，但始终没有表露，听说二丫要相亲，他再也沉不住气了，向父亲表露了自己的想法。赵老大知情后立即找到媒婆，前去提亲。赵老大虽然是个船工，没有什么势力，但他也是一个谁都用得着的人。一般情况下，人们也不敢驳他的面子。

　　王老头为难了，一方面是已经答应的婚事，一方面又不敢得罪赵家，他在张武和赵水之间摇摆，犹豫不定。经过几天的苦思冥想，他想出了这样一个办法，这个办法不是由二丫自己选择，而是让张武和赵水抓阄，谁抓到了，就嫁给谁。

　　二丫听到这个消息，气得要疯了，她跑到山上去转了一天，晚上回来，王老头看都没有看她一眼。王老头认为他是一家之主，这件事情他说了算。

*　　　*　　　*

决定二丫婚姻的抓阄仪式，在张武、赵水、王老头、证人共四方在场的情况下举行。证人在两张纸上分别写上"成"和"不成"，做好了阄后，赵水迫不及待地抓了其中的一个，张武把剩下的那个握在手里，两个人谁也不愿先打开。最后的结果是，赵水抓到了"不成"二字，转身就走了；张武攥着纸团，眼里含着激动的泪水。

仪式过后，二丫知道了结果，又气又喜。她气的是父亲一点儿都不征求她的意见，喜的是终于被张武抓到了，她悬着的一颗心，终于落了地。

*　　　*　　　*

张武的相亲仪式在张刘氏的操办下正式举行。这一天，张刘氏的家里充满了喜气。张武穿上了一身新衣服，显得英俊帅气。张文留在家里，正好李巧也回来了，全家人都在忙活。张福满的病情也有一些好转，他能够坐起来了，脸上露出了笑容。

二丫在王老头和大丫的陪伴下走出了自家的大门。对于二丫来说，她小时候经常去的这个对门户，她今天去的意义非同寻常。河湾村对于相亲这种好事，是隐瞒不住的。各家各户的媳妇，不知都是怎么知道的，早早就出来看热闹。虽然相亲的双方都是同村人，没有一点神秘感，但是这些街坊邻居还是聚集在街上，要看个究竟。二丫在熟悉的面孔中走过，从自家到张家只有几步远，她感觉好像走了很久。这时，二丫的心跳得厉害，手也

257

不知放在哪里好，街坊嫂子们就想在这个时候逗她，她们站在街上，嘻嘻哈哈地故意说一些让她害羞的话，她几乎连头都不敢抬，红着脸，进了张家的大门。

＊　　　＊　　　＊

张武和二丫的相亲仪式一切顺利。从此，二丫就是张武未过门的媳妇了，只待适当的年月，择日结婚。在众多的婚姻中，二丫属于幸运者，她在父亲包办的情况下，居然找到了自己的意中人。

张刘氏实现了自己的愿望，她了却了一桩心事，有一种成功的喜悦。她计划，等张福满的病好了，过了冬，明年春天在春耕前就开始盖房，她一定要让张武在新房里结婚。她的这个决定鼓舞了全家人，张武变得更加勤快，每天帮助母亲染布和晒布，张文赶着毛驴外出。全家人都忙了起来，就连李巧也忙起来了，她担负起了一些家务，但是内心里还是深藏着抹不掉的隐痛。

张刘氏已经振奋了精神，她染起布来手脚很麻利，好像年轻了好几岁。李巧不知道婆婆身体的秘密，她惊异地发现，这些日子，婆婆的脸怎么有些透明？

＊　　　＊　　　＊

秋后的一天下午，跟随张文和他的毛驴，从村外来了一个胖和尚。这个和尚的脑门闪闪发亮，远远看去，好像头上戴着一个光环。他宽衣大袖，笑容和善，说话的声音近在咫尺，又好像来自远方。人们不知他来自哪里，他说他从来的地方来，到去的地方去。他在村里住了一夜，第二天早晨就起身走了，人们不知他的去向。

258

他看见张武时，笑了一下，然后摸了摸他的头，什么也没有说。他给张福满留下一包土，嘱咐他在七天内，每天分七次吃完。张福满吃了，吃完这些土后不久，他的病就好转了，他能够站起来了，不久就到处走动，有时还主动干一些较轻的活计。

张武订婚的喜气还未散尽，张福满的病又好了，这使张刘氏的身体差一点儿完全透明。

＊　　　＊　　　＊

就在张家恢复元气的时候，李巧不合时宜地提出离婚。张刘氏并没有惊讶，这是她意料之中的事情。在这个家庭，只要她不吐口，李巧就无法离开。她对李巧采取的是拖的策略，等李巧耗去了青春，磨掉了火气，她就会认命，生孩子，成为一个死心塌地的张家人。

张刘氏早已经下定决心，用漫长的时间泡熟李巧这块生菜，她一定要看到李巧给她生出孙子。她是这么想的，也是这么做的，所以她对李巧从来就不温不火，她要用文火慢慢地煎熬，她已经看透了李巧的命运。

张刘氏说：离婚？李巧说：是。张刘氏说：等我死后再说吧。李巧说：不行。

＊　　　＊　　　＊

整个晚秋，二丫都沉浸在幸福中，她开始按照张武脚掌的尺寸做鞋，做了一双又一双。做完了鞋，她又做鞋垫，做完鞋垫，她又要在鞋垫上用各种丝线绣花，她绣出了并蒂莲花，又绣戏水的鸳鸯。她甚至背着人，做了一套婴儿的小衣服，藏在家里。她想象着结婚以后的事情，想着想着，她的脸就红了，她就笑了，她笑的时候，即使没有旁人时也要捂着嘴，这是她的习惯。

＊　　　＊　　　＊

与二丫的幸福不同，赵水却陷入了痛苦中。自从抓阄以后，二丫就没有渡过河，因此赵水也就没有见过二丫，他把失落感归于自己的命运。他想，为什么我就不能早些提亲呢？为什么我就不能抓到"成"那个阄呢？他深深地责备自己，为此，他曾经打过自己的嘴巴。赵老大虽然懊恼，但他还是劝慰儿子，说，世上好女子还有很多，说不定谁家的闺女正在等着你。赵水想，一个萝卜一个坑，肯定还有一个好姑娘，在什么地方等着他。

赵水想开以后，也就睡着觉了，也能做梦了。他梦见了水神，去与他的妻子约会，他一边在河里奔走，一边放牧着鱼群。

叁

一晃秋天过去了，整个冬天，河湾村没有下雪。附近的村庄也没有下雪，青龙河的水面上结了冰。开春以后冰就融化了，河水瘦了许多，摆渡的赵家父子显得悠闲而轻松。在离人较远的树林外面，河面上偶有水鸟起落，没有人打扰它们的宁静。

由于秋冬的雨雪少，河湾村水井的水位在下降，最后居然打不上水来了，这是少有的事情。据老年人说，他们记忆中有一年，水井曾经干过，那一年兵荒马乱，人们不得已去河里取水。这一次，全村的人又一次面临了水荒，好在青龙河的水还在流，但由于离河远，吃水已经成了人们的负担。

井水干涸对于张刘氏是个打击，她要在春天盖房子的计划遇到了困难。盖房子用水量很大，到河里取水又远，而且全靠驴驮和人挑，水成了一个难题。人算不如天算，赶上这样的年景，人们只好听天由命。张刘氏不得已又一次推迟了计划，等待夏天或秋天再议。

＊　　　＊　　　＊

经过一个冬天的调养和恢复，张福满又变得强壮起来，走路的声音又像擂鼓一样响了，见人也有了笑容，经常露出他的大板牙。他觉得是他的病，耽误了家里盖房子的计划，他想干出一件漂亮的事情，弥补自己的过失。他说，我想打一口深井，有了水，春天照样可以盖房子。张刘氏出人意料地夸了他，他就嘿嘿地笑，板牙上闪着光。

张福满的想法得到了儿子张武的支持。说干就干，第二天他们就找来村里的两个壮劳力帮忙，在自家的后院开挖起来，而且进度很快。挖了三天，到了很深的程度，还是不见水。他们继续挖，又挖了好几天，他们在井的底部发现了巨大的硬壳状的东西，而且还在动。当他们细看之后确定，这是一个巨大的龟的脊背，完全坐落在井底上，而且很难确定其大小。据挖井的人说，这个龟的脊背至少超过一丈。他们吓坏了，赶紧把这个未完成的深井填起来。回填之后剩余的土堆积在井口的位置，形成了一个大土堆，像是一座新埋的坟。

＊　　　＊　　　＊

这件事情立刻在村里传开，引得许多人前来观看。人们确实有看的理由，因为这个土堆有时还在动，有人说，那是巨龟在井底下动。有时，人们感到周围的房子也有一些轻微的晃动。紧接着，就有人来张家的后院烧香，来的人越来越多，最后惊动了附近的乡村，人们都来这里烧香，把张家的院子挤得水泄不通，河湾村的街道上都挤满了人，一时如同热闹的集市。有些买卖人干脆就在河湾村的街上支起摊铺，卖起了小吃。多亏这些卖小吃的，否则仅仅是吃喝招待这一项，河湾村就可能招架不住。

出了巨龟事件以来，张家根本无法过正常的生活，整个河湾村都受到了牵连。可是张刘氏却并不认为这是麻烦，她认为这么多的人来到她的家里，是在为她的家增添人气。她热心地招待远来的人，给他们烧水喝。几口染布用的大缸正好闲置，用来盛水。村里专门有人到青龙河里担水，据说一个小伙子身体有些弱，担水累垮了，躺了好几天。

*　　　*　　　*

在这场巨龟事件中，二丫一直在张家帮忙，也累垮了。她感觉胸脯有些痛，有时伴有咳嗽。赵老大和赵水父子俩意识到，靠人力摆渡非累死不可，于是就在河面上架起一道临时的木桥。好在这个春天河水很少，河面也缩减到最瘦的程度，架桥的难度不大。他们虽然不摆渡了，但照样守在船上，万一有人从桥上掉下去，以便及时打捞。

巨龟事件过后的许多日子里，河湾村里一直弥漫着一股臭气。当时人们找不到原因，后来终于发现，是外来的人太多了，排泄在旮旯里的粪便太多，村里的狗一时消受不起，吃不完，经过春天的太阳加热，臭气就弥漫了河湾村的整个天空。后来就招来许多苍蝇，苍蝇越来越多，方圆几十里甚至上百里的苍蝇都聚集到河湾村来了，一时间苍蝇遮天蔽日，白昼如同夜晚，嗡嗡声昼夜不停，以至于人们夜里无法睡觉，白天无法出行，甚至耽误了春耕。苍蝇不仅在河湾村的土地上吃喝玩乐，而且还留下了后代。让人庆幸的是，这些老苍蝇和后代苍蝇，并不总是腻歪河湾村，它们吃完了这次大餐，消耗掉了河湾村所有的残渣剩便，不知在哪一只苍蝇的带领下，全部飞走了。它们集体撤退的那天十分壮观，只见一片黑云从天空散开，河湾村的上空露出了期盼已久的太阳。

*   *   *

整个冬天和春天，李巧都是在娘家过的，河湾村发生的事情，她都听说了，但她始终没有回来。她真的不想回来了。她一想到那个罗圈腿的丈夫就心烦。她甚至想到了死，要不是牵挂多病的父亲，她真的就死了。她想到了多种死的方式，她的大部分时间都是在设计死亡的方法中度过的。只有在睡梦中，她才偶尔避开死亡的阴影，回到自己欢乐的童年。

与李巧的逃避相反，二丫却过得很甜蜜，整天处在幸福的期待中。她构想着自己崭新的生活，她希望那幸福的一天早些来临。可是，她的咳嗽病还是不好，胸脯也偶尔疼痛。她想，等家里的这些蚕结了茧，就去镇上，请先生看看病，然后歇一段时间。

二丫今年养的蚕不多。由于春旱严重，桑叶长得很小，不像往年那样茂盛。有一次她上山打桑叶时，看见张刘氏正在给她的桑树女儿浇水，就走了过去，张刘氏见是二丫，就高兴地迎上去，说，要不，你把我闺女的叶子也摘了吧。二丫说，不了，这些就够吃了。张刘氏执意相让，二丫还是谢绝了。自从张刘氏认这棵桑树为干女儿以来，村里人就没有谁采过上面的一片叶子，人们已经把它当作了一个女孩子了。

临走，二丫帮张刘氏提溜水罐，与未来的婆婆一起，说说笑笑回了村。

＊　　　＊　　　＊

这个春天，严重的干旱，加上苍蝇干扰，影响了春耕，地里的秧苗出来得很晚，又弱又黄，像是有病的孩子，看上去几乎没有成活的指望。但人们还是努力在挽救，男人们从青龙河里担水，浇在苗根上。三叔这些日子病了，三婶就去河里担水，她虽然很胖，但毕竟是个妇女，力气有限。她累得已经直不起腰来了，还在硬挺着，这个时候，她必须挺住，因为全家人一年的吃食，就指望这些小苗了，如果这些小苗被旱死，明年怎么过？

这些日子，由于劳累，三婶出了许多汗。有人看见三婶全身的毛孔像温泉一样往外流水，她的身体很快就瘦了下去，变成一个干瘦的人；但她及时喝了足够的水，立刻又恢复为胖婶，浑身充满了胖肉，走起路来浑身发颤。

熟悉三婶的人都知道，她离不开水。她平时出门，手里总要提溜一个水罐，以便随时补充身体流出的水分。若是看见张刘氏提溜一个水罐的话，那她一准是上山给她的桑树女儿浇水去了，对于那棵桑树，她是一个合格的母亲。

＊　　　＊　　　＊

春天干旱，天气开始发燥，人们变得非常慵懒、困倦。劳累一天的人们，吃过晚饭后早早就睡觉了，到了早晨还不愿苏醒。有人在夜里做梦，有人不做梦。第二天，做梦的人就说，我夜里

264

做了梦；没有做梦的人就说，我夜里没做梦。刚开始，他们之间互不理解，逐渐产生了分歧，甚至发生了争执，后来又平息了，邻居还是邻居，长辈还是长辈，并没有因为梦而伤了和气。但也有因为梦而生分的，比如赵之清的媳妇吧，在梦里被邻居家的大嫂骂了一通，醒来后就觉得不对，马上去邻居家说理，搞得邻居大嫂莫名其妙，不知所以。

这时节，不光人困倦，青龙河滩上的水鸟也困倦，它们在水面上飞累了，就趴在河边的沙坑里打瞌睡，阳光照在它们身上，暖融融的。不管它们睡得多么沉，也不用担心被人捉住。河湾村的人从来不捉鸟，即使看见水鸟飞走了，光溜的沙坑底部挤着几个小鸟蛋，人们也不把它们捡走。有一次一个淘气的孩子从河滩里捧回几个鸟蛋，正想煮了吃，被他妈发现后，立马让他送了回去，并吓唬他说，吃了鸟蛋，拉不下来屎。因此，水鸟在河湾村是安全的、幸福的，可以放心地打瞌睡，一般情况下没有人去打扰，除非它们自己有了孩子，被张嘴要食的婴儿吵醒。

由于干旱，卷着叶子的柳树枝条无力地下垂着，风来了都不想飘。它们晒在太阳底下，无处躲藏。在它们稀疏的影子下，束着细腰的小蚂蚁忙着在地上找食，并在附近安了家。从它们翻出的小土堆就可以断定，是一个什么样的家族，家里大约有多少成员。有时，一两个蚂蚁也能安一个新家，小小的土粒被翻出，里面的空间还很小，尽管只够一对新婚的夫妇居住，它们或许已经非常满足。蚂蚁的身子小，幸福也很小。这些，只有蚂蚁自己才能体会，人类对它们的生活和情感，知之甚少。

*　　　*　　　*

整个春天，二丫就像准备结婚的小蚂蚁一样，处在构筑小家

265

的幻想中，并积极地做着准备。

张武和张福满在为盖新房而准备石头和黄土，黄土是从北山的黄土坑里挖取，石头是从河滩里拣，然后运回家，堆垒在家门口。自从打井失败后，他们就等待时机，一旦天降大雨，解除了干旱，河湾村的水井就会恢复。等井里有了水，他家的老房子就可以拆毁，然后重建。

张文偶尔到外村去一两次，春天收取布匹的活儿不急，甚至可有可无，只有秋天才是染布和送布的黄金季节。有时他也到河滩里找些能够垒墙的石头，用驴驮回来。他的腿又加重了弯度，走路有些吃力，已经不能负重。在他的生活中，已经把李巧这个人给忘了，或者说忽略了，因为李巧总是住在娘家，即使就是到了婆家，也不理他。他已经对媳妇失去了信心，但他不想休掉她，因为一旦她走了，他此生就不可能再找到媳妇了。因此，他宁可坚持这个名存实亡的婚姻，也要拖住李巧。这样，在外人看来，他似乎就有了一些作为男人的尊严。

＊　　　＊　　　＊

这些日子，张文的一只耳朵有点痒。由于他的一只耳朵曾经被人掰掉过一块，虽然当时没有流血，但日后还是留下了一个疤，时不时就发痒。他的耳朵一发痒，过不了几天就会阴天，这已经成了一个规律。张刘氏急于盼老天下雨，就经常问他，最近耳朵痒了吗？他就回答痒了或是没痒。当张刘氏听说张文的耳朵痒了，非常高兴，说，下了雨，井里有了水，我们立即盖房。

随后的几天，确实来了一些云彩，天也阴了，雨也下了，只是下得非常少，连地皮都没有湿透，云彩就飘走了，人们空欢喜一场。但这毕竟也算是一场雨，总比没有一点雨要强。

266

就是靠这一点一滴的雨，庄稼居然没有死，还在地上坚持着，这让人们对收成还抱有一丝希望。

＊　　　＊　　　＊

又持续了许多天，张文的耳朵没有痒，天也就没有阴。据说上次下雨时，远处有一个村庄求雨了，那片云彩就给他们下个透，庄稼都绿了。村里的长者们认为，我们确实对不起老天，为什么不求雨呢，我们怎么就忘了求雨呢？他们就开始组织河湾村的男女老幼，到青龙河边去求雨。

求雨的那天早晨，全村的人都出动了，都光着脚，走到河边，在长者的带领下，一齐跪下，祈求苍天，祷告大地，然后给土地磕头。人们跪了整整一天，从日不出，到日已落，全村人就那么跪着，不吃，不喝。人们的嘴唇都干了，老人和孩子们都坚持不住了，但为了雨，人们还是挺了过来。

求雨过后三天，张文的耳朵痒了，随后就来了云彩，下了雨。雨不大，但又一次救了饥渴的青苗。老人们说，求雨还是管些用。

＊　　　＊　　　＊

关于春天的干旱，赵老大早有预感。初春的时候，他做过一个梦，在梦里，他看见水神渴了，端着碗到处找水喝。醒来后他就想，今年春天有可能干旱。他也曾跟村里人说过此事，但人们没有注意听，或者说不太相信。有时，他们对于是不是真的有水神也表示怀疑，他们说，那都是赵老大瞎编的，哪有什么水神。可是，真正见过水神的人都知道，那是一个水做的男子汉，只是他平时藏在水里，一般人无法看见。还有一些幸运的人，看见过

267

水神的媳妇，说她行走的时候水里就起波浪，她的身体完全由水滴构成，美丽无比。

＊　　　＊　　　＊

由于严重的春旱，张福满的皮肤上出现了一些裂纹，最初只出现在脚后跟上，是一些细小的纹路，后来蔓延到整个脚，并沿着腿部蔓延到了全身。夜深人静的时候，能听到他的皮肤开裂的声音。后来，裂纹逐渐加宽加深，变成了明显的裂缝。好在他穿着衣服，人们看不出来，但他的脸露在外面，还是能够看见。好在他的脸上胡子茂密，遮掩了一部分，但是他的额头和腮上毕竟不长胡子，还是能够看见。后来，他让张刘氏用针线把他全身的裂缝都缝起来，但毕竟还是留下了许多针脚和线头。最后，他想出了一个绝妙的办法，彻底根治了裂缝——他把浑身的裂缝都抹上了一层黄泥，每天抹三次，只抹了三天，就彻底平了，从此，这个春天他的皮肤再也没有开裂。

顺便在这里说一句，他的胡子从来不刮，长了就用镰刀割去。他割胡子的时候，有时镰刀钝了，就容易连根拔起，带出一些根须。据知情者说，他的每根胡子和身上的汗毛下面都长着细密的根须，这相当于在身体内部埋伏了一层防护网，即使皮肤有些开裂，身体也不会轻易破碎。

张福满是个神秘的现象，在人类乃至所有动物界，他是个特例。

＊　　　＊　　　＊

求雨过后许多天，河湾村出现了奇怪的事情。细心的人发现村里通往北山之间，多出了一条道路，而且这条道路还在不断地生长和延伸。这是一条新的道路，以前从未有人走过，如今突然出现，确实有些神秘。又过了一些日子，这条道路弯弯曲曲向上爬，已经接近了山顶。人们有些惊奇，不知道是什么人走在这条路上，究竟有什么用意。慢慢地，人们由揣测转为恐慌，又由恐慌转为忧虑，担心发生什么不测的事情。有人失眠了，很快，这种失眠传染了许多人，但道路并没有停止向上延伸。

必须弄清楚这条小路的来历和去向，否则河湾村将不得安宁。于是，赵家、王家、张家三族各出几个壮年，守在路上，昼夜监测。人们发誓，它就是一个鬼，也要找到它的行踪。

*　　*　　*

近些日子，人们都在失眠，王老头却睡得有滋有味。他睡到半夜时分，像往常一样，忽忽悠悠地起来，像飘一样溜出家门。他飘飘忽忽地走到北山脚下，走上了这条道路。夜里看守道路的人们看见他又在梦游，就跟随他，沿着这条道路往上走，上了北山。只见他沿着这条路继续往上走，快要接近了山顶。他走到了道路的尽头，继续往上走，道路就在他的脚下悄悄地延伸。这时人们恍然大悟，这是王老头走出来的路，他为什么要在梦游时走向山顶？

人们不敢惊醒他，只好悄悄地跟踪。这时有人用做梦一样拉长的声音问他：你到山上干什么去啊？他听到有人问他，就恍恍惚惚地回答：山顶上有一颗星星在等着我，我去见他。听到他的回答，人们感到非常恐惧，不敢再往下问。这时，人们仰头看见，山顶上真的有一颗星星，又大又亮，正向他们眨着眼睛。人们当即跪下，不敢再抬头。从此，所有看见这颗星星的人守口如瓶，在内心里埋下这个秘密，永不说出。

后来，这条通向山顶的道路，夜里经常发出微光，好像有人在上面走动。人们不知是王老头，还是神明。

*　　　*　　　*

（许多年后，那条通向山顶的路上，还有腐烂的树根在夜晚发出磷火，像是粉刷了几层月色，有些微微透明。）

*　　　*　　　*

王老头到底是人还是神，人们已经弄不清。后来人们任凭他在夜里游走，不再议论。二丫也不担心父亲的梦游症了，因为他出走了这么多年，都能自己走回来，从此她也不再跟踪。近期，她的咳嗽有些加重了，有时还伴有胸闷。她有些消瘦，尤其是她的腰越来越细了，好在她穿的衣服比较宽大，人们看不见她的腰，也就不担心她会折断。

王老头继续他的梦游，没有感觉二丫有什么变化，他感觉二丫像一个梦。

有时张刘氏遇见王老头，就开玩笑说：亲家，又做什么梦了？王老头就憨厚地笑笑，说，没，没做什么梦。

*　　　*　　　*

河湾村人的失眠症，随着夏天的来临不治而愈。雨水渐渐多起来，春天干旱的庄稼得到了滋润，迅速蹿起来，整个河湾村前的开阔地上一片绿意。人们从旱季的劳累中缓过气来，开始了夏季的耕作。

河湾村的井水又恢复到原来的水位，人们不再到河里担水吃了，家家都松了一口气。

张刘氏也振作起来，盘算着，在夏天动手盖房子，秋后就可以住进去。秋后操办张武的婚事，如果快的话，后年夏天就可以抱孙子。想到这里，她高兴起来，一不小心从嘴里吐出一口丝，但别人没有看见。

*　　　*　　　*

正在张刘氏设计家庭的远景时，河湾村来了一些兵，在村里过夜，然后走了。随后又来了一些兵。随后的几天一直有兵从村子西北的方向来，渡过青龙河往东南方向去。赵老大和赵水的摆渡任务渐渐加重。总有兵源源不断从村里经过，不知道从哪里来的这么多的兵，人们先是稀奇，随后意识到，不好了，可能要打仗，肯定要打仗，不然这些兵一直过，到底要干什么？村里有人开始埋藏东西，有人吓得睡不安稳，有人说听到了炮声，也有人上火了，听到了自己的耳鸣。

一天夜里，两个兵叫走了张福满，随后又叫走了张刘氏。时间不长，张福满和张刘氏都回来了，回到家后他们一直出汗。等汗落下去，变成了凉汗，他们才回想起在兵部里说了什么，他们说：是。是。是是。是。

*　　　*　　　*

在兵部里，张福满和张刘氏吓得走了真魂。兵说：兵要过很多日子，河上不能没有桥。张福满就说：是。兵又说：搭桥要用木料。张福满和张刘氏一齐说：是是。兵说：你们家里有木料。张福满和张刘氏又一齐说：是是。兵说：我们要征用一下这些木料，用来搭桥。张福满和张刘氏又一齐说：是是。兵说：那好吧，用过之后再还给你们。张福满和张刘氏一齐说：不用不用。后来又改口说：用用。

于是他们就回到了家里。后半夜就来了很多兵，把木料搬走了。张刘氏和张福满隔着窗缝，看着这些兵搬走了木料，在屋里没敢发出一点声音。

* * *

这些兵，一直过了二十多天，数不清有多少人。据说还有另外一条道，也在过，所过之处，粮食已经吃净。附近的村庄里人心惶惶，感到有什么重大的事情即将发生。

赵水已经被兵带走了，他走的时候，赵老大望着儿子，把嘴唇都咬破了，最终没有哭出来。后来，赵老大到亡妻的坟上烧了一把纸，说，儿子被兵带走了，我不敢拦挡。你放心吧，儿子到兵队里当官了，据说还是摆船。

不久，赵老大的亡妻给他托了一个梦，说，我放心。

赵老大的亡父赵流也给他托了一个梦，说，我也放心。

* * *

张刘氏病了一场。她的病是吓的，也是窝囊的，不过几天之后就好了。但二丫的病可不是吓的，她原来就咳嗽，最近更加厉害了。她一直想去镇子上看看，张刘氏也提醒过她，但她一直没有去。她说等过完了兵，就去镇子上看看，顺便把蚕茧卖掉。

272

有一个兵看见了二丫的腰，二丫瞪了他一眼。有一个兵看见了张福满身上的泥巴，张福满顺手就搓了一把送给兵，兵随即抛在地上。

＊　　　＊　　　＊

张刘氏经常去看望她的木料，她的木料架在河面上，已经成了桥的一部分。有时她走到近处看，有时在远处看，后来她就不看了，她知道过完了兵，木料也不能用了，因为木头已经被水泡得湿透，有的还变了形，至少需要几个月的时间才能晒干。她盖房的计划，只好推迟到秋天了。她想，秋天也好，秋天就不染布了，全力以赴盖房子。盖完房子，就给张武和二丫办婚事，明年的秋天照样可以抱孙子。

＊　　　＊　　　＊

兵还未过完，一天夜里下起了雨。雨越下越大，不打雷，不刮风，一直下到天亮。早晨有人在街上呼喊，青龙河涨水了！张刘氏赶紧叫起了张文、张武，顶着大雨去看青龙河。张福满不能去，他会被水泡软。他们没有到达河边，就见河面已经宽了几倍，上面根本没有什么桥，桥，早已不见了踪影。他们站在雨中，看着青龙河。张刘氏是怎么走回去的，她自己也不知道。

后来的兵所剩不多，都是赵老大摆渡过去的。直到最后一批兵离开青龙河，张刘氏也没敢到兵部里去说木头的事。她流了几次眼泪，都没有让别人看见。每有村里人提到木头，她就说：真是没有想到，一夜之间，桥就没了。倘若有人再往下说，她就打岔，或者走开。

张刘氏盖房的计划，随着一次青龙河涨水，暂时破灭了。但她不是一个轻易就能击垮的人。她在考虑重新置备木料，重新制订时间表。她想，房子一定要翻盖，媳妇一定要娶到家里，这些都不能变。张福满也随声附和地说，是，不能变。但他说这话的时候，心里没有任何打算。

张刘氏算了算，说：秋天，盖房子。其他人都听着，张文往后退了一步，看了看自己的罗圈腿。他的发痒的耳朵没有及时预测出这场水灾，以至于冲走了木头，他感到自己有不可推卸的责任。

＊　　　＊　　　＊

大水之后的一天，李巧从她的娘家回来了，她已经哭肿了双眼，人也似乎老了几岁，漂亮的额头上出现了一丝细微的皱纹。她回来后什么也没有说，只是默默地干活儿，别人也不敢过问。

后来，张刘氏从另外的渠道打听到了一些底细，知道李巧的父亲去世了，她的家空了，她失去了最后一个亲人。

张刘氏想安慰李巧，但想了半天也没有找到合适的话语，最后她走到李巧的身边，第一次试探性地伸出手，摸了摸李巧的头发。李巧没有躲闪，而是看着她，眼里含着眼泪，却最终没有让它流出来。

＊　　　＊　　　＊

过兵之后，河湾村的粮食已经所剩无几了，而新粮还未到收获的季节，人们陷入了饥荒。有的人上山采些野菜，熬成糊糊，有几户人家经不住饥饿，已经出去讨饭。张刘氏家里虽然有些积蓄，也快顶不住了，他们偶尔也到山上去挖野菜，用以充饥。后来人们发现青龙河的小分汊里，总能抓到一些鱼，就是这些躲避混水的鱼，在人们快要撑不住的时候，救了河湾村。

后来赵老大告诉人们，正在饥荒的那些日子里，他做过一个梦，梦见水神献给他一条鱼；而水神的媳妇及时从另一条河里赶来，给河湾村送来了鱼群。

这件事情以后，河湾村的人们似乎悟到了什么，第一次用石头给水神搭了一个庙，庙里供奉的是一碗青龙河里的水。

*　　　　*　　　　*

李巧无家可归了，只好在婆家住下，但她还是不理睬张文。她无法忍受张文那两条弯成圆圈的腿，也无法忍受他擂鼓一样的心跳声。人们有时发现她跪在地上，向上苍哀求，但她不知道求助于谁。有时她反问自己，这一切，难道就是我的命？有时她回家给父母上坟，跪在坟前，感到绝望，父母就在梦里告诉她，孩子啊，我们也没有办法，这就是命啊。

李巧呼天天不应，叫地地不灵。最后，她恨自己，父母已去，现在我已经无牵无挂了，为什么还不去死，了结这不幸的一生？

一天上午，她上吊了。在她快要断气的时候，张刘氏发现了她，她没有死成。她上吊这件事，震惊了全村。一个老太太看见她就哭了，说：孩子啊，认命吧，我也死过，但你命里不该死，死不成啊！

李巧想了很久，很久，她想的只有一个字：命。

275

＊　　　＊　　　＊

李巧没有死成，二丫却死了。这是一个惊人的死讯。

＊　　　＊　　　＊

像往常一样，二丫忙碌着家里的事情。她想，还要不要去镇上看看病？因为这几天，她的咳嗽突然好了，精神也爽了许多，她感觉自己有了力气，比任何时候都充满了自信。她收拾家务，上山采挖野菜，到青龙河里去洗衣服，还在油灯下做了两双鞋垫。她有一种幸福的感觉，等待秋天张家盖完了房子，然后就结婚。想着这些，她的脸时不时就红了，自打与张武订婚以来，她的两腮上一直带着幸福的红晕。

这天晚上，二丫做完了家务，在两家门口的中间，把做好的鞋垫送给了张武。张武在接鞋垫时，第一次摸了一下二丫的手，二丫立刻就缩了回来，脸上一阵潮热，心跳到了喉咙。二丫转身就走开，跑回了自己的家。她抑制不住内心的激动，她感到自己是世界上最幸福的人。

就在她沉浸在爱情的幸福中，她感到有些胸闷，突然咳嗽起来，仿佛有一股热流从胸脯里涌出，带着她全部的能量，无法抑制地向上翻涌。她本能地弯了一下腰，哇的一口喷了出来，她知道这不是别的东西，这是血，冲出了她的身体，带着她的生命。

没有人能够挽救，没有人能够制止，她倒在了地上。一个时辰以后，当她的父亲王老头、她的未婚夫张武，以及张刘氏、张福满等人围在她的身边时，她睁开了眼睛，看了看他们，安详地笑了，她笑的时候，用手捂住了嘴。她的笑非常迷人。

*　　　*　　　*

　　河湾村依然和往常一样，早晨升起炊烟，黄昏落下暮色，晚上露出微弱的灯光。从外部上看，没有什么变化，但村里少了一个人，也多了一个人。二丫去世后不久，村里赵家的一个媳妇生了一个小子，还有两个女人肚子也都大了，年内还将有孩子降生。

*　　　*　　　*

　　张刘氏翻盖房子的计划，随着二丫的去世而失去了意义，她暂时放弃了盖房子的想法，对生活和生命有了新的认识。夜晚，她常常睡不着觉，想着二丫的一举一动，想着村里曾经死去的人。她想到了自己的父母和亲人。想着想着，她就看到了自己的前世，那短促的从蚕宝宝到成熟结茧的过程。她继续往前追忆，物象就渐渐模糊了，让她无法分辨哪些是现实，哪些是虚幻的梦境。她想，经历中的杂事太多了，影响了她的记忆，使她忘记了许多不该忘记的事情。于是她就往后想，她想到自己晚年的岁月，想到在她去世以前，会有多少人从这个村庄里消失，又有多少人在哭声中降临。她想看见自己的来生，但她的视力恍惚了，她似乎看见了什么，又觉得一片迷茫，一切都不确定，一切都在变化和生成。

　　张刘氏陷入了沉思，而张武却陷入了悲愁。他变得沉默寡言，日渐消瘦，仿佛从他的生命中抽去了重要的一部分。这些日子，他想了很多、很远，有时他坐在北山上，从日出到日落，一坐就是一天。他甚至感觉不到时间的流逝，山水还是原来的山水，云彩还是那些飘来飘去的云彩，是虚幻而又短促的人生，处

277

在不断的丧失过程中。二丫还是二丫，但她已经过去；我还是我，但我已是非我，我已经成为另外一个人。

＊   ＊   ＊

按照祖上的规矩，二丫埋在了北山的一个山梁上，既不在王家祖坟里，也不在张家祖坟里，因为她是一个孤女，只能自己孤单地埋在一地。

孤女就是这样，既没有结婚，也没有孩子，她只有一个心上人。

张武经常去看她，她的父亲王老头也经常去看她，有人看她时，她就不孤单。

许多年后，当她的在世的亲人全部过世，人们已经不知道她是谁，也就再也没有人给她的坟上添土，时间长了，她的坟就会渐渐萎缩，最后被风雨磨平，上面长满了野草，风吹过去，草叶就来回地晃动。

<h2 style="text-align:center">肆</h2>

秋天，青龙河的水位处在最高期，偶有山洪带着泥沙冲进河道，使河流变得浑浊，但几天过后，河水就恢复清澈。赵老大的负担加重了，原来是父子俩摆渡，如今变成他一个人。赵水走后，只给他来过一次信，后来就没有消息了，他开始担心，有时做噩梦。他梦见赵水被人打死了，有时是一刀斩于马下，有时是一箭射透了前胸，有时被炮崩死，有时被火枪击中……他梦见了许许多多的死，总之都是死。醒来后他就想，梦都是反的，这说

明赵水还活着，他一定能够活着回来，哪怕是受了一点伤，也会活着回来。人们不希望打仗，为什么要打仗呢？打仗就要死人，那么多兵，都是些健壮的年轻人，死了多可惜，有的还没有娶媳妇，就被打死了，他们的父母肯定心疼。

*　　　*　　　*

自从二丫死后，王老头经常来到赵老大的船上，两个人在船上说话。有人过河的时候，赵老大摆船，王老头就坐在船上，往返都是如此，有时没有什么话题，两个人就那么坐着，一坐就是半天。有时天上下着小雨，赵老大戴着巨大的草帽，穿着蓑衣，王老头只戴一顶大草帽，他没有蓑衣，依然坐在船上。

这是两个孤独的人，都是中年丧妻，到了老年，一个是儿子走了，一个是女儿死了，两个人的命好像有许多相似之处，因此他们同命相怜。有一天王老头躺在船上睡着了，说起了梦话，他含糊地喊着：二丫，二丫。他喊着喊着就慢慢起了身，从船上走了下去。好在这时船在岸边，否则他将掉进河里。赵老大没有见过他梦游，吓傻了，坐在船上不敢出声。只见王老头飘飘忽忽地下了船，走在河滩上，还在喊着二丫。他走出河滩，向村庄的方向去了，可是不一会儿，他又飘飘忽忽地回来了，又回到了船上，慢慢地躺下来，继续睡觉，好像刚才什么也没有发生。赵老大看见他梦游的过程，感到既可笑又吃惊。

雨过天晴的时候，他们就坐在船上说话，太阳的光从天上洒下来，给他们的身上涂上一层光辉。这时，空旷的河套上，空气湿润而清新，往往有风从青龙河的水面生成，吹起一些波浪，然后带着一股爽气从船上擦过，吹向远处的树林。两个老头坐在船上，说着话，有时指指点点，更多的时候坐着不动。

＊　　　＊　　　＊

王老头想念女儿，已经到了发疯的地步。二丫死后，他的生活完全乱了套，没有人给他做饭吃，他只能自己做，因此很不应时，经常是饱一顿饿一顿。回到家里，也没有人跟他说话了，他就自言自语。有时他大声说话，人们还以为他家里来了亲戚，过去一看，原来是他自己在说话，不免让人心里发瘆。

王老头说的都是过去生活中发生的事情。好像他的生活发生了一次转折，又按原路走了回去，这样，他的现实就与他的过去重叠在一起，他相当于把自己的生活重新再活一遍，他有了两次同样的经历，同样的命运。

夜里，他还经常梦游。随着年龄的增长，他的梦游越来越娴熟，走的也越来越远，可是醒来后他就忘记了，说，我昨天夜里根本没做梦。

＊　　　＊　　　＊

有一天，王老头梦游回来的路上，跟来了几个人。他们是从远处来的，他们没有目的，也没有方向，只是往前走，他们是一些逃荒的人。河湾村的人们接纳了他们，给他们饭吃，给他们水喝，有的还给了他们衣服，然后目送他们离去。

一段时间以来，总有这样的人路过。后来人们知道，这些人不是逃荒，而是在逃难，因为他们的家乡已经打起仗来了，粮食已被吃光，兵荒马乱的，已经有不少人丧了命。

河湾村接纳的仅仅是一小部分，其他的村庄也是如此，到处都能见到逃难的人群。

张刘氏收养了一个逃难的丫头。这个丫头十二三岁，长得又瘦又小，干巴巴的，头发乱蓬蓬，里面还有虱子。张刘氏可怜她，就把她留下了，经过一番打扮，丫头干净了许多，但还是瘦弱不堪。村里也有收留孩子和老人的，一般留不了多日，因为他们的吃食也是靠啃青来维持，养不起外人。

张刘氏有她自己的想法，她想，收留的这个丫头虽然干瘦，但她的胎貌还不错，也许将来出息了，能够出挑成一个大姑娘。这样，张武的媳妇也就不愁了，相当于白捡了一个媳妇。想到这些，她有些得意，她觉得自己既做了一件善事，又成全了儿子的婚姻，岂不两全其美？

*　　　*　　　*

许多日子过去了，秋粮到了成熟期，但已经被饥饿的人们提前吃去了不少，剩下的庄稼收成有限，可以肯定，来年将是一个难过的年头。

自从张福满的伤寒病好了以后，他的饭量比以前还大了，每顿饭不吃饱，他就饿得难受。张文和张武又年轻力壮，正处在能吃的年龄。李巧又回来了，而且不走了，她已经没处去了。这些日子，家里又多了一个丫头，而且这个丫头非常能吃，这无疑加深了这个家庭的困境。张刘氏只有自己少吃，她吃很少一点饭就说吃饱了，但日子长了，她明显地瘦下去，体力也在下降，脸上的透明度消减了许多，甚至有些暗淡。

张刘氏宁可自己少吃，也乐意让收养的丫头吃饱。她想让丫头快些长大，然后挑明她的意图，让丫头跟张武成婚。

＊　　　＊　　　＊

张武又到二丫的坟上去了，每次去都给她烧一些纸。他看见坟上长出了许多草，就一棵一棵薅下来，带出的土撒在坟上，看上去像是一座新坟。张武想起二丫死的前一天，天空从来没有过那么晴朗，晚上月亮也是明亮的。那个夜晚，他怎么也睡不着，从心底里升起一种莫名的忧伤，搅得他心神不宁。于是他走出家门，沿着青龙河岸边来回走，他走了一宿，仿佛走了一生。后半夜，他看见一颗流星从天空落下，正好落在河湾村北山的一道山梁上，轰的一声，他感到脚下的土地都在震动。

那个夜晚，整个河湾村都震动了，但人们正在睡觉，不知道发生了什么事情。第二天，人们就忘记了此事，个别有记忆的人，也非常模糊，似乎是听到了响声，也感到了震动，但又似是而非，以为是在做梦。那时，人们确实是在梦中，只有张武目睹了这一奇异的天象。天亮以后，他上了北山，沿着流星落下的大致方位去寻找，想看个究竟。他想，或许能在地上看到一颗透明闪烁的流星。他找到了，他真的找到了这个落点，但是让他失望的是，他没有看到什么闪着光的星星，而是一块黑色的石头落在了黄土梁上，把地砸出一个大坑。他没有在意，人们也没有把它当回事，也就没有议论。

第二天晚上，二丫就死了。二丫就埋在那个石头砸出的坑里，用溅出的土，堆成了一座坟。

＊　　　＊　　　＊

（多年以后，这座孤女坟就没有人给添土了，奇怪的是，它不但没有缩小，反而在不断地长大，后来那道平墩墩的小山梁，竟异峰突起，变成了一座尖挺的山峰。这是后话。）

＊　　　＊　　　＊

最近，张刘氏沉浸在自己的美梦中。她看到她收养的丫头特别能吃，感到很高兴。她甚至盼望着这个丫头快些发育起来，最好是一夜之间长成一个大姑娘。粗心的张福满没有看出她的意思，以为就是收养了一个丫头。但李巧看出了婆婆的心计，她知道婆婆在算计什么，她开始暗暗地佩服这个日渐衰老的女人。

张刘氏的好梦没做多久，河湾村来了一个中年人，他找到了张刘氏，准确地说，是找到了张刘氏收养的那个丫头。他谢过张刘氏和他们全家，就把丫头带走了。后来人们得知，中年人是丫头的舅舅。丫头早已经许配给一个人家，准备在秋后给他们成婚。不想突然打起仗来，把人们冲得四散。好在丫头走的时候留下了一些线索，舅舅就找到了她，带回去了。这个干巴瘦弱的丫头，秋后就将变成一个媳妇，据说她的丈夫比她大十岁，是个庄稼人。

临走，张刘氏还送给他们够吃三天的干粮，一直望到没有人影了，还不回去。她像是做了一场梦。

＊　　　＊　　　＊

河湾村终于进入了秋收，各家各户都在忙碌。张福满和张文、张武都在地里干活儿，收谷子，割黄豆，砍高粱，扒玉米，出红薯。村前的开阔地上，村西的坟地周围，北山坡上的山地，到处都有收秋的人。驴驮的，肩扛的，挑担子的，推车的，收成

283

不多，费力不少，哪怕只有几个粒，人们也要收回来，人们知道来年是怎样的光景。从打下粮食这天起，人们就得省吃俭用，预备度过明年的饥荒。

张福满种了几分地的靛，由于夏天过兵，之后又兵荒马乱，人心惶惶，耽误了收割，靛都老了，收了一些泡在缸里，还没有开染。另外，由于慌乱，张文也没有收来多少布匹，张刘氏计划把收来的这些染了，送给人家，年内不再收布。张文的腿脚不好，也让他歇歇，一切都等待来年。

＊　　　＊　　　＊

就在人们收秋的忙碌中，王老头走丢了。他夜里梦游，走北道，沿着过兵的来路往北走，走到了远方。远方是云彩稀薄的地方，路渐渐细了，水渐渐浅了，他走到了梦的外面，被自己所遗忘。他一时糊涂了，忘了来路，也不清楚去路，他卡在了路的中间，不知所措。

王老头毕竟是个得到过星星接见的人，命运没有难为他，安排了一次巧遇。事情的结果是，大丫的一个远房亲戚在去北方卖牲口的归途中发现了他，把他带回到大丫的家里。他在女儿的家里住了几天，又回到了河湾村。

人们见到王老头又回来了，感到很神奇，就问他，你去哪儿了？他就回答，我去了一个不知道的地方。人们听到他的回答就笑，人们笑的时候，表情非常恍惚，好像做了梦，还没有苏醒。

＊　　　＊　　　＊

秋收过后，张刘氏染起了布，今年的靛不多，布也不多，她

284

染布的时候，李巧也帮了忙。李巧的身上依然散发着芳香。几年过去了，她在张家的时间有限，她很少说话，甚至从来没有笑过，渐渐已经成了习惯，习惯渐渐成了自然。张刘氏也不过分要求她，张刘氏等待的是时间。时间是个慢性杀手，它毁灭一个人，只靠慢慢地磨损，慢慢地淡化，疲劳你的韧性，消解你的激情。而李巧是个真正的对手，张刘氏对她怀有几分敬畏，同时又抱着一些幻想，她的幻想来自于时间的持续的摧毁和蹂躏。

李巧知道张刘氏的心里想的是什么，张刘氏也知道李巧的心里想的是什么，她们在僵持和较量着，这场没有胜者的持久战，在两个女人的心灵中展开，彼此都付出了无法挽回的巨大代价，一个是宝贵的生活，一个是去而不回的青春。

染布的时候，李巧看了看张刘氏，张刘氏也看了看李巧，她们的目光碰在了一起，然后都低下了头，叹息了一声。

这些，张文和张福满都不知道，这两个粗心的男人，用力气维持着生活；而这两个女人，用心在与命运较劲。张武感觉出一些什么，但他无力改变这个家庭；自从二丫死后，他正在不知不觉地改变自身。

*　　　*　　　*

这个秋天，村里唯一的一件大事，是三婶家的小三死了，他在北山的一棵树上摘梨的时候，看见了一条蛇，从树上掉了下来，后脑勺摔在一块石头上，当时就丧了命。抬回家时，三叔蹲在地上，站不住了。三婶当时就哭出几十斤泪水，她肥胖的身体彻底瘪了下去，后来一直没有再胖起来。

小三超过十岁了，埋在了王家的祖坟里，坟前放一块石头，上面摆着一只梨。

三叔和三婶，在几天之内老了十岁。

＊　　　＊　　　＊

还有一件小事，赵之清上山割荆条的时候，碰着了一窝马蜂，蜇了他三处。其中一处蜇在了他的眼珠子上，几天后整个脸都肿了起来。等到消肿以后，发现那只被蜂蜇过的眼睛瘪了，深深地陷了进去。从此，他编筐的速度减慢了不少。他的儿子赵真第一次超过了他，成为河湾村编织最快的人。

几年前，赵真上山割荆条时，在一座山崖下捡到一只受伤的小鸟，带回家里调养，养大后发现是一只鹰。后来这只鹰一直跟随他，他上山的时候，鹰就在他的上空盘旋。有时，鹰也飞到人们看不见的高处，几天后才回来。

后来，赵真放了它。据个别人说，这只鹰回到山上以后，越长越大，展开翅膀时超过一丈，它经常在太阳和河湾村之间往返，一般人见不到它，只有年过百岁的人才能看见。

＊　　　＊　　　＊

赵真把鹰放了，而张刘氏却咬住了李巧，李巧就走不出去。张刘氏认为，李巧就是一只鹰，我也要把她熬软。她似乎已经看到了李巧的结果，她走不出这个家。河湾村也曾经有过这样的妇女，闹了一辈子也没有结果，最终老在河湾村。她认为李巧就是这样，而且只能这样。

＊　　　＊　　　＊

张刘氏染好的布，晾在木架上。张文说，我的耳朵痒了，

286

夜里可能有雨，他就收起了布匹。但夜里并没有下雨，只是阴了天。第二天他把布匹重新晾晒，刚刚忙完，却下起了小雨。他又赶忙收起来，觉得老天在跟他作对。后来他想，是不是我对不起老天，正在遭到报应？可是他并没有觉得自己错在哪里。他想，我的丑陋就是我的错？我的腿就是我的罪？他以前从来没有想过，现在他想了，他觉得有些道理。他看了看自己的腿，确实弯得厉害，而他的媳妇确实是过于好看，他觉得自己这样煎熬李巧，可能就是犯罪。他把自己的想法跟母亲说了，母亲给了他一巴掌，说，你这个废物，我要的是孙子，什么罪不罪。

后来张文就不再思考了，他觉得母亲说的也有道理。张福满在旁边看着，他的耳朵有些沉了，听不清他们在说什么，但他却插嘴说，是，是是。

＊　　　＊　　　＊

张福满的胡子像乱草，需要割了，最近镰刀有些钝，总是带出一些根。秋后，他的皮肤又开始裂了，他预备了好多黄泥，随时准备填补裂缝。他忽然想起，他已经好长时间没有吃过土了，这很可能就是皮肤开裂的原因。于是他去山上挖了一些土，回家后做成饼，用火烧烤，他吃了两块，果然管用，他的皮肤裂纹渐渐弥合了。为此，张福满很得意，他认为自己做出了一项重大的发明。但是他的这个办法只适合他自己，别的老头也试过，根本不管用。

有时，几个老头聚在一起，在墙根下晒太阳，张刘氏就用手拍打张福满厚实的胸脯说，他结实着呢。她拍打的时候，能够听到张福满的胸脯里传出清晰的回声。

有一天，老头们又在墙根下晒太阳，三婶从街上经过，几个老头看见了，说，村里来了新人？另外的人就说，不是新来的，她是三婶。人们这才发现，原来她是三婶，但已经面目全非，让人无法辨认。自打小三死后，三婶流出的眼泪太多，身体就瘪下去了，再也没有起来。她全身的皮肤极度松弛、下垂、起皱，像倒出粮食的口袋。过去两只硕大的乳房，现在也剩下了皮，耷拉到腰部，隔着衣服也能看到走路时来回地甩动。三婶是人们心目中的胖子，人们承认了她的胖，认为她的胖才是美，她的胖就是她的形象。为了能够重新胖起来，三婶每天加倍喝水，但奇怪的是，她喝下的水全部变成眼泪，流出来，甚至一滴不剩。

女人是水做的，三婶是眼泪做的。一个老头说。另一个老头靠在墙上，一动不动。太阳移动的时候，他们就挪一下，换一个阳光明亮的地方。

河湾村的冬天是慢慢来临的，先是一场接一场的寒霜打在叶子上，草叶和树叶由绿变黄。接着是霜冻，整个树林的叶子，有可能在一夜之间全部落下。人们早晨起来一看，青龙河两岸的树林突然变得空虚，不免心里有些发凉。这时麻雀们成群地飞来飞去，有时掠过树林上空，有时落在收割后的庄稼地里，每到这个时节，它们就吃得肥胖。

青龙河的水位在雨水减少以后开始缓慢地下降，这时蹚水的人们会感到河水已经变得冰凉。鱼也游得慢了，水也清澈了，河水平稳的地方，可以看见稀薄的云彩漂流在水面上。透过薄云你将看到，让人伤心的天空一片碧蓝，笼罩着远近的山脉和村庄。在晚秋消退以前，大雁会排着整齐的队伍飞向南方。它们一会儿排成个人字，一会儿排成个一字，一边飞行，一边呼唤。尽管如此，仍然有掉队的孤雁，形只影单地追赶着雁阵，它的叫声格外凄凉。老人们看到这种情景，往往就感叹自己的衰老，心生一种莫名的感伤。

冬天带来的萧条，从自然的草木，一直侵入到人们的内心，每到这时就有一些经不住摧毁的老人辞世而去，了却人间的琐事；尽管死亡随时在发生，仍有新人争相而来，纷纷闯到这个世上。

＊　　　＊　　　＊

张福满明显地感到自己老了，记忆在减退，从前的好多事情都忘了。眼睛早就花了，看什么都有些模糊，因此常常认错人。近些日子耳朵也沉了，有时看见别人的嘴在动，却听不清声音。他听不清别人的声音，却经常听到自己的耳鸣。有时他答应了一声，之后发现没有人喊他；有时他自言自语，说得还很热闹，人们就以为他在说胡话，或者在做梦。

张福满很少和王老头在一起，虽然他们住在对门，却没有多少话可说。再说，王老头最近一直和赵老大待在船上，张福满不敢去，他怕水。

张福满非常羡慕王老头，因为王老头有梦游的爱好，夜里经常闲逛；他不行，他在梦里无论去了什么地方，醒来时发现自己依然躺在原地。有时他打呼噜，张刘氏就拍打他的胸脯，让他翻身；他翻过身，接着打呼噜，张刘氏就再拍打他的胸脯，让他翻过身去。

　　张福满和张刘氏都老了。原因是，别的老头都老了。

　　张刘氏不是个老头，她是个婆婆，但她睡在老头的身边，所以她也老了。

　　老人们冬天都不到远处去，北方的冬天太冷。他们最多的时候是待在自家的门口，靠在墙上晒太阳。孩子们满街跑的时候，他们就看一眼。他们看不清到底是谁家的孩子在跑，孩子们跑得太快了，他们的目光跟不上。

　　有一天，张福满看见一个影子从街上走过，他就跟在后面，结果这个影子走到村西，进了坟地，他就不敢再往前走了。当时，多亏他及时地伸出一只胳膊，把自己拦住，否则他有可能被这个影子带走，到一个不可知的地方。

　　据说，王老头上次走失的时候就是这样，被一个影子带走，去了远方。当时他正在夜里梦游，看见了天上的月亮。最早他跟着月亮走，后来出现了一个影子，他就跟随影子走，误入了一条古道，结果他就迷失了方向。

　　据说，王老头跟随的是自己的影子，王老头却不知道。

　　张福满暗自庆幸，自言自语地说，幸亏我不是王老头。

　　张福满走回来后，张刘氏表扬了他，用手拍打他的胸脯，人们听到他的胸脯里传出了清晰的回声。

张福满很骄傲，当众笑了，露出了他的大板牙，他的大板牙有些松动。

人们都笑了。这时李巧走了过去，李巧没有笑。李巧身上的香味在冬天有些淡了，她的脸上又新添了一条皱纹。

＊　　　＊　　　＊

这个冬天，有人给张武说媒，姑娘是青龙河对岸村庄里一个木匠的闺女，据说长得很结实，张武看都没看，就一口回绝了。张刘氏对此非常生气。张武说，我此生不再娶媳妇了。张刘氏对此更生气。

过年的时候，张刘氏说，张武，你把那个油坛子递给我。张武就搬起来递给了她。张刘氏暗自高兴，她想，张武动了荤（婚）了，因为他递的坛子里装的是荤油。转年他一定能娶上媳妇。

伍

一晃多年过去了。张刘氏忘记了翻盖房子的想法，她已经没有了当年的雄心。她的动作明显有些笨，手脚不那么利索了。张福满也老了，他的胡子经常忘了割，镰刀也不经常磨，每到冬天身上就出现裂缝。张文也像一个小老头，随着腿的弯度加大，他的身高就缩减，他越来越矮了，不细看还真以为是个没有烧好的陶俑。张武坚决不娶媳妇，媒人介绍了几个姑娘，都被他回绝了，后来不再有人说媒。

291

李巧担当起了全部的家务，张刘氏已经成为一个配角，她染布的手艺虽然很熟练，但毕竟老了，手脚有些慢，李巧有时就接替她，张刘氏对此非常感动。

＊　　　＊　　　＊

一天，村里一个新娶的媳妇，穿着一件特殊的衣裳，她的衣服上有特别好看的花样，

张刘氏看到之后非常震惊。她惊奇地上去观看，用手摸，她几乎不敢相信，会有这么巧的人，能够染出如此好看的花样。她想，是怎么染上去的？除了花样，布也是格外的细密、柔软，她从来没有看见过这样的布，她陷入了迷茫。

张刘氏认为这布肯定不是人织出来的，这花样也不可能是人染出来的，人没有这么巧的手。她想，一定是哪里出了仙女，估计是七仙女纺织印染的，对，肯定是七仙女。她想见见这个七仙女，她想拜这个仙女为师，从她那里学一些花样。但她不知七仙女住在哪里，她问穿花衣的媳妇，媳妇笑了笑，说，我也不知道。

＊　　　＊　　　＊

张刘氏回到家里，画了几种新的花样，有被面，有门帘、头巾，还有手巾，都是新花。她做了几次修改，随后请人刻了版。不久她就染了，邻居们看了，都说好看。人们纷纷把布送给她，指名要染新做的花样。

一段时间里，张刘氏又忙了起来。张文到外村送布的时候，人们早已熟悉他，也不再围观。

张刘氏骄傲地说，十里八乡内，哪个女人身上的花不是我染的（那个新娶的媳妇除外）？那个穿着别样花衣的媳妇，即使不在她的身边，也对她构成了压迫，使她说话的时候有些气短。

* * *

王老头已经有几年没有穿过新衣服了，他穿的蓝布衫褪掉了颜色，一部分沾在了他的身上，一部分被磨损。二丫死后，他学会了简单的针线活儿，能够自己打补丁。因此他的衣服上打了不少补丁，而且补丁的颜色不一，黑一块，白一块，蓝一块，有的补丁上还有印花，是张刘氏早年染的那种花。

冬天冷的时候，他梦游的次数相对要少一些，而且都穿着衣服，只在村子里转悠。到了夏天，他梦游时走路相对要远一些，有时到了外村。他在梦游时遇见过另外一个梦游者，两个人结伴而行，聊了许多梦话，并约好第二天夜里再见。

* * *

第二天，王老头没有如约而至，他走上了另外一条路。那是一个月亮浑圆的夜晚，他跟随着自己的影子，上了北山。他沿着一条闪着微光的道路，走向了山顶。这是他经常走的路，是他很久以前就开始走的路，他在不断地摸索中走出的这条山路，不仅通往山顶，而且通往星空。在山顶上，他得到过一颗星星的接见。如今，他又看到了这颗星。他向这颗星星走去，他走到了山顶。他走到了山顶之后并没有止步，而是继续往上走，一条莫须有的道路把他迎接到了远方。

此后，河湾村人没有再见过王老头，人们不知他去了哪里。

有人传言他到了北方以北；有人说他这些年根本就不是梦游，而是在黑暗中寻找一条通往远方的路。他沿着这条路，一直走了下去，只知其始，不知其终。

他走过之后，通往北山山顶的那条发着微光的路，一夜之间就消失了。人们试图寻找这条路，找了许多天，没有发现一点儿痕迹。

王老头留下了许多秘密，直到多年以后，仍然无人能够理解，也无人能够破译。

＊　　　＊　　　＊

赵老大听说王老头出走后，并不感到惊奇。他知道王老头早晚是要走的。有一天王老头在船上与赵老大聊天的时候说过，他要走，但他自己也不知道什么时候走，他说，不在此时，就在彼时。他说他找到了一条路，这条路虽然弯曲、漫长，但他必须走。这是一条未知的路，神秘的路，这条路将把他引领到一个全新的地方，这个全新的地方就在远方。

赵老大说，看来他是走上了这条路，但愿他能走到远方去。

王老头出走后，他的家就成了一座空房。由于不知道王老头还能不能回来，什么时候回来，这座空房就一直空着，从此再也没有人居住，也没有人敢在里面居住。日久之后，这座空房就变成了阴影和蜘蛛的家，脱落的墙壁上偶尔还能听到王老头、王李氏、大丫、二丫居住时，那些残留在屋里的早年的一些回声。

有时，大丫去镇子上赶集，路过河湾村的时候，都要回家看看。她总是看一阵就走，如果遇见了熟人，她就打个招呼，若是遇不到熟人，她就悄悄地离开，眼里含着眼泪。

$$* \qquad * \qquad *$$

李巧也经常回她的娘家，给她的父母上坟，然后就回来。她的娘家早已成了一座空房。由于阴阳先生曾经在她回娘家的路上埋下过一道符，一直没有解除，所以她每次回娘家的时候都要迷路，这使她非常纳闷。张刘氏虽然记得这个秘密，但她不敢说出。如今她也不知道阴阳先生当年把符埋在了什么地方，就是找到了阴阳先生，恐怕先生自己也忘记当时埋在哪里了。张刘氏一直保守着这个秘密，不让李巧知道。许多年过去了，这道符仍然在起作用，它成了横在李巧回娘家路上的永不消失的一道看不见的墙。

$$* \qquad * \qquad *$$

李巧纳闷，就这么一段路，我总是迷路。张刘氏听见她说话，也不搭声，继续染她的布。有时在门口也迷路。张刘氏还是不搭声。一天的半夜时分，李巧被挖东西的声音惊醒，她发现门口有动静，问，谁？张刘氏说，我。你在干什么？张刘氏撒谎说，在挖一双鞋，早年埋下的，那年张武有病，我怕他被小鬼叫走，就把他穿的鞋埋在了门口，他就没走成。

张刘氏挖出了早年埋下的两道符，烧了。李巧最终也不知道她搞的是什么名堂。

$$* \qquad * \qquad *$$

张刘氏挖出了自家的门前和门后这两道符，李巧出门时就不迷糊了。李巧还以为自己得了什么迷糊病，突然好了。张刘氏也不说出其中的原因。

＊　　　＊　　　＊

张刘氏染好的布，是蓝布，开白花。

有人问，能不能染出红花来？张刘氏怔怔地看着那个人，感觉问得有些奇怪，从来都是白花，怎么能染红花呢？那人又说，我见过布上有红花。张刘氏感到不可思议，她断然地说，不可能。

后来，张刘氏去镇子上赶集，真的在一个女人穿的衣服上看到了红花，她感到非常吃惊。

＊　　　＊　　　＊

自从布匹上出现了红花，张刘氏就失去了自信。她觉得自己染的白花是那么单一，线条也显得粗笨。她想，山上确实有红色的花，可她从来就没有想过，也不知道怎么染。她苦心经营染坊，只是染出了新的花样，却没有染出过新的颜色，她有一种失败感。

李巧用鸡血加石灰做了一次实验，试图染出红花，但没有成功。

＊　　　＊　　　＊

随着红花的出现，白花略有一些暗淡。但不是所有的人都有机会看到红花，也不是所有的人都能买得起红花，所以张刘氏的染坊依然可以开下去，她的白花依然有人喜欢。我就喜欢白花，一个人说。多白的花呀，另一个人说。张刘氏心里就坦然了。她

296

觉得她的白花还有价值，她甚至以染白花而自傲，说，我就染白花，白花好看。她说这话的时候，声音很小，说完之后，还要看看人们的表情，她等待着人们的肯定。每当这时，张福满就说，白花就是好看。他说话的时候，人们就笑，他以为人们笑就是在赞许他，于是他又说了一遍。人们更笑了。张福满拍了拍身上的土。张福满得意的时候，就用手拍打身上的土，土就飞起来，像从身上冒出一股烟。

妇女们看到烟雾，才想起该回家做饭去了，于是笑着散去。过不多时，家家户户的烟囱里都冒出了炊烟。

* * *

河湾村的炊烟还像往年一样，一棵一棵直立起来，到达高处以后开始弥漫。如果有风，炊烟就倒向一边。有时旋风也有直立的时候，尤其在春天，旋风卷着暴土在平地上升起，向前移动，有时高达几十丈，有时小如一口锅，在地上打转。人们认为，旋风是野鬼在行走，而炊烟是家神。炊烟从来不移动，它今天从哪里升起，明天还从哪里升起。炊烟是民间的灵魂。

王老头家没了烟火，人们就说，走人家了。意思是，他们家里没了人。

* * *

有的家里走人，永远不再回来；有的家里走了人，几十年后还要回来看看。一天下午，赵之光回来了。赵之光是赵老大的弟弟，闯关东已经走了几十年，突然回到家里，人们完全不认识他了。赵老大也不认识他了。赵之光过河的时候，赵老大一边摆船

297

一边问：你去河湾村？是。走亲戚？不，回家。回家？我怎么不认识你。我叫赵之光，已经离家三十年了。你叫赵之光？对，我就是赵之光。哎呀，二弟，我是赵之郢啊。你是大哥？我就是大哥。你是二弟？我就是二弟。

两个人跳下船就回家了。之后惊动了整个河湾村。人们说，赵之光回来了，没带老婆孩子，就他一个人。说这话的时候，年轻人感到新鲜，因为他们从来没听说过，村里还有赵之光这么一个人。

＊　　　＊　　　＊

赵之光在家待了半个月，挨家挨户都走到了，最后给祖坟烧了香，回了关东。他走后，河湾村传说了好长时间，说他在关东娶了媳妇，生了四个儿子，已经有两个娶了媳妇，生了孙子。他在那里种地和打猎，生活非常美满。

赵之光走后，人们记起了赵老大的名字叫赵之郢。赵老大摆渡的时候多了许多话题。当人们问到赵水的时候，他就说，挺好的，在兵队里当官了，还是摆船，最近没有消息。

人们能够看出来，提到赵水的时候，赵老大的脸上隐现出一丝难以察觉的忧虑。

＊　　　＊　　　＊

赵之光走后就没有再回来过，多年以后他死在了关东。他的儿子们都活到七十多岁，都留下了后人。两千多年以后，赵之光的后代达到了若干人，其中有一个支脉去了彩云之南，一个支脉去了高山以西，还有几个人到月亮上去过，他们从那里回来时面面相觑，共同想起了赵之光这个祖先。

* * *

实际上赵老大不用担心赵水，赵水打过许多仗，也受过一些伤，但他没有在八十岁以前死去，但也没有回到过河湾村。现在可以肯定地告诉人们，他后来娶了周姓的一个媳妇，生了三个孩子，三个孩子各生两个子女，每个子女又都生有子女……他的血脉传承到公元4016年前后。其中一个后人成为一艘飞船的船长，在往仙女座运送玉米种子时，偶尔提到了赵水和赵老大，那时他依然保留着赵水摆渡时用过的撑船的竹竿。

赵老大知道这些情况后，不是很满意，说，没想到几千年后，我的后人还是摆船的。

* * *

并不是每个人都能知道自己的后世，正如不是每个人都知道自己的前生。比如河湾村最早来的几户人家，在建造村庄时，无论如何也不会想到，李姓传到几代以后消失，剩下张、王、赵三姓繁衍到今天，并出现这样一些人。许多故事过去了，还有许多故事正在上演，一直到几千年后，仍然不见尾声。

人们只见眼前的生活，看不到前后，是因为一些人的记忆已经丢失，一些人的目光过于短浅。

* * *

赵之光走后的一个上午，村里来了一个胖和尚。人们见过这个和尚。几年前他就来过，治好了张福满的病，几年以后他还会来，完成他的使命。

一群孩子围了过去，喊道，胖和尚，胖和尚。胖和尚笑呵呵的，一点儿也不愠怒。他说，见到张福满了吗？孩子们说，正在耧地呢。他就走到地里，见到了张福满。张福满说，我的病好了。胖和尚就说，好了就好。

随后，他又见到了张武。张武点了点头，什么也没有说，他们就对坐了一会儿，相互看着，不说话。胖和尚走了，孩子们在后面追着喊，胖和尚，胖和尚。孩子们不知道这个胖和尚从哪里来，到哪里去，也不知道他是谁。

*　　　*　　　*

第二天人们发现，胖和尚走过的一段弯曲的小路，变直了；道路两旁长出了许多花朵，花朵上飞着成群的蝴蝶和蜜蜂。孩子们高兴地喊，蝴蝶，蝴蝶，蜜蜂，蜜蜂。张刘氏看见这些花儿，有一些是她染过的，有些她从来都没见过，她就问，这是什么花？十个孩子说出了十种花名。其中一个女孩子说，鲜花。蝴蝶就向她飞过来，从此她的身上就有了清香。这个女孩子后来就改名为鲜花，她长得越来越好看。

*　　　*　　　*

张刘氏得到启示，要在布匹上染出花朵、蝴蝶和蜜蜂，但对香气却求而不得，她问李巧，如何才有清香？李巧说，有花自然香。张刘氏闻了闻李巧，她身上的清香就是鲜花的清香。张刘氏按照鲜花的样子染了，她染的依然是白花，蝴蝶和蜜蜂也是白色的。她没有能力染出红色，也没能染出清香来，这是她的遗憾。

＊　　　＊　　　＊

有一天正在染布时，张刘氏感到房子和土地都在轻微地颤动。她赶忙到后院去看，很久以前挖井时堆起的土堆陷了下去。她知道井底下的巨龟又动了，她在后院烧了几炷香，颤动就停了下来。她想起当年人们前来烧香的情景，不免有些后怕，人太多了，把院子都踩下去一尺多，整个河湾村的土地都下沉了一尺，几年之后地上还有难以消失的脚印。

也有人说，那是张福满自己踩的，他走路那么脚重，不把地踩陷下去才怪呢。张福满听后也不反驳，只是笑一下，有时露出大板牙，有时翻着他的厚嘴唇。

＊　　　＊　　　＊

又过了一些年，河湾村娶进来不少媳妇，也嫁出去不少姑娘，一些孩子逐渐长大，一些孩子陆续出生。也就是说，河湾村出现了不少新人。张刘氏感到自己老了，有好多新人她不认识，还有一些姑娘见不到了，她就打听，那谁怎么不见了？她对一些事物逐渐淡漠，对另一些事物却格外敏感。比如，她对山头是不是变矮了一点儿也不关心，对花草的枯萎和凋谢却经常过问。

春天时节，有一些不懂事的孩子，上山摘了张刘氏干女儿的桑叶，回到家里也不说。张刘氏见桑叶少了，哭的特别伤心。还有一些孩子从张文的罗圈腿中间钻来钻去，把他的腿当成了圆环，张刘氏见了也落下眼泪。一个致命的事实是，村里新添了那么多孩子，她却没有一个孙子，这使她非常灰心。

301

她托三婶问李巧，就不生孩子了吗？李巧说，这辈子不想了。三婶回话说，她不想了。张刘氏转身就吃了一把桑叶，咬掉了两颗门牙，从此她说话就漏风。

＊　　　＊　　　＊

张刘氏有些反常，春天还没有结束，天气还有些微寒，她就换上了单衣。她甚至穿起了珍藏不露的丝衣，这件丝衣是她年轻的时候自己吐的丝，自己纺的线，自己织的布，自己染的花，上面的花样是一片一片的桑叶。她穿着这件丝衣，在院子里走来走去，既不合时宜，也不合年龄。

李巧见她这样，第一次在张家发出了笑声。她笑得前仰后合，流出了眼泪。笑够之后她就哭了，她哭了一天一夜，直到把眼泪流干为止。她把眼泪流干以后，身体里就再也没有水分了，她身上独有的清香也随之消失了，她紧绷的皮肤立刻就松弛下来，变成了一个松垮而又憔悴的妇女。

张文见了李巧，倒退了一步。细看以后还是不敢断定，眼前这个皱纹丛生的妇女是李巧还是别人。

陆

随着红花布的出现，黄花和绿叶也陆续出现了。张刘氏的染坊越来越冷清，她染的布只适合老年和中年人。年轻的孩子们已经瞧不起她的手艺。加之她也老了，没有了当年那种要强心。她说，再年轻三十岁，说不定我也能染出红花、黄花和绿叶。她说这话时，别人也不在意，知道她在吹嘘。

张福满身上的土有些松软，脸上的老年斑，每隔几个月就增加一层，以至于他的皮肤越来越厚，几乎看不出底色了，好像身体外面又糊了一层壳，看上去更加笨重。他的牙齿只剩下几颗，他的大板牙掉下的时候他不知道，被他当作玉米粒吃了下去。他嘿嘿笑的时候，张刘氏就拍打他的胸脯，回声已不如从前那么清晰了，好像里面堆满了尘土。

＊　　　＊　　　＊

河湾村的许多老人都老得不像样了，他们把后半生的事情都忘记了，但对小时候做过的事却记得非常清晰。他们聚集在一起，只说小时候的事情，刚说了一遍，然后又说。有时他们会因为一件事情而争辩，一个说，你记错了，那天我在场，另一个说，我记的比你清楚，那时你才五岁，是个跟屁虫。说完他们就笑，然后重新讲述一遍这个故事，大家都听得非常认真，就好像从来没有听过那么新鲜。

其实，河湾村不是到了现在才有老人，以前的老人们也是这么过来的，只是人们没有注意他们的存在，甚至根本就没有用心听过他们在说些什么。还有的老人不用找伙伴，他可以自己跟自己说话，说到高兴处自己就笑了；有时也争辩，好像他自己就是一群人。

＊　　　＊　　　＊

胖和尚第三次来到河湾村的时候比较晚，他是黄昏时来的，他还没有到来，张武就等在了河边。张武感觉他要到来，就在那里等待了。胖和尚见到张武，什么话也没说，只是笑了一下，两个人相互点了点头。

张武走的时候没有跟家里说什么，张福满和张刘氏也没有拦挡，张文也没有过问，好像一切都已经商量好了，不用再多说了，到时候走就是了。李巧看了看张武的背影，感觉这个人有些陌生。

张武走的时候，回头望了望河湾村，看见村庄里炊烟已经弥漫。村庄后面的北山有些朦胧，二丫埋葬的山梁微微隆起，好像是一座独立的山峰。

*　　　*　　　*

张武出走的消息，有多种传言。有人说他和王老头走的是同一条路，去了北方以北，说那里的星星有鸡蛋大小，夜晚亮如白天。有人说张武跳进了二丫的坟里，因为几天前有人看见二丫的坟突然裂开了一道缝，几天后再去看，裂缝不见了，肯定是张武和二丫合了坟。还有人说，张武找赵水去了，当了兵，在兵队里摆船。更有离奇的说法是，张武被胖和尚点化成了一块石头，沉到井里去了，等那块石头漂起来的时候，河湾村就会被青龙河淹没，只留下一条船。

一百八十一年后，河湾村来了一个法号叫出山的和尚，跪在张福满和张刘氏的坟前，叫了一声爹、妈，然后走了，村里没有人认识他，只见他的袈裟在风中飘拂，头顶上有一个若有若无的光环。

*　　　*　　　*

出山和尚下跪的时候，张福满和张刘氏躺在坟里，感到非常满意。这是后来的事。此刻他们还在地上生活，张刘氏还在染她的布，她对自己染的布有些不满。她无论如何也染不出红花、黄花和绿叶。渐渐地，请她染布的人越来越少，她就自己染了自己用。后来，张福满只种一分地的靛，就足以够用了。两年以后，他就不种了。张刘氏也老得染不动了，就关了染坊。张文接送布匹的毛驴也老了，嚼不动草了，走路老是打晃，最后跪着吃草。这头驴死的时候，泪如泉涌，大叫起来，最初是昂昂地叫，后来是呜呜地哭，哭完了，就躺在地上，睡着了。

*　　　*　　　*

自从染坊关闭以后，张文很少再走出河湾村。他的腿走路已经很困难。他的掉了一块的耳朵，又碰掉了一块。他的耳朵已经成为预测天气的工具。有一天他感到耳朵痒得厉害，说，明年夏天可能要发大水。他说这样的话，赵老大深信不疑。赵老大不摆船了，他的老本行被他的侄子赵禹接替了，但他仍然像往常一样关注天气。

第二年夏天，果然发了大水。河湾村一带并没有下雨，可是青龙河的水却慢慢地涨起来。他不放心赵禹，又回到了船上，重新操起了篙子，帮助赵禹撑船。

*　　　*　　　*

青龙河的水越涨越大。一天傍晚，赵老大一个人守在河边，抛下船锚，准备收工。这时，只见上游的水面上漂下来一艘小木船，船上还有人，正在喊救命。赵老大知道是上游出事了，眼见木船就要漂到他的附近，他来不及思考，抄起叉杆就跑。船上的人以为他见死不救，临难而逃，谁知他跑到河边又猛地回过身来，向青龙河冲刺。只见他在到达河面的一瞬间，把叉杆撑在河里，借助冲刺的力量悬空而起，他的身体在空中划了一条弧线，之后稳稳地落在那条漂流的船上。由于河水太急，木船顺水漂了很远才被他稳住，安全靠了岸。

这时，天已经暗了，借着微弱的夕光，他朦胧地看见水面上，又漂下来一个人。他来不及撑船，也来不及脱下衣服，就下了水，向那个溺水者游去。他接近了溺水者，他抓住了，他游了回来，他救了那个人。随后他又救了几个人。

就在那个夜晚，在救人之后，这个摆渡了一生的老船工——赵老大——赵之郓，没有回家，他躺在了他自己的船上，仰望着星空。他看见自己的眼睛里飞出了许多星星，与天上的星星连在了一起。他感觉有一种力量在引领着他，托举着他，正在向星空上升。他越升越高，已经被星星包围了，就在那闪烁的星星之间，有人摆渡着月牙在横渡苍穹。

有人在上空叫他的名字，他答应了一声，就去了。他看见了从未见过的事物，他的身体在空中，渐渐地透了，发出了光明。

＊　　　＊　　　＊

河湾村的人，青龙河两岸的人，都来到了赵老大的身边，来看他。他得到了人们的爱戴和尊重。

水神也来了，水神的媳妇也来了，他们赶着鱼群来到赵老大的身边，行注目礼。

夜晚，赵老大的身边聚集了许多星星。

　　　　*　　　　*　　　　*

　　张福满说，赵老大是个好人。张刘氏也说，真是个好人。

　　　　*　　　　*　　　　*

　　张刘氏羡慕赵老大，晚上就做了梦。她梦见自己一生所染出的白花从四面八方聚集而来，铺满了河湾村的土地，也铺满了河湾村的天空。她还看见穿着白花的人，姑娘们、媳妇们，是那么好看；看见穿着蓝布衫的男人们是那么健壮。看到他们，她有了一种从未有过的幸福感。在梦里，她还亲手染出了红花、黄花、绿叶。但是她没有看到孙子。

　　醒来以后，她就找到了李巧，给她跪下了，说，你给我生个孙子吧。李巧赶忙把她扶了起来，叫了她一声"妈"。张刘氏第一次听到李巧叫她妈，哇的一声哭起来。李巧和张刘氏抱在一起，最后哭到了无声。

　　　　*　　　　*　　　　*

　　转年的春天，李巧怀孕了。为此，张刘氏哭了，哭了好几天。她盼望了多年的孙子，终于要有结果了，她抑制不住心里的激动。她把积攒了多年的染了白花的布匹，做成了孩子的衣裳。她做了一件又一件，直到眼睛都累酸了，还是不能止住。

　　张福满说，歇歇吧。

　　她歇不了。她甚至要重开染坊，决心要染出红花和黄花，还要染出绿叶。她说，我一定能。

张刘氏不能停止她手里的活计，也无法停止自己的设想。她好像恢复了年轻时的激情。她的皮肤甚至出现了一些透明度，她对着太阳照了照自己的手指，确实有些透明。

春末的一天下午，她上了山，看望了她的桑树女儿，又到另外的山坡上，采了许多桑叶，当时就吃掉了。

晚上回来，张刘氏像往常一样，吃过晚饭，看望了李巧，顺便也看了张文一眼，然后回到自己的屋里睡觉。后半夜，张福满翻身时醒来，看见张刘氏已经把自己织在了一个硕大的蚕茧里，她织茧的时候，没有发出一点声音。

人们传说，张刘氏从茧里出来时，变成了一个新人。

2008.1.23—2008.2.5 于石家庄

图书在版编目（CIP）数据

他人史 / 大解著. —北京：作家出版社，2020.7
ISBN 978-7-5212-0975-4

Ⅰ.①他… Ⅱ.①大… Ⅲ.①中篇小说–小说集–中国–当代
②短篇小说–小说集–中国–当代 Ⅳ.① I247.7

中国版本图书馆 CIP 数据核字（2020）第 083260 号

他人史

作　　者：大　解
责任编辑：秦　悦
装帧设计：刘十佳
出版发行：作家出版社有限公司
社　　址：北京农展馆南里 10 号　　　邮　　编：100125
电话传真：86-10-65067186（发行中心及邮购部）
　　　　　86-10-65004079（总编室）
E-mail:zuojia @ zuojia.net.cn
http://www.zuojiachubanshe.com
印　　刷：保定市中画美凯印刷有限公司
成品尺寸：142×210
字　　数：244 千
印　　张：10.125
版　　次：2020 年 7 月第 1 版
印　　次：2020 年 7 月第 1 次印刷
ISBN　978-7-5212-0975-4
定　　价：48.00 元